AF294953

Marcel Rey

FREMDE

WELTEN

Das Schwert der Vergangenheit

Band 1

Fantasy und Science-Fiction Roman

Bibliografische Information der Deutschen Nationalbibliothek: Die Deutsche Nationalbibliothek verzeichnet diese Publikation in der Deutschen Nationalbibliografie; detaillierte bibliografische Daten sind im Internet über http://dnb.dnb.de abrufbar.

Verlag: BoD · Books on Demand GmbH, Überseering 33, 22297 Hamburg, bod@bod.de
Druck: Libri Plureos GmbH, Friedensallee 273, 22763 Hamburg

ISBN: 978-3-8192-2975-6

DAS AMULETT

Der Motor heulte auf, und der Scooter beschleunigte auf Höchstgeschwindigkeit, als Marius das Pedal durchtrat und auf die Bäume vor ihm zuhielt. Er flog so knapp über die Baumwipfel hinweg, dass die Krähen, die darauf saßen, erschrocken aufflatterten und wütend auf ihn einschimpften. Doch es störte ihn nicht. Es störte ihn auch nicht, dass die Hunde seines Nachbarn rachsüchtig aufbellten und dieser selbst mit einer Gartenschaufel hinter ihm herrannte, als Marius mit seinem Fluggerät zu einer weiteren Runde ansetzte und so tief über das Blumenbeet rauschte, dass die obersten Köpfe des Rosenbusches umknickten und ihm kleine Blätterschnipsel in den grinsenden Mund flogen, die er mit verzerrtem Gesicht wieder ausspuckte.

Dies alles störte Marius nicht, denn heute hatte er Geburtstag. Seinen 16ten, um genau zu sein.

Sein Scooter drehte gerade eine weite Kurve über die Wiese als Marius ein Blitzen aus dem Augenwinkel wahrnahm. Es war nichts Sonderbares, trotzdem drehte er eine Extrarunde über dem Haus, um noch einmal genauer hinzuschauen, doch da war nichts, außer den Bäumen, die sich im Windschatten des niedrigen Hügels duckten. In seiner frühen Kindheit hatte er da Stunden verbracht, auf den Ästen herumgeturnt und Verstecken gespielt. Er seufzte und drehte stattdessen den Kopf in Richtung Haus, wo er bereits die wohlbekannte Stimme seiner Großmutter vernahm. «Marius! Jetzt steig endlich von deinem albernen fliegenden Spielzeug herunter und komm ins Haus!»

Marius drosselte schicksalsergeben das Tempo, zog den Lenker herum und setzte unter dem Küchenfenster zur Landung an. Kaum war er abgestiegen, erschien auch schon das rundliche Gesicht seiner Großmutter Gertrud im Fensterrahmen.

Er lebte seit seinem sechsten Geburtsjahr bei ihr und ihrem Ehemann Rowan. Seine richtigen Eltern hatte er nie kennen gelernt. Sein Großvater meinte immer «Weißt du Marius, die Dinge sind manchmal nicht wie sie scheinen und doch ist es der Schein selbst, der dich begleiten und dir den Weg weisen wird. Sie werden immer für dich da sein, doch kann ich dir diese Geschichte noch nicht erzählen.»

Marius wusste nicht was mit ihnen geschehen war und hat es aufgegeben zu fragen. Er hatte sich an seine Großeltern gewöhnt.

Eben diese waren eigentlich ziemlich nett und zwangen ihn zu nichts, doch hielten sie sich zu Marius Bedauern an die alte Tradition, an Festtagen alle Verwandten einzuladen, und zu denen gehörte auch Marius' Tante Valeria, welche er überhaupt nicht ausstehen konnte. Großmutter Gertrud bestand aber darauf, dass er sich jeweils auch bei ihnen einfand, wenn sie zu Besuch kam.

«Jetzt komm doch endlich ins Haus Marius! Deine Tante wartet schon sehnlichst auf dich, und du weißt doch, dass Warten nicht ihre Stärke ist!» Ihre Stimme riss ihn jäh aus seinen Gedanken. Ihr Gesicht verschwand wieder im Innern der Küche und Marius verdrehte genervt die Augen. Trotzdem stapfte er zur Haustür. In Gedanken malte er sich aus, wie er gemütlich mit ein paar Kollegen am Fluss sitzen und das Sommerwetter genießen könnte, statt das Geplänkel seiner Tante anzuhören. Er schloss die Tür auf, streifte seine Schuhe ab und trat zögernd in den Flur.

«Hallo Marius!», trällerte ihm die Stimme Valerias entgegen, die ihn natürlich sofort gewittert hat. «Na, willst du deinem Tantchen nicht hallo sagen?»

Marius seufzte und machte einen weiteren vorsichtigen Schritt ins Wohnzimmer hinein. Wie er befürchtet hatte, sprang seine Tante sofort vom Sofa auf, was bei ihrer Leibesfülle gar nicht so einfach war, kam mit eiligen Schritten auf ihn zu und gab ihm einen nassen Kuss auf die Wange. «Alles Gute zu deinem 16ten, Marius!», meinte sie. «Ich habe dir sogar eine Torte und ein Geschenk mitgebracht!»

Sie hatte wohl vergessen, dass er nicht mehr das kleine Kind war. Angewidert strich er sich mit dem Ärmel die Wange ab. Sie nahm ihre Hände hinterm Rücken hervor, reichte ihm ein unordentlich verpacktes Geschenk und machte sich gleich wieder auf den Weg zum Sofa.

«Bediene dich nur!», sagte Rowan mit auffordernder Geste und streckte ihm währenddessen ein Kuchenstück hin. Er hatte Marius sein Unbehagen angesehen und ihm erlaubt, sich in sein Zimmer zu verziehen.

Dankend nahm Marius das Stück Linzertorte entgegen und drehte sich um, um sogleich eine möglichst weite Distanz zwischen sich und das Wohnzimmer zu bringen. Wer weiß, was seine Tante noch alles für Geschichten erzählen wollte, die er schon dutzende Male gehört hatte. Kauend trat er aus dem Wohnzimmer hinaus und lief die knarrende Holztreppe ins Obergeschoss hinauf. Noch im Laufen riss er die Verpackung von Valerias Geschenk auf und warf das Papier achtlos auf den Boden. Das Geschenk beinhaltete einen Karton, und als Marius diesen öffnete kam…nein… Marius konnte es fast nicht glauben, doch seine Tante hatte ihm tatsächlich einen gestrickten, lachsfarbenen Pullover geschenkt! Er wusste zwar, dass seine Tante etwas kindisch war, doch dass sie gleich so tief sinken konnte, hätte er nie gedacht!

Er warf den Pullover neben dem Schreibtisch zu Boden, und ließ sich kopfschüttelnd auf seinem Bett nieder.

*

Es war bereits Morgen und die ersten Sonnenstrahlen schienen durch die halb geschlossenen Fensterläden, als Marius vom köstlichen Duft frischer Pfannkuchen geweckt wurde. Er zog sich hastig an und lief in die Küche hinunter, wo seine Großmutter bereits am Spülbecken hantierte.

«Guten Morgen!», begrüßte sie ihn fröhlich und schob ihm einen Teller hin. «Beeil dich aber, Rowan bringt dich heute etwas früher ins Internat, er hat anschließend noch eine Menge Arbeit zu erledigen.»

Er verschlang die Pfannkuchen mit annähernder Lichtgeschwindigkeit, stürzte eine Tasse Milch hinterher und machte sich wieder auf den Weg nach oben.

Schwerfällig ließ er sich auf seinem Bürostuhl nieder und klaubte seine Schulsachen zusammen. Etwas in ihm verkrampfte sich jetzt schon als er an die Schule dachte. Er wollte soeben das Etui in die Schultasche quetschen, als er eine seltsame, golden schimmernde Kette unter dem lachsfarbenen Pullover hervorlugen sah.

Neugierig hob er den Pullover hoch, faltete ihn auf, und heraus kam ein kleines goldenes Amulett. Fasziniert strich er darüber. Das etwa münzgroße Amulett sah aus wie zwei Schlangen, die sich um ein Wagenrad drehten und sich gegenseitig in den Schwanz bissen. Das Gold wies bereits einige Gebrauchsspuren auf, trotzdem schimmerte es im schwachen Licht der Morgensonne.

«Jetzt komm endlich Marius! Wir haben nicht ewig Zeit!», tönte die gedämpfte Stimme Rowans vom Hof hinauf in sein Zimmer.

«Komme gleich!», seufzte Marius, packte seine Schultasche und machte sich auf den Weg nach unten. Das Amulett ließ er beiläufig in seiner Hosentasche verschwinden.

«Wirf deine Tasche in den Kofferraum und steig endlich ein.» Sein Großvater wartete schon ungeduldig auf dem Fahrersitz des Gleiters, als Marius auf den Hof hinaustrat. Er tat wie geheißen, und setzte sich auf die Rückbank des schwebenden Gefährts. Die nebelverhangenen Felder rundeten die Szene eines langweiligen Schulanfangs nach den Ferien ab und ließen die Freitage in ihrem Dunst zurück.

Als der Gleiter in der Toreinfahrt des Internats hielt, stieg Marius aus, verabschiedete sich und ging auf das große, von zwei steinernen Säulen flankierte Hauptportal zu. Der Kies unter seinen Füssen knirschte und das frisch geschnittene Gras ließ doch eine angenehme Vertrautheit in ihm aufsteigen, als auch schon eine bekannte Stimme zu ihm hinübertönte.

«Marius! Schöne Ferien gehabt?», rief ihm Talrik zu, welcher soeben mit seinem Scooter gelandet war und zu ihm hinübereilte.

«Ja, doch.», antwortete Marius knapp.

«Bereits gesehen? Es scheint, als würde dieses Jahr das Scooterrennen etwas früher stattfinden», meinte Talrik und deutete auf ein Plakat, um welches sich mehrere Schüler drängten.

Marius blickte über die Schulter nach hinten zu der lärmenden Gruppe. Hauptsächlich Erstklässler.

Die Glocke hatte bereits geläutet, als die Beiden über die Treppe ins alte Gebäude hineinmarschierten. Marius war diesen Weg schon dutzende Male gegangen, doch für jemanden, der zum ersten Mal hier war mussten der spiegelglatte Boden, die antiken Säulen und die großen Fensterfronten recht eindrücklich erscheinen. Für andere war es nur das Gespinst eines freigeistigen Architekten, der sich nicht zwischen Neu- und Altbau entscheiden konnte. Doch die meisten Kinder hatten eh keinen Blick dafür. Sie liefen schreiend und schwatzend über den langen Korridor zum dahinterliegenden Saalbau. Für Arthur, ihrem Internatsleiter war es Tradition, dass sich alle Schüler anfangs des Jahres da einfanden und er eine kurze Rede halten konnte.

Sie setzten sich wie gewöhnlich neben dem Eingang in die hinterste Reihe hin, wo Sandor bereits wartete. Marius schlug ihm freundschaftlich zur Begrüßung auf die Schulter. «Noch immer derselbe Vielfraß».

Da er den Mund voll hatte und nicht protestieren konnte, da er sonst das halbe Käsesandwich wieder ausgespuckt hätte, hob Sandor einfach die Schulter zu einem entschuldigenden Achselzucken. Nach und nach trafen die anderen ein und gesellten sich zu ihnen.

Es vergingen kaum zwei Minuten, bis alle Gespräche um sie herum verstummten und Arthur Halwadar eintrat. Marius würde ihn als groß, schlaksig und alten Gaul beschreiben. Sein braunes, leicht schütteres Haar versuchte die ersten Anzeichen einer Glatze vor kichernden Blicken zu verstecken, während er den Gang zwischen den Stuhlreihen entlang nach vorne schritt. Er sah eher nach einem Bücherwurm als nach einem großen Redner aus, doch das täuschte.

Als er das Rednerpult erreicht hatte, räusperte er sich erst einmal und ließ seinen Blick über die Masse schweifen.

«Guten Morgen, liebe Schülerinnen und Schüler, es freut mich außerordentlich, euch alle an unserer Schule zu begrüßen!», begann er mit seiner typischen Anrede in tiefer Bassstimme.

«Als ob wir eine Wahl hätten», grunzte Sandor.

«Gleich vorweg muss ich euch auf die neuen Internatsregeln aufmerksam machen!», fuhr Arthur fort. Er unterbrach kurz, um seinen Worten Nachdruck zu verleihen. «Wir haben diverse Reklamation von Anwohnern erhalten. Ab heute ist es strikt verboten, sich ohne Erlaubnis eines Lehrers vom

Internatsgelände zu entfernen. Außerdem finden Bauarbeiten statt. Aus Sicherheitsgründen dürfen der Modersumpf und die dortige Gruft nicht mehr betreten werden. Ansonsten bleibt alles wie gehabt und ich wünsche euch einen guten Semesterstart»

Er blickte noch einmal in die Runde, und sein Blick blieb kurz auf Marius und Talrik hängen, die kaum aufzupassen schienen, bevor er weiterfuhr: «Begebt euch jetzt in eure Klassen, ihr werdet dort über den Jahresplan informiert werden. Guten Tag!» Er beachtete die empörten Ausrufe der Schüler nicht, sondern packte seine Unterlagen und machte sich wieder aus dem Staub.

Missmutig blickte ihm Marius hinterher. Der Modersumpf war das einzige Interessante an diesem Internatsgelände. Auch wenn er in letzter Zeit immer wieder negativ in den Nachrichten war. Seltsame Gestalten trieben sich dort nachts herum.

*

«Dieser Narr!», lachte Keyathuz. «Der glaubt wohl, er könnte es so schaffen, seine Schüler zu überwachen! Ich werde schon noch herausfinden, was er im Schilde führt und diesmal werde ich schneller sein als er und seine möchtegern Hilfssheriffs. Diesmal wird er versagen.»

«Du kannst gehen Späher!», meinte er mit einer abweisenden Bewegung in Richtung Tür.

Der Späher verneigte sich und tat sein Bestes, den Raum so schnell wie möglich zu verlassen, so wie es ihm sein Herr befohlen hatte.

Keyathuz lief amüsiert auf und ab, und ließ sich schließlich auf seinem Thron vor dem ovalen Bildschirm nieder. Er hatte schon längst die Überwachungskameras des Internats hacken lassen und wusste somit bereits Bescheid über die Neuigkeiten, die ihm sein Späher mitteilte. Den Modersumpf zu sperren war eine unnütze Maßnahme von Arthur, die Keyathuz kaum hindern würde. Es war nicht das erste Mal, dass Arthur Kinder abhandengekommen waren.

Er rieb ungeduldig über die glatte Oberfläche und sofort erschien ein etwas unscharfes und verwackeltes Bild im Innern des Objektes.

«Jetzt mach schon schärfer, du nichtsnutzige Technik!», befahl er und schlug auf das Display ein.

Das Gerät piepste zur Antwort und kurz darauf war das Bild gestochen scharf. Ein Lächeln umspielte das Gesicht Keyathuzs, als er sah, wie Arthur Halwadar nichts ahnend die Steintreppe vor dem Eingangstor herunter spazierte, in seinen Gleiter saß und davonrauschte.

Er hatte noch immer nicht herausgefunden, dass jemand seine Kameras missbrauchte.

Keyathuz blickte auf, als er ein dumpfes Klopfen an der Tür vernahm.

«Wer da?!», fragte er und blickte auf. Mit seiner Linken deaktivierte er das Display nebenbei, so dass es wieder Schwarz da lag.

«Euer Wein, Sir!», nuschelte sein Butler mit gesenktem Kopf und trat ein. «Ihr habt ihn verlangt.» Er deutete eine Verneigung an und wartete dann ehrfürchtig ab.

«Stell ihn da drüben auf den kleinen Tisch und lass mich dann in Ruhe», befahl dieser.

Der Butler balancierte das Servierbrett zum Tischchen und drehte sich dann wieder der Tür zu als ihm noch etwas einfiel: «Ach ja Sir, vor der Tür wartet noch einer eurer Chemiker.»

«Schick ihn rein!», die Augen Keyathuzs leuchteten vor Aufregung, denn wenn es das war, was er vermutete, würde ihnen das einen gewaltigen Vorteil im bevorstehenden Rennen bringen!

«Jawohl Sir!», der Butler verneigte sich, und trat wieder auf den Flur hinaus. Wenig später trat der etwas kleine, frech aussehende Arsultar Angidion ein.

«Guten Tag Sir!» Arsultar verneigte sich etwas zu knapp für Keyathuzs Geschmack und fuhr dann fort: «Mir ist es endlich gelungen die alte Rezeptur nachzumischen.»

Er hielt stolz ein kleines Fläschchen in die Höhe.

«Ist es das, was ich glaube?», grinste Keyathuz.

«Das Elixier der Schuppenechsen», bestätigte Arsultar. Seine Augen blitzen selbst wie die eines Reptils. «Damit erwecken wir die alten Kreaturen. Die Echsenmenschen werden endlich wieder uns gehorchen.»

Die Echsenmenschen waren seit Jahrzehnten ausgestorben. Sie galten als die Meisterdiebe des Universums. Schnell und leise wie eine Echse, aber tödlich wie ein bedrängter Wolf. Sie waren die perfekten Agenten, doch gab es aufgrund ihrer langsamen Fortpflanzung sowieso nur wenige von ihnen und sie wurden alle beim letzten großen Krieg gejagt und ausgelöscht. Alle, bis auf ein paar wenige Elitekrieger, die sich in einen tiefen Winterschlaf versetzen konnten und so ihren eigenen Tod simulierten, damit sie von ihren Häschern nicht gefunden wurden. Sie fielen bald in Vergessenheit und es

wurden nur noch Legenden über sie erzählt. Mit diesem
Elixier jedoch konnten sie wieder erweckt werden.

Es brach bereits die Dämmerung an, bis Keyathuzs Sklaven
alles hergerichtet und die Überreste einer jener
Echsenmenschen vorbereitet hatten. Die Flammen der
Fackeln warfen ihr schummriges Licht auf die dunklen
Gebeine. Arsultars Gesicht war in eine tiefe Kapuze gehüllt,
als er leise murmelnd auf den Altar zuschritt und die
Flüssigkeit über die staubigen Knochen goss. Ein säuerlicher
Gestank stieg auf und brannte in den Augen der
Anwesenden. Es zischte und brodelte und Arsultar schrie nun
seine Worte über den Lärm hinweg. Dann war es auf einen
Schlag still und die Fackeln erloschen. Nur ein schrilles
Klackern hallte durch die kalten Gänge und ließ einem das
Blut in den Adern gefrieren.
«Entzündet die Fackeln wieder!», befahl Keyathuz. Er starrte
begierig auf den schemenhaften Umriss des Altars, der in der
Dunkelheit kaum auszumachen war.
Die Sklaven huschten hin und her und entfachten endlich das
Feuer wieder. Und jetzt im Licht des Feuers war es
ersichtlich… Der Altar war leer, stattdessen kauerte davor
eine kleine Gestalt. Eingewickelt in ihren Mantel schien sie
sich nicht zu bewegen, doch Keyathuz spürte die giftgelben
Reptilaugen, die ihn aus den tiefen Augenhöhlen anstarrten
und er begann hämisch zu lachen. Es hat funktioniert! Die
Gestalt duckte sich und entschwand in die tiefe Nacht.
Keyathuz war zufrieden.

UZZAGAR

DER KRALLENMENSCH

«Komm! Gehen wir noch eine Runde Fußball spielen!», forderte Talrik Marius nach dem Mittagessen heraus und rannte los. «Wer zuletzt ankommt ist Goalie!»
«Hey!», rief ihm Marius hinterher. «Das ist ein Frühstart!»
Doch es nützte nichts, Talrik rannte einfach weiter und so blieb Marius halt nichts anderes übrig, als es ihm gleich zu tun. Er wollte ihm hinterherrennen, denn eigentlich war er schneller als Talrik, doch…auf einmal trat er auf seine noch offenen Schnürsenkel und fiel der Länge nach hin. Er purzelte über das noch feuchte Gras hinweg und zu allem Überfluss fiel ihm auch noch der Ball aus den Händen und rollte den Hang hinunter auf den Parkplatz. *Oh man, natürlich war er wieder mal der Idiot, hoffentlich hatte ihn niemand gesehen.* Er sah sich rasch um, doch die Mädchen am anderen Ende des Platzes waren zum Glück mit sich selbst beschäftigt.

Marius stand hastig wieder auf, rutschte den Hang hinunter und sah gerade noch, wie der Ball unter einem Lieferwagen hindurchrollte und auf der anderen Seite wieder rauskam. Er rollte immer weiter die Wiese hinunter und direkt auf den Modersumpf zu.

«Verdammt!», fluchte Marius. «Das hat mir gerade noch gefehlt!»

Das Gebiet war gesperrt. Trotzdem sprang er über das Absperrband und lief dem Ball nach, welcher mittlerweile liegen geblieben war. Sie hatten ihn gerade erst gekauft! Nebst dem Scooterfliegen war das Fußballspielen einer ihrer liebsten Hauptbeschäftigungen.

«Junge! Was treibst du da unten, weg von der Wiese!», ertönte die krächzende Stimme des Hausmeisters hinter ihm. *Typisch Hausmeister. Immer kommen sie, wenn man sie am wenigsten gebrauchen konnte,* dachte sich Marius

«Ich hoffe du kleiner Bengel weißt, was das bedeutet? Arrest! Mittwochnachmittag in meinem Büro!»

«Aber...», stammelte Marius und zeigte empört auf die wenigen Schritte, die er in der Wiese stand.

«Kein Aber, und jetzt verschwinde!», schimpfte der Hausmeister aufgebracht und stapfte noch immer wetternd wieder davon. Marius wollte sich soeben wieder umdrehen, als er das seltsame Blinken aus dem Augenwinkel vernahm. Es war dasselbe, wie er es auch schon gestern von seinen Großeltern aus über dem Henkerswald gesehen hatte, nur blinkte es nun unten über dem Sumpf. Es blinkte nur kurz auf, doch war es unverkennbar. Es schien eine leuchtend blaue Kugel zu sein, die in der Luft schwebte. Er kniff die Augen zusammen, um es genauer auszumachen, doch das Licht verschwand sogleich wieder. Doch da war in der Ferne etwas Anderes, das da nicht hingehörte. Als er genauer hinschaute, meinte er eine kleine, unscheinbare Silhouette zu erkennen. Sie hatte lange Krallen und schien direkt dem Modersumpf zu entsteigen!

«Hey Marius!», lenkte ihn eine vertraute Stimme ab. «Wo bleibst du?» Diesmal war es Talrik, der schwer atmend angerannt kam.

«Was hast du denn?», fragte er keuchend, als er neben ihm zu stehen kam und ihm auf die Schulter boxte. «Du siehst ja aus, als hättest du den Teufel höchstpersönlich gesehen!»

«Ach, lass sein. Es ist nichts.», meinte Marius. Die Silhouette war verschwunden und er schüttelte seinen Kopf. Die Lust am Fußballspielen war ihm vergangen und so stapfte er wieder in Richtung Internatsgebäude zurück. Er war so in Gedanken versunken und sah immer wieder die bucklige, krallenhändige Gestalt vor seinem inneren Auge, dass er ebendiese Gestalt nicht bemerkte, welche ihnen auf Schritt und Tritt folgte.

Es dämmerte bereits wieder, als sich Talrik und Marius in ihr Zimmer in der Schülerunterkunft begaben. Talrik schloss die Tür auf und blieb wie vom Donner gerührt stehen.

«Weg da…», fing Marius an, er hatte mittlerweile zu Talrik aufgeschlossen und wollte ihn zur Seite schieben als ihm die Kinnlade hinunterklappte.

Das ganze Zimmer war nur noch eine einzige Unordnung. Der Schrank war umgekippt, die Matratzen von den Betten gezerrt, die Poster von den Wänden gerissen und die Schultaschen durchwühlt.

«Verdammte Erstklässler!», murmelte Talrik. «Seit sie ihre Smartphones am Semesteranfang abgeben müssen, wissen sie sich wohl nicht mehr besser zu beschäftigen… wenn ich den erwische, der das angestellt hat!» Er kickte den Mülleimer aus dem Weg und sah sich im Chaos um. «Soweit ich sehe, fehlt nichts!»,

«Sieht aber aus, als hätte jemand etwas gesucht!», meinte Marius. Er zerrte seine Matratze wieder aufs Bett und ließ sich niedergeschlagen darauf nieder. Das hatte ihnen gerade noch gefehlt. «Möchte gerne wissen, wer oder was diese Person gesucht hat! Das sieht eher nach einem Einbrecher als Erstklässlern aus» Er seufzte.

«Falls es überhaupt ein Mensch gewesen ist!» Talrik deutete auf die Spuren am Schreibtisch. «Diese Kratzspuren hier sehen jedenfalls nicht danach aus!»

Er ging um den Schreibtisch herum und untersuchte ihn nachdenklich: «Die sehen eher aus, als hätte ein Bär versucht die Schubladen zu öffnen!»

«Was!», Marius sprang erschrocken von seinem Bett auf und eilte zu Talrik hinüber. Er war auf einmal ganz Ohr. Und tatsächlich! Talrik hatte nicht übertrieben, denn als er sich über die Schublade beugte, stiegen gleich wieder die Bilder der Gestalt im Modersumpf in seinem Kopf auf. Der Tisch wies tiefe, ausgefranste Furchen im Holz auf und ein kalter Schauer lief ihm über den Rücken. Trotzdem entschied er, Talrik nichts zu sagen. Er würde ihn nur für verrückt halten. Eine Weile standen beide nur so da und schauten niedergeschlagen auf die Unordnung hinab.

«Komm», meinte Marius nach einer Weile mit schwacher Stimme. «Machen wir uns ans Aufräumen. Bleibt uns wohl nichts anderes übrig»

*

«Ihr seid wahrlich ein Meister eures Fachs!», lobte Keyathuz. Er saß auf seinem Thron und hielt das Fläschchen mit dem Elixier gegen das Licht: «Eine herrliche Vorstellung, die ihr gestern abgeliefert habt!»

«Danke Sir!», bedankte sich Arsultar, der vor ihm am Boden kniete. «Erlaubt Ihr, dass ich mich zurückziehe?»

«Ja, ja geh nur» Keyathuz entließ ihn mit einer wedelnden Handbewegung und stellte das kostbare Elixier auf das Tischchen neben sich. Er stand auf, marschierte gemächlich zum Fenster hinüber und ließ seinen Blick wieder in die Ferne schweifen. Seine Spione waren überall dort draußen und mit dem Echsenmenschen hatte er nun ein Wesen, das seinesgleichen suchte. Sein Blick glitt über die karge Landschaft vor den Toren seiner Gebäude. Der Planet war kahl und kalt und hatte nicht viel zu bieten.

Er griff sich sein Teleskop und blickt gierig auf den kleinen blauen Punkt, den er da hindurchsah. Die Erde lag so klein und doch so fern da inmitten des tiefen Alls. Sie war so nah und doch wussten die wenigsten Menschen dort, dass hier draußen eine weitaus größere Zivilisation unterwegs war. Doch irgendwann wird der Tag kommen, an dem Keyathuz das ganze Reich an sich bringen würde. Und er war bald bereit dazu. Ein Piepsen riss ihn aus seinen Zukunftsträumen. Es kam von seinem Nachrichtenbildschirm. Keyathuz lief hinüber, rieb mit seiner Hand darüber und aktivierte ihn damit.

«Sir!», ertönte die Stimme von Uzzagar aus dem Innern des Bildschirms. «Tut mir leid, euch diese Nachricht zu überbringen. Ich habe das ganze Zimmer abgesucht, aber nicht die geringste Spur des Medaillons gefunden.»

Uzzagar war der Letzte der Sippe der Krallenmenschen. Er sah im Grunde genommen wie ein normaler Mensch aus. Jedoch hatte er übergroße Schweineohren und Hühnerkrallen. Würde er nicht diese dunkle Aura ausstrahlen und würde er sich mal etwas um sein Äusseres kümmern, sähe er glatt wie ein irrwitziger Clown aus einem schlechten Film aus.

«Du Narr!», brauste Keyathuz auf. «Finde mir dieses Medaillon oder es ergeht dir wie deinem Vorgänger!»

Uzzagar schaute erschrocken auf, denn er wusste nur zu gut, wie es seinen Vorgängern ergangen war, welche Keyathuzs Befehle nicht erfüllt hatten. «Aber Herr! Seid ihr sicher, dass es bereits in seinem Besitz ist? Ich habe das ganze Zimmer durchsucht, doch da ist nichts.»

Keyathuz schlug auf den Bildschirm ein und kickte einen Beistelltisch weg. «Das Medaillon muss unbedingt in meinen Besitz kommen! Nicht auszudenken, wenn es in die falschen Hände gerät!», schrie er. Dieses Amulett war vielleicht der Schlüssel zu seiner endgültigen Macht. Er hatte zwar noch nicht herausgefunden, was es bewirkte, doch wusste er zumindest, dass sein Herr und Meister, sobald er wieder zurück war, dieses Ding in den Händen haben wollte.

Er ging wutentbrannt im Raum hin und her und blieb dann schließlich wieder vor seinem Thron stehen.

Seine Augen glänzten vor Missfallen und er wollte gegen die Wände schlagen. Da entspannten sich seine Fäuste auf einmal, ihm war soeben ein wundersamer Gedanke gekommen. *Es wird Zeit für den Echsenmenschen,* lachte er hämisch in sich hinein, vielleicht konnte er das Ganze ohne großes Aufsehen lösen.

FREMDE SCHRIFT

Talrik lief unruhig auf dem Gang vor dem Mathematikzimmer auf und ab, während Marius nur gedankenverloren aus dem Fenster blickte.

«Mir geht der Vorfall von gestern Abend einfach nicht aus dem Kopf!», meinte Talrik mürrisch. «Und dies ausgerechnet heute, wo wir einen Mathetest schreiben müssen! Da kann ich mich unmöglich konzentrieren.»

Marius zuckte erschrocken zusammen, er hatte den Test vor lauter Aufregung ganz vergessen. Er ging einzig und allein immer wieder der Frage nach, was der Einbrecher – falls es überhaupt ein Mensch gewesen war – in ihrem Zimmer gewollt hatte.

«Komm, lass es uns hinter uns bringen!», seufzte Talrik. Es war wohl eher ein motivierender Zuspruch für sich selbst.

Marius griff sich seine Schultasche und folgte Talrik ins Zimmer. Er setzte sich in die hinterste Reihe, packte sein Schreibzeug aus, und schaute gelangweilt nach vorne, wo Mister Finkensturz soeben die Probebögen auszuteilen begann. Was danach folgte war nicht der Rede wert. Es war ein langweiliger, klassischer Schulmorgen.

Am Nachmittag hatten sie zuerst Sportunterricht unten auf der Wiese. Endlich ein Fach, das Marius interessierte. Sie trainierten für das alljährliche Scooterrennen und Marius war dieses Jahr in der Topauswahl! Vor Freude strahlend schritt er zur Umkleidekabine und wollte sich soeben seinen grauen Trainingsanzug überziehen, als er ein leises Scheppern vernahm.

Er bückte sich und hob das kleine goldene Medaillon seiner Tante auf. Er hatte vergessen, dass er es noch immer bei sich trug. Obwohl in der Kabine dämmriges Licht herrschte, leuchtete der Anhänger leicht und verstrahlte eine angenehme Wärme. Er drehte es verwundert in der Hand und begutachtete es. Auf der Außenseite des Amuletts verlief ein hauchdünner Spalt. Marius vermutete, dass man es öffnen konnte, fand jedoch nirgends einen Knopf oder etwas ähnliches, weshalb er schnell wieder das Interesse verlor.

Er legte es sich um den Hals, streifte den Pullover darüber und trat auf die Wiese hinaus. Die andern taten es ihm gleich und stellten sich in einem Halbkreis um den Lehrer auf.

«Gut, dass ihr alle erschienen seid!», empfing er sie. *Udo Kerns, was für ein bescheuerter Name er doch hatte*, dachte sich Marius. «Wie ihr sicher alle schon wisst, findet in gut drei Wochen das große Finale statt!»

Udo Kerns ließ seinen Blick über die kleine Gruppe schweifen. «Das letzte Jahr musste unser Team eine tiefe Niederlage einstecken, doch diesmal wird es anders! Zeigt, dass ihr über die Sommerferien fleißig trainiert habt!»

Er stieß einen schrillen Pfiff aus, worauf die wilde Truppe zu ihren Scootern rannte, die Motoren aufheulen ließen und sich in die Lüfte erhoben.

Marius drückte sein Pedal durch und flog ein paar Runden zum Einwärmen über das Stadion. Eigentlich war es gar kein Stadion, sondern bloß eine karge Wiese, welche mit einem Maschendrahtzaun begrenzt war. Sie wurde von den Schülern liebevoll Stadion genannt, um ihrem Sportplatz immerhin etwas Ruhm zu verleihen.

Die Sportstunde verging sprichwörtlich im Fluge. Sie trainierten ihre Geschicklichkeit und Reaktionsfähigkeit, indem sie in Formation flogen und im Fliegen Gegenstände vom Boden fassten und sich gegenseitig zuwarfen.

Als sie sich nach dem Sport auf den Rückweg machten, stieß Marius plötzlich einen überraschten Schrei aus und winkte Talrik zurück: «Warte kurz!» Er spürte eine seltsame Wärme auf seiner Brust und zog verwundert das Amulett seiner Tante hervor. Es schimmerte noch stärker als vorhin und am Rand konnte man jetzt ganz deutlich einen Haarfeinen rotglühenden Strich ausmachen. «Weißt du, was das sein könnte?», fragte Marius stirnrunzelnd. Er strich vorsichtig mit dem Zeigefinger über die Oberfläche und ein kaum hörbares Klicken ertönte aus dem Innern des Amulettes.

«Wow!» Talrik sog erschrocken die Luft ein, als das Amulett aufsprang und sein kleiner Inhalt beinahe herunterfiel. «Was ist denn das?»

«Keine Ahnung!», murmelte Marius, der geistesgegenwärtig zugegriffen und den Inhalt aufgefangen hatte. Er hielt ein kleines, schwarzes Plättchen gegen das Licht. «Sieht aus wie eine kleine Speicherkarte für einen Computer.»

«Komm! Probieren wir es einfach aus», meinte Talrik. Marius klappte das Amulett wieder zu und die beiden Jungen marschierten gemeinsam den Weg hinauf ins Internat.

Marius saß ungeduldig auf dem Bürostuhl in ihrem Zimmer und wartete darauf, dass der Computer endlich aufstartete. Es handelte sich noch um ein älteres Modell. Ihr Zimmer bestand wie fast alle Zimmer im Internat aus zwei Betten, einem Schrank, einem Schreibtisch mit zwei alten Computern und einem kleinen Balkon. Das Chaos hatten sie mittlerweile aufgeräumt.

«Nun mach schon, schieb die Karte rein!», drängelte Talrik, kaum leuchtete der Bildschirm auf und sprang vom Bett auf, wobei ihm seine schwarzen Locken um den Kopf tanzten.

Marius tat wie geheissen und sogleich öffnete sich eine Datei auf dem Bildschirm. Der Bildschirm füllte sich mit Zeichen und Codes, die hinunterratterten, dann wurde es kurz schwarz, bevor ein einzelner Satz aufblitzte. Er war in sonderbaren Zeichen geschrieben, die weder Marius noch Talrik zuordnen konnten. Doch hatten sie etwas seltsam Vertrautes. Marius schien es, als hätte er sie bereits einmal gesehen.

«Was das wohl zu bedeuten hat?» Marius sah Talrik fragend an und scrollte mit der Maus nochmals über den Text hinweg.

«Keine Ahnung, du bist das Rätselgenie!», entgegnete dieser und war sichtbar enttäuscht, dass es keine Schatzkarte oder etwas ähnlich Cooles war, das sie darauf fanden. «Hau es mal ins Netz und schaue, ob es eine Übereinstimmung gibt.»

Doch egal wonach sie suchten, sie fanden keine Übersetzung oder auch nur annähernd gleiche Schriftzeichen. Marius seufzte und legte die Speicherkarte wieder ins Amulett. Er hielt es gegen das Licht und kniff die Augen zusammen, als könnte er ihm noch ein Geheimnis entlocken, doch wusste er selbst nicht wonach er suchte und legte sich die Kette wieder um. Was auch immer diese Botschaft bedeutete, sie musste noch etwas warten.

DIE TÜR IM MOOR

Die Kirchturmuhr schlug bereits acht Uhr, als Marius erwachte.

«Schnell Marius, steh auf, sonst verpassen wir noch den Grand Prix unten auf dem Dorfplatz!», Talrik zog ihm die Bettdecke weg.

Bei dem Grand Prix handelte es sich um ein traditionelles Scooterrennen quer durch die Stadt. Es war der Auftakt für die Meisterschaft, die demnächst stattfinden würde. Teilnehmen durfte jeder Schüler ab 16 Jahren. Und es war ein so grosses Spektakel, dass sie in der Schule einen Morgen frei bekamen. Marius zog sich schnell seinen Mantel über, kippte eine Dose Limonade hinunter und folgte Talrik nach draußen.

«Hast du noch etwas herausgefunden, was die Zeichen bedeuten könnten?», fragte Talrik, als sie das Eingangsportal durchschritten, und kickte einen Kieselstein davon.

«Nee, keine Ahnung!», murmelte Marius. Er war noch zu verschlafen, um sich darüber weitere Gedanken zu machen

«Ich habe viel mehr an das heutige Rennen gedacht! Denn dieses Jahr darf ich das erste Mal endlich auch mitmachen!»

«Wir könnten ja heute Nachmittag nach dem Rennen die alte Müller, unsere ehemalige Geschichtslehrerin fragen, sie kennt jede Menge Rätsel und Geheimnisse!»

«Geht nicht, ich muss heute beim Hausmeister nachsitzen gehen!»

«Oh Mist! Dann gehe ich eben allein», seufzte Talrik. «Aber komm, gehen wir uns endlich fürs Rennen einschreiben!»

«Okay, da drüben ist es, soviel ich weiß!» Marius erblickte einen hölzernen Stand inmitten der Menschenmenge. Er fluchte leise, denn es standen schon mindestens zwei Dutzend andere Schüler vor ihm an.

Die Zeit kroch langsam dahin, während Marius und Talrik warteten, bis sie an der Reihe waren. Die Sonne war unterdessen höher gestiegen, wo sie nun bereits ohne Erbarmen heiß von einem wolkenlosen Himmel auf die wartende Menschenmenge herab schien. Es dauerte noch eine Ewigkeit, bis sich Marius und Talrik eingeschrieben hatten und sich an der Startlinie einreihen durften. Ihre beiden Scooter wurden bereits von fleißigen Helfern herbeigeschoben.

Punkt elf Uhr stieg dann Professor Arthur Halwadar auf die Bühne hinter das Rednerpult und begann mit einer seiner jährlichen Reden. Er erzählte über den Anfang und die Entstehung dieser Tradition. Und während Arthur da vor sich hinschwafelte, ließ sich Marius gelangweilt auf seinen Scooter sinken und Sandor, welcher nun ebenfalls neben ihm stand verdrehte die Augen, während Talrik es sich am Boden bequem machte und sich auf eine lange, langweilige Rede einstellte.

Der Schweiß stand ihnen von der Sonne bereits auf der Stirn, als Arthur endlich vom Podest herunterstieg, sich durch die Menge zwängte und vorne an der Startlinie Stellung bezog. Marius, Talrik und Sandor schwangen sich auf ihre Scooter und ließen ihre Motore kurz aufdröhnen. Arthur schaute zufrieden über die startbereite Meute hinweg: «Ich will euch nicht mehr länger aufhalten! Auf mein Kommando geht's los!» Er hob seinen rechten Arm und drückte den Auslöser. Kaum ertönte die Fanfare aus dem Lautsprecher über dem Startbogen, drückte Marius auch schon das Gaspedal durch und duckte sich tief hinter der kleinen Windschutzscheibe. Links und rechts von ihm taten es seine Kollegen gleich und gemeinsam rasten sie auf die erste Kurve zu.

«Verdammt!», fluchte Marius, welcher soeben in die erste Kurve gehen wollte. «Ausgerechnet jetzt gibt der Motor seinen Geist auf!» Und tatsächlich ratterte und knatterte sein Motor so laut, dass er kaum noch die Stimme Arthurs, welcher über Lautsprecher das Rennen kommentierte, vernahm. Er kickte so fest auf den Motor unter ihm, dass er schon befürchtete, dass er nun ganz abstürzen würde, doch wie durch ein Wunder heulte der Motor wieder auf. Noch während sich Marius wieder aufrichtete, erblickte er aus dem Augenwinkel wieder das Blinken vom Sumpf her, welches er bereits gestern gesehen hatte, doch diesmal war es viel heller und intensiver. Das Licht leuchtete jetzt so stark, dass er kaum noch hinblicken konnte. Sonst schien es niemand zu bemerkten. Alle waren sie zu konzentriert auf die Rennstrecke. Marius drückte das Pedal durch, schoss an zwei

Mitstreitern vorbei und schloss zu Talrik auf. «Talrik!», schrie er über den Motorenlärm hinweg. «Komm mit! Wir hauen ab!»

Er zog seinen Lenker scharf nach rechts und entging nur knapp einer Kollision mit Sandor, welcher ihn überholen wollte. Dieser verwarf nur seine Hände und raste dann weiter.

«Bist du denn völlig übergeschnappt?», fragte ihn Talrik, als er zu Marius aufgeholt hatte. «Wo willst du hin? Wir können doch nicht einfach so während des Rennens verschwinden, wir werden disqualifiziert!»

«Und ob wir das können!», entgegnete Marius, drückte noch ein bisschen mehr auf das Pedal, bis sie eine sichtgeschützte Stelle erreichten und schoss dann über die Abschrankung hinweg. Er hielt weiter auf das Blinken zu, weg vom Tumult der Rennstrecke hinter ihnen. Keiner schien zu bemerken, dass sie falsch abgebogen waren.

Talrik hatte das Blinken nun ebenfalls gesehen und gemeinsam flogen sie darauf zu.

Als sie näherkamen, entpuppte sich das Blinken als eine kleine Lichtkugel. Sie schwebte inmitten des Modersumpfes über einem staubtrockenen Platz. Marius schaute etwas verwundert drein, als er den Platz entdeckte, denn eigentlich war das Moor in der Nähe des Internats überall sumpfig und kaum begehbar. Doch dieser eine Flecken festen Bodens war über und über mit Pflastersteinen besetzt. Sie ergaben eine Art achteckiges Muster, welches gleichzeitig wellenförmig auf eine kleine Kuppel am Rande des Platzes zeigte. Eine Staubwolke stieg empor, als die beiden Jungen nebeneinander am Boden landeten.

«Was ist das?», fragte Talrik und schaute sich unbehaglich um.

«Keine Ahnung!», entgegnete Marius wiederum. «Aber wir werden es bestimmt bald erfahren.»

«Du willst da rein?», fragte Talrik skeptisch, als sich Marius auf das Gebilde zu bewegte.

«Warum nicht?» meinte Marius. «Wenn wir schon extra hierhin gekommen sind, wollen wir doch auch schauen wofür!»

Talrik seufzte und stiefelte hinter ihm her.

«Da, da ist eine Tür!», schrie Marius aufgeregt. Er ging darauf zu und drückte vorsichtig dagegen, doch wie sich schnell herausstellte, half alles drücken und zerren nichts, die Tür wollte einfach nicht aufgehen.

«Lass mich mal!», sagte Talrik, trat an ihm vorbei und warf sich mit lautem Poltern gegen die Türe. Er wollte sich wieder einmal als der Stärkere beweisen.

«Nützt nichts, die ist verschlossen!» murrte Marius und deutete auf ein kleines Bedienfeld. «Wir benötigen wohl ein Passwort»

«Dann können wir's gleich vergessen! Wir haben keine Zeit um hier irgendwelche Rumpelstilzchenmärchen herauszu….Moment mal was ist jetzt los!»

Ein leises Beben durchlief den Boden und ein haarfeiner Riss entstand in der Mitte der Türe, welche gegen innen aufschwang, als Marius dagegen drückte.

«Scheint, als hätten wir mal Glück gehabt!», sagte er überrascht und eilte Talrik voraus, die Treppe hinunter.

Talrik hörte auf, die Stufen zu zählen noch lange bevor sie
endlich vor einem weiteren großen, eisenbeschlagenen
Holztor ankamen.

«Wollen wir es wagen?», fragte Marius stirnrunzelnd.

«Wie du bereits sagtest, wir sind nicht für Nichts hierhin
gekommen!», meinte Talrik bestimmt und drückte leicht
gegen das Tor, welches diesmal unverschlossen war. Lautlos
schwang es nach innen auf und eröffnete ihnen dahinter pure
Dunkelheit.

KÖNIGIN NÚDAN

Das Erste, was Marius spürte, war ein stechender Schmerz in seinem Hinterkopf. Er versuchte sich aufzusetzen und seine Augen zu öffnen, doch sein Körper fühlte sich bleischwer an. Benommen ertastete er eine weiche Decke und Kissen um sich herum. Er lag in einem großen, bequemen Bett.

Endlich schaffte er es, seine Augen zu öffnen und blinzelte mehrmals, um sich im schummrigen Licht zurecht zu finden. Er konnte seinen Kopf kaum drehen, ohne dass sich der pulsierende Schmerz weiter in den Nacken ausbreitete. Er befand sich in einem großen quadratischen Raum, welcher außer seinem Bett und einem kleinen Schrank äußerst karg eingerichtet war.

«Bleib liegen, du musst erst noch zu Kräften kommen!», befahl eine Stimme links von ihm. Tief und rau. Marius verzerrte sein Gesicht, blinzelte gegen das Licht und als er sich umblickte und endlich etwas erkennen konnte schaute er… direkt in das griesgrämige, bärtige Gesicht eines Zwergs!

«Was guckst du mich so an? Hast wohl noch nie einen Ugron gesehen. Na ja, ihr Erdlinge seid ja eh alles andere als gebildet.» Aus seinem Mund klang es nicht nach einer Beleidigung, sondern eher nach einer Feststellung. Er war nicht sonderlich klein, sondern hatte die Größe eines kleinwüchsigen Menschen mit sehr stämmiger Statur.

«Ach ja, ich heiße Brega», fuhr er fort und bemühte sich wohl möglichst beiläufig zu klingen im nächsten Teil: «und wenn du dich über den Schmerz in deinem Hinterkopf wunderst, daran ist Ugron Brûs schuld, ich hatte ihm gesagt, er sollte nicht all zu fest zuschlagen, doch er konnte es einfach nicht lassen, auszuprobieren wie viel ihr Erdlinge verträgt.»

Marius verstand kein Wort, sondern blickte ihn nur verwirrt an. «Wo sind wir hier?» Seine Stimme war krächzend und er musste husten. «Ich erinnere mich nur noch, dass wir einen Raum betreten wollten, und dann wurde um mich herum alles Schwarz.»

«Da hol ich dir am besten Kapitän Joe» Er grunzte noch etwas und eilte dann aus dem Raum. Marius ließ sich wieder erschöpft in die Kissen fallen. Seine Sinne waren noch benebelt.

Es dauerte eine Weile bis Marius ein Poltern vor der Tür vernahm. Er schaute erschrocken auf als sich ein gut zwei Meter zehn großer Mensch durch den Türrahmen quetschte. Er hatte fast doppelt so breite Schultern wie Marius und Oberarme, so dick wie Baumstämme. An seinen Abzeichen vorne auf der Brust stellte Marius fest, dass dies Joe sein musste. Offenbar gab es hier kein Mittelmaß, was die Größe anbelangte.

«Guten Morgen junger Mann.» Seine Stimme war raumfüllend tief. «Wie geht es dir?»

Marius brachte noch kein weiteres Wort heraus. Er hustete nur.

«Tut mir leid, wegen der Unannehmlichkeiten, die wir dir bereitet haben, doch euch zu kidnappen, war die einzige Möglichkeit, um sicherzugehen, dass ihr auch wirklich mit uns kommt! Ihr hättet uns wohl kaum geglaubt, falls wir freundlich gefragt hätten.»

Marius sah ihn nur fragend an, worauf dieser fortfuhr: «Du Marius, bist der Auserwählte, welcher bestimmt ist, das Schwert der Vergangenheit zu finden und Keyathuz entgegenzutreten.»

«Ich bin der was?», hustet Marius abermals. «Und wem soll ich…»

«Da fällst du aber gleich ordentlich mit der Tür ins Haus», lachte Brega über Joe und den unverständlichen Blick von Marius. «Außerdem wissen wir noch nicht, ob er auch wirklich der Richtige ist.»

«Ach Marius du kapierst ja wirklich nichts!» Endlich eine Stimme, die er kannte! Talrik drängte sich zwischen dem Zwerg und dem Riesen von einem Mann hindurch ins Zimmer. «Du bist der *Aus-er-wähl-te!*»

Marius versuchte erst gar nicht zu begreifen. Er war entweder noch am Träumen oder aber in einem Raum voller Spinner gelandet. Er hoffte auf ersteres, spielte aber erst einmal mit. «Talrik, immerhin bist du hier. Wo bin ich? Sind wir beim Rennen verunfallt?» *Eine Gehirnerschütterung ist das Einzige, das Sinn macht,* dachte er sich.

«Ehrlich gesagt weiß ich das auch nicht so recht», raunte ihm Talrik hinter vorgehaltener Hand mit Seitenblick auf die zwei wirren Gestalten zu, fing dann aber breit an zu grinsen. «Doch sollten wir es nehmen, wie es ist, denn wie oft schon bist du in einem *Raumschiff* durch die Galaxis geflogen?» Immer noch grinsend lehnte er sich zurück und blickte nun ebenfalls Joe an.

«Das ist korrekt», bestätigte Joe auf Marius verwirrten Blick. «Du bist hier auf unserem Schlachtkreuzer Fawn und wir sind mit ihm auf dem Weg zum Planeten Calthyn, der Rote aus der Halbgalaxie. Unsere Reise wird voraussichtlich noch fünf Tage dauern.»

Vielleicht lag es auch noch an seinem brummenden Schädel, aber Marius verstand kein Wort.

«Genug geredet», unterbrach ihn Brega. «Man sollte seine Gäste nicht so lange warten lassen, wenn unten im Speisesaal ein köstliches Mal vorbereitet ist, das solltet Ihr doch wissen! Vor allem wenn eine so hohe Persönlichkeit unter ihnen ist! Wir können unten weiterreden.»

Joe nickte und gemeinsam marschierten sie aus dem Zimmer hinaus. Marius schüttelte den Kopf, das waren wirklich Spinner!

Talrik half Marius aus dem Bett und reichte ihm einen Kapuzenpullover. Seine Beine waren noch schwach, aber leicht gestützt von Talrik schafften es die Beiden ihren Gastgebern zu folgen. Offenbar hatte es Talrik nicht so heftig erwischt oder er hatte einfach einen stärkeren Dickschädel.

«Was hältst du davon; erst gestern noch waren wir Schüler in einem Internat und heute reisen wir mit einem Riesen und einem Zwerg durch das Universum!» Er schien all das hier ziemlich gelassen zu nehmen und den Unsinn zu glauben, den sie ihm erzählt hatten.

«Ugron! Nicht Zwerg, Zwerg ist eine Beleidigung, ihr ungebildeten Erdlinge», maulte Brega, welcher gut zehn Meter vor ihnen dahinstapfte. Immerhin musste sein Gehör wirklich gut sein, denn obwohl sich Talrik und Marius leise unterhalten hatten, hatte er jedes ihrer Worte verstanden.

«Oh, tut mir leid, *Ugron* Brega!», meinte Talrik und verneigte sich leicht, verdrehte aber gleich die Augen.

«Er ist der Einzige seines Volkes, den es stört, wenn man Zwerg sagt, also macht euch keine Sorge», grinste Joe, worauf er nur einen empörten Faustschlag von Brega in die Magengegend kassierte. «Aber nun kommt endlich, das Essen ist längst bereit.»

«Es ist Zeit für ein Festmahl», pflichtete Brega Joe bei und Marius und Talrik folgten ihnen mit knurrendem Magen in dem Speisesaal.

Der Raum entpuppte sich als eine große, metallene Halle mit gut drei Dutzend hölzernen Tischen, welche wie Marius feststellte, alle handgearbeitet und mit kunstvollen Runen verziert waren. Die Tische waren reich beladen mit allen möglichen Speisen. Die meisten konnte Marius zwar nicht zuordnen, doch lagen sie in allen Farben frisch leuchtend, mit Liebe drapiert auf ihren Platten da.

Ein paar der bereits im Raum Versammelten blickte kurz von ihrem Essen auf und nickte ihnen zu, als sie eintraten, doch blieben die meisten über ihre Teller gebeugt oder diskutierten angeregt weiter. Quer durchmischt saßen da Männer, Frauen, Zwerge und Gestalten, die Marius nicht genau zuordnen konnte.

Brega steuerte einen etwas weiter hinten liegenden Tisch an. Es war der am reichsten beladene von allen.

«Nehmt Platz, und lasst es euch schmecken!», sprach Joe mit feierlicher Miene, stopfte sich noch im Stehen ein Stückchen Brathuhn in den Mund und ließ sich auf seinen Stuhl fallen. Zögerlich tat es ihm Marius nach. Na ja, vielleicht hatte Talrik ja recht, und er sollte all dies hier einfach für eine Weile akzeptieren, bis sie erfahren hatten, was hier los war und warum man sie von der Erde verschleppt hatte. Oder falls er doch träumte, so hatte er immerhin noch nie einen so köstlich duftenden Traum. *Wobei, kann man im Traum riechen?*

Das Essen war vorzüglich und nach gut zwei Stunden Schlemmerei stand Marius erschöpft auf und marschierte aus dem Raum, um eine Toilette aufzusuchen. Trotz all der Höflichkeiten und des guten Essens fühlte er sich noch immer ein wenig fehl am Platz. Doch musste er sich eingestehen, dass das hier gar nicht mal so übel war. Die Leute schienen ihn tatsächlich zu respektieren und zu achten und in ihm irgendeine Bestimmung zu sehen. Aber er kaufte die Geschichte noch nicht ganz ab, dass sie hier auf einem Raumschiff mitten durch die Galaxie unterwegs sein sollten. Schließlich war das Mars-Programm auf der Erde bereits vor Jahrzehnten eingestellt worden, weil sich die teilnehmenden Nationen zerstritten hatten und somit war der von der Erde am weitesten entfernte, von Menschen besuchte Ort noch immer der Mond. Marius quetschte sich gerade auf dem Gang zwischen zwei mit Geschirr beladenen Speisewagen hindurch, als er eine Stimme hinter sich vernahm. Es war ein kleiner Junge mit zerzaustem Haar, dessen Augen voller Freude leuchteten.

«Wartet Sir!», quiekte die Stimme. Er musst ihm gefolgt sein, als er sich erhoben hatte. «Die Königin möchte euch sprechen, wenn ihr fertig gespiesen habt. Sie ist oben im Empfangsraum. Die erste Treppe gleich rechts hinauf.»

«Oh, vielen Dank.» Marius wollte ihm die Hand reichen, doch der Junge rannte bereits wieder davon.

Was *die Königin* wohl von ihm wollte? Und vor allem, wer nannte sich selbst *Königin*? Immerhin passte dies ins Konzept der Gestalten, die er bis jetzt getroffen hatte. *Ein Zwerg, ein Hüne und jetzt eine Königin, der wunderbare Beginn eines Märchens.* Aber jetzt erst mal die erste Treppe rechts hinauf. Marius trat oben zögerlich vor die Türe und klopfte dreimal kurz an.

Sie öffnete sich leicht surrend und Marius trat hinein. Er schaute verwundert zur gegenüberliegenden Seite des Raums. Da stand tatsächlich ein majestätischer, edler Thron mit schicken Verzierungen. Darauf saß nicht etwa eine alte, ergraute Königin, sondern eine junge Dame mit einem strahlenden Lächeln, das Marius' Herz sogleich erweichen ließ. Ihre hellbraunen Locken hatte sie keck hochgesteckt und die ozeanblauen Augen musterten Marius interessiert. Sie war wohl nicht viel älter als er selbst.

«Seid gegrüsst Marius.» Obwohl die Königin noch so jung aussah, klang ihre Stimme selbstsicher und harsch, als würde sie bereits seit vielen Jahren regieren, doch hatte sie zugleich eine anziehende Wärme in sich. «Du siehst aus, wie man mir berichtet hat. Ein stattlicher junger Mann.»

Marius fühlte sich geschmeichelt und er spürte wie er leicht
errötete «Ihr habt mich rufen lassen *eure Hoheit*», erinnerte er
sich, dass er bei dem ganzen Theater hier mitspielen wollte.
Er stellte schon gar keine weiteren Fragen mehr.

«Du kannst mich Núdan nennen. Ich verabscheue all diese
Höflichkeiten um Titel und Ränge!» Núdan bedeutete ihm
mit einer Geste näher zu kommen. «Aber ja, es stimmt, ich
habe dich rufen lassen. Und dies aus dem Grund, weil ich und
mein Volk schon lange auf dich, den Auserwählten gewartet
haben.» Sie musterte ihn mit argwöhnischen Augen und hob
dann eine Augenbraue. «Ich hoffe Brega und Joe haben dich
bereits etwas aufgeklärt und sich nicht nur die Bäuche
vollgeschlagen?»

Marius hob beschämt die Schultern. Er hatte selbst nichts
anderes gemacht in den letzten zwei Stunden. Viel zu sehr
war er mit dem köstlichen Mal beschäftigt gewesen, um den
Ort hier weiter zu hinterfragen. «Ehrlich gesagt weiß ich noch
nicht genau, was ich glauben soll und wo ich hier bin»,
gestand er. «Vieles ist mir so fremd, aber irgendwie trotzdem
vertraut. Sag, träume ich all das hier nur?»

Sie stand und kam mit langsamen Schritten zu ihm. Sie
berührte Marius nur sanft an der Schulter, doch sogleich
begann sein Herz zu pochen. *Wenn das ein Traum ist, dann lass
ihn noch etwas weitergehen,* dachte er sich. «Schau es dir mit
eigenen Augen an», lächelte sie ihn an und zog ihn hinüber
zur großen silbernen Wand hinter dem Thron und Marius
erkannte erst von nah, dass es eine Fensterfront mit außen
liegender Abdeckung war. Sie tippte auf ein Kontrollpaneel
an der Wand und Marius verschlug es sogleich den Atem.
Wie Flügel fächerten sich die Abdeckungen auf und gaben

den Blick frei auf abertausende funkelnde Lichter. Klar und hell tanzten sie vor der Fensterfront hinüber und verschwanden in der samtig schwarzen Dunkelheit. Eine Dunkelheit wie sie Marius noch nie gesehen hatte, nicht bedrückend, sondern klar und weit, wie ein Raum, dessen Wände nicht existierten. Glitzernde Schwaden durchzogen die Weiten und brachen das Licht in abertausende Farben.

«Ich weiß», flüsterte sie. «Es muss unglaublich sein das zum ersten Mal zu sehen.»

Marius brachte erneut keinen Ton heraus. Es war das erste Mal, dass er hier nach *Draußen* sehen konnte, und es wurde ihm schlagartig bewusst, dass das keine tanzenden Lichter, sondern tatsächlich Sterne waren, die da vor ihnen vorüberzogen. Es wurde ihm übel, als er realisierte, dass er sich all das hier gar nicht erträumen konnte. Es war zu viel für seine Fantasie. Er war tatsächlich im Weltall.

*

Keyathuz bebte indes vor Zorn. Er hatte alles perfekt vorbereitet und es wäre auch alles so abgelaufen wie geplant, wenn nicht diese Narren von Zwergen dazwischengefunkt hätten. Wutentbrannt fegte er seinen Tisch leer und schlug darauf ein. Nachdem Uzzagar versagt hatte, hatte er den Echsenmenschen entsandt, um sich wie ein Schatten an die Fersen des Erdlings zu haften und nach all den Jahren sah er das Amulett bereits in seinen Händen. Wie lange hatte er doch danach gesucht! Als er von seinen Spähern erfuhr, dass der Erdling verschwunden war und mit ihm wohl das Amulett… Er hätte jeden hier im Raum köpfen können. Der Erdling. Er wusste noch nicht welche Rolle er spielen würde, doch war er auf jeden Fall für den Hohen Rat von Bedeutung. Er musste ihn in seine Gewalt bringen und mit ihm das Amulett.

Arsultar stand mit gebückter Haltung vor ihm. «Was sollen wir jetzt tun Meister?», fragte dieser. Er wusste sehr wohl, dass sie versagt hatten. Er wusste nicht, was ihnen der Junge bringen sollte, doch musste er von Wert sein, schließlich ließ Keyathuz die Schützlinge von Arthur seit Jahren ausspionieren. Die Barrieren waren zu stark für Keyathuz, um selbst auf die Erde zu gelangen, doch seine Häscher schaffte er dort einzuschleusen.

«Vernichten», zischte dieser und seine Augen funkelten, als er sich tief zu Arsultar hinüberbeugte. «Wir werden ihr Schiff angreifen, vernichten und diesen Jungen in unsere Gewalt bringen.»

«Sir», widersprach Arsultar, wohl wissend, dass er nur ein Lidzucken entfernt war, den nächsten Faustschlag von Keyathuz abzubekommen. «Mit der geringen Anzahl von Streitkräften, die wir zurzeit zur Verfügung haben, haben wir im Kampf gegen ein so großes Schiff keine Chance! Unsere Hauptflotte ist noch mit den Aufständischen beschäftigt.»

«Dann ruft sie zurück, sofort. Wir können uns später um die Aufständischen kümmern, ich brauchte jetzt meine Flotte.»

«Jawohl Sir.»

Als Arsultar das Zimmer verlassen hatte, um den Befehl weiterzuleiten, schlug Keyathuz noch zweimal fest auf die Tischplatte ein. Er fasste sich mit ein paar tiefen Atemzügen und stapfte dann ebenfalls aus dem Zimmer.

Als er im Hangar seiner Festung ankam, waren bereits die ersten Arbeiten in vollem Gange. Er lehnte sich an das

Geländer und schaute auf seine verbliebenen Jäger hinunter. Er verfügte über eine der größten Flotten an Kampfschiffen, doch musste er diese zur Patrouille einsetzen, da in der letzten Zeit Überfälle von Aufständischen aus den Kolonien zugenommen hatten. Seine Untertanen wurden aufmüpfiger und die Grenzen seines dunklen Reiches drohten aufzuweichen. Es war längst überfällig, dass er seine Macht wieder festigen konnte, doch die Zeit spielte gegen ihn.

Er hatte nicht damit gerechnet, dass Arthur so schnell handeln und den Jungen wegbringen würde, sobald sie ihn gefunden hatten. Doch es war unverkennbar und die Gerüchte vermutlich war. Dieser Junge musste der Auserwählte sein, nach dem der Hohe Rat seit Jahrzehnten suchte und zu allem Übel trug er noch sein Amulett mit sich herum. Seine Späher waren bereit gewesen und er hätte Arthur mit seinen Echsenmenschen ausgeschaltet noch bevor dieser ihn hätte kommen hören. Die Barrieren wären gefallen und er hätte das Internat dem Erdboden gleichgemacht und den Erdlingen endlich gezeigt, dass sie nicht allein waren. Auch wenn die Erde unter dem Schutz des Hohen Rates stand, hätte er sich endlich wieder auf einen offenen Kampf eingelassen, um diesen Planeten zu erobern. Sie war das Juwel, das er endlich in seiner Kollektion haben wollte. Doch nun zwangen sie ihn, seinen Plan zu ändern. Die Erde musste warten. Er spürte, dass sein dunkler Herr in nicht allzu weiter Ferne zurückkehren würde und dafür musste er bereit sein. Und dieser Junge und das Amulett könnten der Schlüssel sein, um ihm seine unendliche Macht zu sichern. Seine Hoffnung lag nun auf seinem Echsenmenschen. Er konnte nur hoffen, dass er den verfluchten Zwergen folgen konnte und dass er seine

Mission erfüllen würde, noch bevor diese niederen Kreaturen die Macht des Amuletts entfesselten. Die Wut stieg wieder in ihm auf und er realisierte, wie knapp ihm seine unendliche Macht diesmal durch die Finger entwischt war. Noch einmal würde ihm das nicht passieren.

DER ERSTE TAG

Ein süßer Geruch nach glasiertem Speck und frischem Rührei stieg Marius in die Nase, als er von einem Rütteln des Schiffes geweckt wurde. Noch leicht benommen setzte er sich auf und rieb sich die Augen. Er hatte tatsächlich nicht geträumt, er war immer noch in diesem silbernen Blechkasten. Er murrte etwas Unverständliches, rollte sich aus dem Bett, schlüpfte in seine bereitgelegten braunen Hosen, zog sich Hemd und Pullover über und setzte sich an den kleinen Tisch an der gegenüberliegenden Seite des Raumes, wo bereits ein leckeres Frühstück bereitstand. Er fühlte sich fast wie auf der Erde, wären da nicht die Erinnerungen an gestern gewesen. Der Hunger vertrieb ihm jedoch alle Gedanken und gierig machte er sich über die Köstlichkeiten her und brummte nur kurz ein «Morgen» als Talrik sich mit ebenso verschlafener Mine zu ihm gesellte. Sie waren entweder noch zu müde zum Sprechen, oder beide einfach zu überwältigt von den Eindrücken des gestrigen Tages und so saßen sie eine Weile nur da und aßen ihr Frühstück, bevor Marius plötzlich aufblickte. «Weißt du, wieviel Uhr es ist?»

«Keine Ahnung, wohl etwas um viertel nach zehn.», antwortete Talrik, welcher sich ein weiteres Brötchen griff und es sich ins Maul stopfte. Er hielt plötzlich inne im Kauen. *Wie sie hier wohl die Zeit messen? Es gibt im All ja kein Tag und Nacht?* Dachte er sich, verwarf den Gedanken aber wieder mit dem nächsten Stück Speck.

«Oh, verdammt!» Hastig sprang Marius auf einmal auf, stopfte sich den letzten Bissen Speck in den Mund und eilte zur Tür.

Núdan hatte ihm gestern noch aufgetragen, er müsse heute um zehn am Trainingsplatz sein, von welchem er keine Ahnung hatte, wo er war. Sie hatte es ihm vermutlich erklärt, doch war er zu abgelenkt gewesen.

Eilig stürmte er aus dem Zimmer und rannte die Gänge hinunter. Silbern und lang. Alle Gänge sahen gleich aus! Marius hatte keine Ahnung, wo er hinrannte.

«Seid ihr eigentlich von allen guten Geistern verlassen!» Fluchend richtete sich der Diener wieder auf, welchem soeben ein ganzer Stapel Wäsche auf den Boden gefallen war, als Marius an ihm vorbeihechtete. «Passt gefälligst auf wohin ihr rennt – He! Bleibt hier!»

«Sorry, ich bin spät dran!», rief Marius über die Schulter, er war beim Zusammenstoß nur kurz gestrauchelt, und rannte nun schon wieder weiter.

«Hey, bist du nicht Marius?», rief ihm ein junger Herr in einem blauen Anzug hinterher. Schlitternd kam dieser zu stehen. «Ja das bin ich», keuchte er außer Atem. «Wisst Ihr vielleicht, wo ich den Trainingsplatz finden kann?»

«Natürlich! Ich bin Jack dein Lehrer, Núdan hat mich gesandt, um dich zu suchen, weil du nicht aufgetaucht bist!»

«Oh, tut mir leid, aber ich habe mich irgendwie verirrt und den Trainingsplatz nicht gefunden!»

«Macht nichts, als ich das erste Mal hier war, habe ich mich auch nicht gleich zurechtgefunden. Es ist ein Labyrinth»

Sie schritten nun den gleichen Gang, welchen Marius vorhin hinunter gerannt war wieder hinauf und bogen bei der nächsten Verzweigung zur anderen Seite ab.

«Hier, siehst du diese Pfeile?», fragte Jack und deutete auf die Wand neben ihnen. «Die hat Núdan anbringen lassen, damit man jederzeit leicht zum Hangar findet. Die Nummer darunter zeigt dir die Etage, sowie die Gangnummer an.»

«Identitätsprüfung!», tönte es mechanisch, als Jack vor eine Türe trat, und seine Hand dagegen drückte.

«Ach ja, deine und Talriks Handabrücke haben wir schon gescannt, als ihr noch bewusstlos wart», kam Jack Marius’ Frage zuvor. «Ihr könnt euch also frei hier in unserem Schiff bewegen. Aber schaut, dass ihr nicht verloren geht» Marius grummelte nur eine Antwort, ihm kam nun wieder in den Sinn, dass sie ja niedergeschlagen worden waren, um auf dieses Schiff gebracht zu werden. Er hatte vermutlich immer noch eine Beule am Hinterkopf. Jack führte ihn immer weiter durch das Labyrinth, bis der Gang grösser wurde und sie an einem massiven Tor ankamen.

Marius brachte nur einen anerkennenden Pfiff zustande, als sie in die dahinterliegende Halle traten. Reihe an Reihe standen da die abgefahrensten Fluggeräte, von kleinen Einsitzern bis zu großen Transportern. Leuchtend silbern, bis mattschwarz. Rund und elegant wie große Fische, bis hin zu scharfkantigen Biestern stand da alles herum, was sich Marius nur erdenken konnte Und dazwischen wuselten ganz klein die Mechaniker wie in einem Bienenstock umher. Das war definitiv eine andere Nummer als alles, was er von der Erde kannte.

Jack stieß ihm grinsend in die Seite. «Sobald du dein Maul wieder geschlossen hast, zeige ich dir dein Übungsgerät und die Grundlagen der Flugtechnik.»

Marius schloss ertappt seinen Mund und kratzte sich verlegen am Kopf.

«Sofern du das natürlich willst», legte Jack nach und schaute ihn forsch an., da Marius noch immer keinen Ton herausbrachte.

«Natürlich will ich das!», entgegnete Marius nun selbstbewusst und mit der Schnelligkeit, die vermuten ließ, dass er nur auf diese Aufforderung gewartet hatte. Er fühlte sich wie ein kleiner Junge in der Spielwarenabteilung.

«Gut, dann werde ich dich erst einmal in die Technik der kleinen Jäger einweisen und dann machen wir gleich die erste Flugstunde!»

Er führte Marius zu einem kleineren Raumschiff etwas außerhalb des Trubels. Es sah im Vergleich zu den großen, imposanten Kampfschiffen wie der kleine pummelige Freund aus. Marius sah es sich von allen Seiten an, bevor ihm auf einmal einfiel, dass er Talrik ja gar nicht mitgeteilt hatte wohin er so überhastet davongeeilt war. «Was ist mit Talrik? Kommt er nicht mit uns mit? Ich habe ihn in der Hektik vergessen...»

«Keine Sorge. Er wird heute von Ivor, unserem Geschützmeister, in die Kunst des Schießens eingeweiht», erklärte Jack und nahm auf einem der Pilotensitze Platz.

«Wenn wir ihn dann genug weit ausgebildet haben, setzen wir ihn als deinen Schützen auf deinem Jäger ein. Bei diesem Trainingsjäger hier kannst du zwar die Geschütze selbst bedienen, bei den Größeren jedoch brauchst du einen Kanonenmeister, dem du blind vertrauen kannst.»

Marius nickte. Er war noch immer zu imponiert von all dem hier, dass ihm die Frage weshalb er denn jemals ein Geschütz brauchen würde überhaupt nicht in den Sinn kam. Es waren zu viele Eindrücke für ihn.

«Gut, dann fangen wir nun endlich mit dem Unterricht an, denn es wird schon höchste Zeit. Setz dich neben mich auf den zweiten Pilotensitz.»

Marius tat wie geheißen und ließ sich auf dem orangen Sitz nieder. Das Cockpit war eng und er musste aufpassen, dass er sich nicht den Kopf anstiess. Die Armaturen und Knöpfe waren jedoch sehr schlicht gehalten und der ganze Innenraum machte einen aufgeräumten Eindruck. Jack saß neben ihm und half ihm beim Festzurren der Schultergurten.

«Okay drück nun den Starter für die Energiezufuhr.»

Das Armaturenbrett bestand aus nichts als Knöpfen, so dass es Marius schwer fiel den richtigen Schalter zu finden, doch er entdeckte einen mittelgroßen, violetten Knopf über ihm, der ihn an jenen aus dem Gleiter seines Großvaters erinnerte. Jetzt wurde ihm auch erst bewusst, dass die fliegenden Geräte, die sie auf der Erde hatten, rein gar nichts mit dem abgefahrenen Zeug hier zu tun hatten. *Das ist einfach so viel cooler.* Ohne zu zögern, drückte er ihn…was er wohl besser nicht getan hätte, denn kaum hatte er ihn gedrückt rumorte es unter ihnen und die ehemals – zum Glück – massive Betonwand vor ihnen zerfiel zu Asche. Der Jäger selbst wurde vom Rückstoß der Bordkanone nach hinten geschleudert und Jack der sich noch nicht angegurtet hatte wurde zu Boden geworfen.

«Es ist wohl besser, wenn wir erst einmal die Knöpfe lernen, bevor ich dich ans Steuer setze.», ächzte er. Ein leises Lächeln umspielte jedoch seine Mundwinkel, als er sich wieder aufrappelte. Doch Marius sah auch ein nervöses Zucken in den Augenwinkeln. Vermutlich hätten die Geschütze nicht geladen und entsichert sein sollen. «Doch welche Durchschlagskraft unsere Geschosse haben muss ich dir ja nun nicht mehr zeigen. Ein Glück, dass diese Schutzwand dort stand. Ohne diese hätten wir jetzt ein Loch in der Außenhülle.»

«Ups!» Marius schaute verdutzt aus dem Fenster auf den Ort, wo vor ein paar Sekunden noch eine massive Wand gestanden hatte. Erste Arbeiter eilten bereits herbei, um das Chaos aufzuräumen. Fuchtelnde Hände und ein paar wüste Flüche flogen in seine Richtung, die man hier nicht einmal niederschreiben darf, so dass Marius sich ganz klein machte in seinem Pilotensitz.

«Komm mal mit nach hinten, dann zeige ich dir die Grundlagen dieses Jagdschiffs», erlöste ihn Jack, welcher in den hinteren Teil des Schiffs, wo sonst Munition gelagert wurde, gekauert war und dort verschiedene Karten auf einer Kiste ausbreitete. «Ich möchte, dass du diese verschiedenen beschrifteten Knöpfe bis morgen so gut es geht auswendig lernst! Ansonsten gehen uns dann bald einmal die Betonwände aus!»

Marius senkte beschämt den Kopf und war kleinlich darauf bedacht, keine weiteren Knöpfe mehr zu berühren.

«Okay.» Jack rollte die Karte wieder zusammen, verband sie mit einer Schnur, stopfte sie in eine Tragetasche und reichte sie Marius. «Es ist erst viertel nach Elf, da haben wir noch genug Zeit, um einen kleinen Rundflug zu machen.»

Jack hangelte sich wieder zurück nach vorne auf den Pilotensitz und bedeutete Marius, sich neben ihn auf den zweiten Platz zu setzen. Er schnallte sich an, warf nochmals einen Blick auf Marius, der genau auf seine Bewegungen achtetet und legte dann ein paar Schalter um. Er hielt vor jedem kurz inne und achtete darauf, dass Marius sie sich auch gut merkte. Es waren komplett andere Knöpfe als jener, den Marius gedrückt hatte.

Nachdem Jack einen rot blinkenden Knopf gedrückt hatte, lief ein sanftes Schnurren durch die Maschine. Er drückte nun den Steuerknüppel leicht nach rechts vorne, worauf der Jäger sich sanft in Bewegung setzte und um den Trümmerhaufen herum, auf das Ende des Hangars zurollte. Die Arbeiter und ihre Aufräumarbeiten ignorierten sie. Jack drückte einen weiteren Knopf, worauf das Hangartor nach unten hin geöffnet wurde und sich vor ihnen die atemberaubende Leere des Alls ausbreitete. Marius war sprachlos. Obwohl ihm Núdan gestern bereits den Ausblick gezeigt hatte, realisierte er erst jetzt, dass die meisten Räume hier keinen Blick nach draußen hatten und er seit gestern vor allem metallene Wände gesehen hat. Es war unglaublich. Samtig schwarz und weit, gespickt mit grellen Farben, die an ihnen vorbeizischten. «Die Fawn hat ihre Reisegeschwindigkeit verlangsamt, damit wir diesen Flug machen können. Ansonsten würden wir sie hier in den Weiten des Alls mit unseren kleinen Triebwerken sofort verlieren.»

Marius brachte kein Wort heraus. Ihm saß ein Kloss im Hals und er begriff nun vollends, dass all das hier real war. Sein Internat, die Erde, seine Großeltern. Dies alles war nun weit weg und er reiste tatsächlich mit dieser Gruppe von Irren durch das weite All. Er. Marius. *Der Auserwählte*. Wie war er nur von der Erde hierhergekommen?

*

«Talrik?» Ertönte es vor dessen Tür, worauf sich Talrik träge erhob. Nachdem Marius aus dem Raum gestürmt und nicht mehr zurückgekommen war hatte er sich auch über dessen Teller hergemacht und sich eigentlich auf einen gemütlichen Morgen eingestellt. Er war viel entspannter als Marius und nahm all das hier, wie es kam. Er öffnete die Tür und schaute in das neugierige Gesicht eines jungen Herrn. Offenbar hatte es sich herumgesprochen, dass Erdlinge an Bord waren und alle sahen Marius und Talrik an, als wären sie Zootiere.
«Guten Tag!», begrüßte Talrik ihn und winkte ihn hinein. Hastig wischte er sich noch die letzten Krümmel vom Hemd.
«Ebenfalls guten Tag, ich bin Ivor, der Hauptgeschützmeister dieses Schiffes, man hat mich beauftragt, dich in die Kunst der Geschütztechnik einzuweihen, damit du später, wenn es drauf ankommt als Schütze auf Marius' Jäger dienen kannst, denn zurzeit mangelt es uns sehr an guten Schützen», stellte sich Ivor vor. Hier auf dem Schiff kam jeder gleich auf den Punkt. Offenbar war Small-Talk und Floskeln nicht so ihr Ding, doch das war Talrik auch recht.

«Kein Problem!», entgegnete Talrik. «Ich nehme diese Aufgabe nur allzu gerne an. In meinem Schützenverein gab es nur wenige, die es mit mir aufnehmen konnten.»

«Dann bin ich gespannt was du drauf hast mit unseren richtigen Geschützen.» Ivor schaute erstaunt auf den Berg leerer Teller, den Talrik eilig zur Seite schob.

«Wie dem auch sei», fuhr Ivor fort. «Wenn du fertig gespiesen hast, begeben wir uns in den Technikraum.»

Talrik kippte noch ein Glas Wasser hinunter, griff sich einen Mantel und bedeutete Ivor dann vorzugehen. Er führte ihn einen breiten Flur entlang, auf welchem geschäftiges Treiben herrschte, nun ebenfalls immer weiter durch das Labyrinth des Schiffs.

«Ich werde dich als erstes in den Gebrauch der Ionengeschütze, unserer Bordkanonen einweisen, bevor wir dann zu den Plasmakanonen unserer Jäger übergehen.»

«Klingt gut!», entgegnete Talrik, der froh war nun doch auch eine Aufgabe erhalten zu haben, sich gleichzeitig aber nach den leckeren Pancakes zurücksehnte, die noch auf dem Tisch übriggeblieben waren.

Und so startete der Tag auf der Fawn für Marius und Talrik. Beide stellten sich ihren Aufgaben und versuchten gleichzeitig zu verstehen, wie absurd ihre Situation doch war und dass auf der Erde vermutlich keiner eine Idee hatte, wo sie verblieben waren, geschweige denn, was sie hier erlebten.

MYRON

«Wow! Das ist ein irres Gefühl!», staunte Marius, als sich ihr Jäger in die Weiten des Alls hinausbewegte und Jack begann entlang der Fawn zu beschleunigen. Erst jetzt realisierte er wie riesig das Raumschiff war.

«Da staunst du, was? Und nun schau gut zu was ich mache, denn du wirst es einmal wohl auch tun müssen, vorausgesetzt du schaffst die Prüfung, um ein eigenes Jagdschiff zu fliegen.», forderte ihn Jack auf. «Aber das traue ich dir schon zu.»

Er erklärte Marius Schritt für Schritt die wichtigsten Funktionen und Steuereinheiten des kleinen Schiffs und Marius schaute ihm fasziniert zu. Sein Herz pochte und er fühlte sich wieder wie ein kleiner Schuljunge, als er die geballte Kraft der Triebwerke spürte und es ihn tief in das Sitzpolster drückte, als Jack auf einmal stärker beschleunigte.

«Cool, nicht wahr?», grinste er und beschleunigte noch stärker, worauf Marius der Atem stockte und es ihn bleischwer nach hinten zog. Seine Glieder waren so schwer, dass er sich kaum noch bewegen konnte.

«Mann, wie haltet ihr das nur aus!», krächzte er mühsam zwischen zusammengepressten Lippen hervor.

«Wenn wir höhere Geschwindigkeiten fliegen, dann benutzen wir spezielle Gravitations-Kapseln, welche sich wie eine zweite Haut um den Piloten legen, und die einwirkenden Beschleunigungskräfte stark reduziert. Dies geschieht bei jedem größeren Schiff automatisch oder ist sogar in der Außenwand integriert, ohne dass du etwas bemerkst, bei den älteren Modellen müssen wir es jedoch manuell einschalten.»

«Und warum zum Teufel hast du das nicht eher gesagt!», keuchte Marius noch immer mit zusammengebissenen Zähnen. Er musste einen Würgereiz unterdrücken, als Jack den Schub wieder reduzierte.

«Nun…», Jack grinste. «Sieh es als eine Art Feuertaufe an, die jeder neue Pilot durchleben muss. Ich hätte gerne noch ein wenig mehr beschleunigt, doch für unerfahrene und ungeschützte Körper wäre dies ohne das richtige Training tödlich.»

«Na danke…und ähm, wie aktiviert man diese Gravitations-dinger?», fragte Marius zögernd. Er versuchte sich in seinem Sessel wieder aufzurichten.

Jack reduzierte den Schub noch stärker und kurz darauf konnte Marius wieder ruhig atmen. Er hantierte etwas herum und Marius versuchte ihm zu folgen so gut es ging. «Du kannst an diesem Rädchen hier drehen, an ihm kann man einstellen, wie stark die Kapsel sein soll. Wir stellen sie nun mal auf die höchste Stufe. Nun kannst du den grünen Schalter hier umlegen und zuschauen was passiert.», sprach Jack mit ruhiger Stimme und bedeutete ihm, es ihm gleich zu tun.

Marius erschrak kurz, als auf einmal eine blaue Energiekugel aus dem Nichts vor ihnen erschien. Sie leuchtete zuerst auf und begann, während sie sich auf Jack zu bewegte, zu wachsen. Ein leises Summen erfüllte die sonstige Stille im Gleiter, als die Kugel innert Sekunden mühelos über Jack hinwegglitt, ihn sich einverleibte und dann wie ein Ballon, dem man die Luft rausgelassen hatte, um ihn schrumpfte und sich mit einem Ploppen auflöste.

«So, wie du siehst ist mir nichts passiert. Schütze nun auch du dich.», forderte Jack Marius auf.

Marius drückte und drehte die Knöpfe so wie es Jack vorgemacht hatte und hoffte, dass er es richtig machte, denn er hatte ja gesehen was passieren konnte, wenn er, wie zum Beispiel im Hangar, den falschen Knopf drückte.

Er atmete erleichtert auf, als die gleiche blaue Kugel auch vor ihm auftauchte. Er betrachtete fasziniert, wie die Kugel näherkam, zugleich wuchs und er zuckte leicht zusammen als diese ihn einhüllte. Doch das Einzige, was er spürte, war ein schwaches Kribbeln in den Fingern. Die Kugel fühlte sich angenehm warm an als sie sich mit seiner Haut verband, doch kaum spürte er sie, war sie auch schon wieder verschwunden.

«Gut gemacht!», meinte Jack ermunternd und klopfte Marius auf die Schulter. Er grinste. Marius erinnerte ihn an seine eigene Schulzeit. «Dann kann ich jetzt ja auch gleich das Tempo ein wenig erhöhen, denn wenn wir unsere Schiessübungen noch absolvieren wollen, müssen wir uns etwas beeilen…Oh, eine Nachricht vom Hauptschiff!» Das Gerät über ihnen piepste wie wild. Jack quittierte den

Nachrichteneingang, worauf ein flimmernder Bildschirm in der Leere vor ihnen erschien.

«Jack, hier spricht Brûs von Fawn. Ihr und der Auserwählte werden dringendst hier auf unserem Schiff erwartet. Code 7, beeilt euch!», ertönte die Stimme aus dem Monitor, welcher schon wieder zu flackern begann und sogleich verschwand.

«Das ist jetzt merkwürdig», murmelte Jack. «Es muss sich wirklich um etwas Wichtiges handeln, dass sie uns aus einer Lehrstunde zurückholen. Aber na ja, uns scheint nichts anderes übrig zu bleiben, als uns dem Schicksal zu fügen und umzukehren. Code 7 bedeutet, dass er keine Details über die Funkverbindung nennen darf.»

«Und was ist mit meinen Schießübungen?», murrte Marius, er hatte sich schon darauf gefreut. Er fühlte sich wie inmitten eines Videospiels, nur dass die Grafik viel besser war als er sich je erträumen konnte. Es juckte ihn in den Fingern, all die Knöpfe und Hebel auszuprobieren und die Welt hier draußen zu erkunden.

«Nun, die müssen wir wohl auf einen anderen Tag verschieben, wie es scheint. Aber schauen wir erst einmal, dass wir zu Fawn zurückkehren.»

«Aber das ist ja eine gigantische Entfernung, die wir unterdessen zu Fawn haben!», meinte Marius, welcher auf den Radarschirm blickte und da in einiger Entfernung ihr Mutterschiff erblickte. Von bloßem Auge war um sie herum nichts als die flackernden Sterne zu erkennen.

«Oh, kein Problem», beteuerte Jack und drehte den Schubhebel diesmal komplett auf. Marius blieb gerade noch genug Zeit, um sich an der Sitzlehne festzuhalten, als er auch schon so heftig in das Polster gedrückt wurde, dass ihn jede

Naht seines Umhangs in den Rücken drückte. Und dies trotz der Gravitationskapseln! Ihm wurde wieder beinahe schwarz vor den Augen und sein Puls hämmerte ihm in den Ohren.

«So, da wären wir», meinte Jack, als das Jagdschiff endlich verlangsamte und Marius Sehvermögen wieder zurückkam. Sie glitten bereits wieder sanft durch das Hangartor und setzten auf dem Boden auf. Marius sank keuchend in seinem Sessel zusammen und rang nach Luft.

«Das wird schon wieder», versicherte Jack, während er den Jäger vorsichtig zwischen den Arbeitern hindurch manövrierte und schwach holpernd zum Stehen kam. Grinsend zeigte er auf den Drehschalter an Marius Stuhl. Er hatte seine Gravitationskapsel nur auf die geringste Stufe gestellt. «Keine Sorge, die Dinger gibt es nur noch in den Übungsgleitern. Die modernen Schiffe haben sie bereits in der Hülle integriert.»

«All… alles gut», keuchte Marius, löste mit zittrigen Händen den Sicherheitsgurt und hangelte sich schwankend nach hinten zum Ausstieg, in der Vorahnung, sich übergeben zu müssen. Er hatte wohl doch nicht bei jedem Handgriff von Jack genau aufgepasst.

«Komme gleich», rief Jack nach hinten, deaktivierte die Schutzschilddetektoren und trat neben Marius, worauf sich die Luke mit einem Zischen nach unten hin öffnete. Er wedelte ungeduldig einen Diener weg, welcher ihm den Helm und die Handschuhe abnehmen wollte.

«Jack, alter Kollege!», begrüsste sie eine Stimme, als sie heraustraten.

Ein Lächeln stahl sich auf Jacks Gesicht noch bevor er die Person sah «Myron, alter Freund! Was treibt dich denn wieder mal zu uns?!»

«Keine guten Neuigkeiten leider», seufzte der Mann, der auf sie wartete. «Wir müssen direkt zu Núdan, dann besprechen wir das Weitere, aber freut mich, euch wohlauf zu sehen.»

«Gut, dann wollen wir sie mal nicht warten lassen. Ach ja, dies hier ist mein neuer Schüler, Marius von der Erde»

«Von der Erde?», stammelte Myron und kniete vor Marius nieder. «Entschuldigt bitte, Auserwählter, ich habe Euch nicht erkannt! Ich bin Myron, Agent der ersten Garde unserer Königin und Vertreter des Hohen Rates.»

«Aber deshalb müsst Ihr ja nicht gleich vor mir niederknien! Oder habt ihr etwas fallen gelassen?», empörte sich Marius und streckte ihm die Hand entgegen. «Vor allem sagt mir nicht Auserwählter! Mir genügt ein schlichtes DU.» Ihm war die Sache unangenehm, schließlich war er der Fremde hier.

«Oh, wie Ihr wünscht», antwortete Myron mit hochgezogenen Augenbrauen, erhob sich etwas schwerfällig und klopfte sich den Staub von den Hosen. «Aber machen wir uns nun auf den Weg. Der Raum hier ist auch übermässig staubig, um noch länger zu verweilen. Sieht aus, als hätte hier eine Bombe eingeschlagen»

Marius versuchte beim Herauslaufen den vorwurfsvollen Blicken der Arbeiter zu entgehen, die immer noch die Reste der zerstörten Betonwand aufräumten und den Staub zusammenwischten.

«Wurdet ihr auf dem Rückflug verfolgt?», wandte sich Myron nach ihnen um. «Habt ihr fremde Schiffe auf dem Radar vernommen?».

«Nein, mir ist nichts auf dem Radar erschienen.» Jack schüttelte den Kopf und blickte Myron fragend an. «Aber warum möchtest du dies wissen, wird ein Nachzügler erwartet?»

«Wir haben Anzeichen, dass wir nicht alleine sind und ich hatte das Gefühl, dass ich dort draußen beobachtet wurde, als ich ankam», antwortete dieser knapp, während ihm die Erleichterung ins Gesicht geschrieben stand. «Ich erzähle es euch gleich.»

«Das will ich auch hoffen», murrte Marius, welcher gleich zwei Stufen der Treppe auf einmal nahm, um die anderen anzutreiben schneller zu gehen. Er war die Geheimnistuerei langsam satt. Im Internat war es zwar öde gewesen, doch wusste er immerhin noch was um ihn herum geschah.

«Nur noch ein bisschen Geduld, ihr werdet es gleich erfahren.», beschwichtigte Myron. Auf Marius Nachfragen nach mehr Informationen antwortete er nur mit einem schlichten Kopfschütteln und nahm die letzten Stufen hinauf zu Núdans Türe. Er trat davor und klopfte kräftig an, worauf von innen wiederum das strenge und zugleich honigsüße «Kommt herein» erscholl. Marius trat hinter Myron und Jack in den Thronsaal.

«Marius!» Núdan sprang von ihrem Thron auf und eilte ihnen entgegen, als sie sah, wer eintrat. «Wir waren richtig in Sorge um dich, nachdem Myron mit uns Kontakt aufgenommen hat!»

«Was für eine Nachricht habt Ihr?», fragte Jack, welcher eine leichte Verbeugung vor Núdan andeutete. Ein tadelnder Blick lehrte Marius das Gleiche zu tun.

«Nehmt erst einmal Platz», forderte Núdan sie auf und deutete auf den Tisch. Überall standen hektisch hingestellte Stühle. Es sah alles in Eile vorbereitet aus. Erst jetzt fiel Marius auf, dass auch vorhin auf den Gängen die Leute, egal ob Mensch oder Ugron viel geschäftiger wirkten und mindestens jeder Zweite von ihnen eine Waffe bei sich trug.

«Nehmt bitte Platz.» wiederholte Núdan, welche am oberen Ende des Tisches Platz genommen hatte. Auf ihrem sonst makellosen Gesicht erkannte Marius jetzt auch eine kleine Falte auf der Stirn.

«Setz dich neben mich», kam ihm Núdan zuvor, als er sich auf einen Schemel neben Jack setzen wollte, und zeigte auf einen ebenso großen und sicher genauso bequemen Sessel wie der ihre.

«Nun denn», fragte Jack und blickte erst Myron und dann Núdan an, als Marius sich gesetzt hatte. «Was habt ihr uns zu berichten.»

Núdan seufzte und aktivierte mit einem Schnippen den Holoprojektor in der Mitte des Tischs. Es dauerte einen Moment, dann zippte ein leicht verzerrtes Abbild einer Gestalt mitten in der Luft vor ihnen auf. «Ich denke ihr kennt diese Person hier?»

«Ja, natürlich! Den Hund würde ich noch blind erkennen», antwortete Jack. Angewidert betrachtete er das Abbild und Marius erwartete, dass er ihn gleich anspucken würde. Ein großer, hagerer Mann mit einem kurzen, stoppeligen Bart, harten, groben Gesichtszügen und tief in den Höhlen sitzenden Augen wie zwei funkelnde Kohlestücke «Dies ist Keyathuz, dieser Tyrann gehört schon längst auf den Scheiterhaufen.»

«Richtig», bestätigte Núdan und schaute nun Marius direkt an. «Präge ihn dir gut ein.»

«Wer ist das?», fragte Marius unsicher. Vielleicht lag es noch an der Euphorie des Trainingsfluges aber für ihn sahen die Tränensäcke und das zerzauste Haar eher nach einem alten Mann aus und nicht nach einer Schreckensgestalt. Aber der Anschein schien zu täuschen.

«Er ist ein abtrünniger Tyrann», sprach Núdan und forderte Myron auf, mit seiner Geschichte zu beginnen.

«Nun denn. Wie Núdan bereits erwähnte, ist Keyathuz ein Tyrann, der vor Jahren durch einen Putsch an die Macht gekommen ist. Er weitet seither sein Reich jenseits unserer Grenzen aus, unterwirft eine Kolonie nach der anderen und löscht ganze Klans ohne Erbarmen aus. Wir bekämpfen ihn seit langem und versuchen ihm Einhalt zu gebieten, doch hat er sich bisher meistens im Hintergrund gehalten und seine Heerscharen an Barbaren auf uns gehetzt.» Ein Schatten legte sich über Myrons Gesicht und er sah auf einmal ganz müde aus. «Und wie wir nun erfahren mussten, hat er es geschafft, uns seit geraumer Zeit zu überwachen. Er weiß bereits, dass du bei uns bist und er ist bereits hinter dir her. Er plant einen Überfall auf unser Schiff kurz vor unserem Heimatplaneten in der Gegend des großen Meteorgürtels. Er befindet sich auf direktem Weg zwischen uns und unserem Ziel.», erkläre Myron. «Und seine Kräfte werden stärker. Ich weiß nicht, ob wir ihm allein entgegenhalten können ohne die Unterstützung des Hohen Rates. Dessen Truppen sind jedoch noch weit verstreut. Die einzige Option, die ich sehe, ist auf Kadaan zwischenzulanden, Hilfe abzuwarten. und uns dann unserem Heimatplaneten im Schutze des Meteorgürtels von hinten zu nähern, in der Hoffnung, dass er und seine Spitzel unseren Kurswechsel nicht bemerken.»

«Ein gewagter Plan, wenn er unsere Position bereits kennt. Auf Kadaan sässen wir in der Falle», bezweifelte Jack. «Haben wir denn keine anderen Möglichkeiten?»

«Nein, nicht in der aktuellen Situation. Er weiß momentan genau, wo wir unterwegs sind, und es ist nicht auszuschließen, dass wir Verräter hier an Bord haben, sonst hätte er uns nicht so leicht überwachen können. Es ist zu riskant, um unsere Reise noch weiter hinauszuzögern, wir müssen so schnell wie möglich zum Hohen Rat. Joe hat bereits Routenoptionen untersucht. Uns bleibt wohl nichts anderes übrig… So lange eines unserer Triebwerke kaputt ist, dürfen wir uns auf keinen Nahkampf einlassen!», mahnte Núdan.

«Kaputtes Triebwerk?», fragte nun Jack entsetzt.

«Richtig gehört», wiederholte Núdan. Sie war unterdessen aufgestanden und ging im Raum auf und ab. «Als ihr auf eurem Flug unterwegs wart, ist bei uns eines der Triebwerke ausgefallen. Nichts Gravierendes, unsere Ingenieure arbeiten daran, aber mit nur einem sind wir nicht wendig genug und im Kampf dadurch zu leicht angreifbar.»

Jack schnaubte verächtlich. Er wusste schon lange, dass die Triebwerke besser gewartet werden sollten.

«Aber sind wir mit nur einem Triebwerk noch schnell genug, um auf Kadaan zu landen bevor sie uns überfallen?», gab er zu bedenken. Sie diskutierten eine Weile hin und her über Dinge, bei denen Marius nur Bahnhof verstand, bis sie endlich zu einem Schluss gekommen schienen.

«Na dann», gab sich Jack geschlagen. «Lasst es uns versuchen.»

Núdan nickte, doch die Sorgenfalten auf ihrer Stirn blieben bestehen. Sie wies einen der Diener an, die Pläne an Kapitän Joe zu überbringen. Er soll sich um die finale Routenwahl kümmern.

«Wenn ihr erlaubt Majestät…wie soll ich sagen, Kadaan ist nicht der sauberste Ort», warf der Diener vorsichtig ein.

«Des Gesindels bin ich mir bewusst!», antwortete Núdan. «Doch müssen wir unsere Triebwerke reparieren und das Gesindel dort ist momentan noch das Einzige, was sich vor unseren Grenzen gegen den Tyrannen Keyathuz wehrt und sich ihm noch nicht unterworfen hat.»

«Wie ihr wünscht, eure Majestät!» er verbeugte sich knapp und entschwand dann hastig, um die Anordnung zu überbringen.

«Also, wenn dies nun geklärt ist, finde ich, ist es Zeit für ein kleines Mittagessen.», sagte Núdan erleichtert, und ihre Gesichtszüge entspannten sich wieder. Sie schnippte das Hologramm weg und ein Diener eilte herbei, um den Tisch kurz sauber zu wischen, bevor sich dieser in der Mitte auftat und köstliche Speisen direkt aus der Küche darunter erschienen. Ein Warenlift direkt in die Küche. Ein Sonderwunsch der Königin, wie Jack Marius augenzwinkernd zuflüsterte. Scheinbar stand das Essen bei ihr auf der Prioritätsliste ebenfalls ganz oben.

«Greift zu», forderte sie Núdan auf und die Stimmung im Raum entspannte sich allmählich wieder.

FREMDE OHREN

«Dies hier ist der Beschleunigungskreis, von dem ich dir erzählt habe», erklärte Ivor und klopfte an ein Stahlrohr an der Wand. Sie waren mittlerweile im unteren Teil des Schiffes angekommen und Ivor hatte Talrik bereits allerhand über die Funktionsweise des Raumschiffs erklärt.

«Und dieser ist für alle Bordgeschütze zuständig?», fragte Talrik interessiert.

«Nur für die Ionengeschütze. Wir haben für die Redundanz noch andere Systeme, welche ich dir später erkläre.»

Talrik nickte. Er sog all das hier wissensbegierig wie ein Schwamm auf.

«Willst du mal den Kontrollraum hiervon sehen?», fragte Ivor, als sie wieder den Gang zurück zum Aufzug marschierten.

«Ja natürlich!» Talrik und Ivor wussten noch nicht, dass Myron mit seiner Nachricht eingetroffen war und sie die Geschütze eventuell bald brauchen würden. Sie unterhielten sich noch entspannt über allerlei Dinge und Talrik versuchte zu verstehen, wie das Leben hier auf dem Raumschiff funktionierte. Es war im Prinzip gar nicht so anders als auf der Erde. Nur etwas moderner und technischer.

Ivor stieg wieder in den Aufzug ein, und drückte diesmal die Taste für das oberste Stockwerk. Die Etagen waren hier immerhin angeschrieben und Talrik begann das System langsam zu verstehen. Die Türen schlossen sich mit einem sanften Surren und der Aufzug stieg langsam in die Höhe.

Sie sprachen noch eine Weile weiter über die Einzelheiten der Systeme, bis ein Piepsen sie unterbrach.

«Oh», murmelte Ivor, welcher einen Sender von seinem Gürtel nahm. «Eine Nachricht der Königin. Sie meint du sollst dich sofort bei Joe einfinden, während ich in den Kontrollraum gehen soll, anscheinend ist wieder eines unserer Triebwerke ausgefallen.» Er zuckte mit den Schultern und ließ den Transmitter wieder in seiner Manteltasche verschwinden. «Du findest Joes Raum am Ende des großen Korridors im obersten Stockwerk»

Ivor drückte eine Taste und der Aufzug blieb stehen. «Bis später.» Er stieg aus und ließ Talrik allein zurück. Talrik sah ihm noch kurz nach, bis sich die Aufzugstüren wieder zu schließen begannen. Im letzten Moment schob sich eine knöchrige Hand dazwischen und eine Gestalt zwängte sich zu Talrik in den Aufzug. Sie bewegte sich fast lautlos, nicht einmal ihr Mantel raschelte, doch ließ ihr beißender Geruch Talriks Nase rümpfen. «Gu.. Gut…», er wollte grüßen, doch die Stimme versagte ihm und ein dicker Kloss saß in seinem Hals. Er hustete und musste sich an der Wand abstützen. Der beißende Geruch nahm zu und Talrik sah aus dem Augenwinkel gerade noch verschwommen, wie die Gestalt ein Fläschchen in seinem Umhang verschwinden ließ, dann wurde es dunkel um ihn und er fiel taub in sich zusammen.

*

«Nun denn, machen wir uns wieder an die Arbeit», erscholl die Stimme Núdans durch die Tür hindurch.

Das Scharren der Stühle auf dem Boden ließ die Gestalt vor der Tür zurückschrecken und hastig davoneilen. Nun konnte sie gehen, denn sie hatte den ersten Teil ihres Auftrages erledigt und konnte nun den zweiten Akt einleiten. Vorsichtig schlich sie durch die Gänge und wich geschickt Dienern und Soldaten aus. Immer weiter schlich sie sich durch die Gänge.

«He! Du da! Hast du dich verirrt? In diesem Teil des Schiffs hat niemand etwas zu suchen.»

Grimmig drehte sich das Wesen um und blickte dem Bediensteten hinter sich in die Augen. Es schlug die Kapuze zurück und fixierte ihn mit seinen schuppigen Augen, während es langsam auf ihn zu schlängelte.

«Oh…ich…Ähm», stammelte der Diener und stolperte rückwärts zurück. Ein beißender Gestank zog ihm in die Nase.

«Nun?», zischelte das Wesen bedrohlich. Noch immer kam es auf den Diener zu, welcher erschrocken immer weiter zurückwich. Bleich vor dem Anblick der Hässlichkeit.

«Ich…äh» Er versuchte sich aus der Starre zu lösen, drehte sich um und stolperte los.

Auf einmal flackerte ein kleines Stäbchen in der Hand des Wesens, welches es mit einer fließenden Bewegung in Richtung des Dieners warf. Nur dem Umstand, dass der

Diener in seiner Hast stolperte, verdankte er, dass das Geschoss ihn um Haaresbreite verfehlte und sich stattdessen fauchend in die Wand über ihm einbrannte.

Er blickte kurz auf das gut faustgroße Loch über ihm in der Wand und rannte dann, wie vom Teufel verfolgt davon.

Das Wesen zischelte und entschwand in die entgegengesetzte Richtung. Jetzt musste es schnell sein. Es rannte immer weiter von einem dunklen Gang zum nächsten, bis es schlitternd im Hangar zu stehen kam.

Dort warf es sich unter ein Gestell, als zwei Werkarbeiter vorbeischlenderten, die zu ihrem Glück mit sich selbst beschäftigt waren. Es wartete noch einen Moment, bis sie außer Sichtweite waren und schlängelte sich dann unter den verschiedensten Apparaturen zu einem kleinen Raumschiff in der Nähe des Tors durch. Seine Beute war darin bereits sicher gefesselt.

*

Marius nahm noch einen Schluck aus seinem Glas und schob dann auch seinen Stuhl zurück.

«Brega, Ihr findet euch im Kontrollraum ein, um gemeinsam die Landung vorzubereiten», befahl Núdan.

«Jawohl euer Ehren!» Brega verneigte sich kurz und lief dann zur Tür hinaus. Er hatte sich zu ihnen gesellt für das Essen. Bei einem guten Mahl war ein Ugron nie weit weg.

Die Tür schloss sich wieder und Núdan wandte sich an die anderen Anwesenden. «Und ihr Jack und Marius, begebt euch zu Joe, ihr findet ihn auf der Brücke. Talrik wird ebenfalls dort auf euch warten, ich habe Ivor informiert.»

Jack nickte und erhob sich nun ebenfalls, um sich mit Marius auf den Weg zu machen. Keiner hatte bemerkt, dass zuvor jemand vor der Tür ihr Gespräch belauscht hatte. Der beißende Gestank war bereits wieder verflogen.

Die Brücke von Joe erwies sich als ein schmaler, langer Raum mit einer weiten Glasfront an einer Wand. Einer der wenigen Räume, die solch einen atemberaubenden Blick auf das mächtige Raumschiff und das weite All offenbarten.
«Schön euch wieder zu sehen! Marius, ich hoffe du hast dich bereits ein Bisschen eingelebt.», begrüßte sie Joe, welcher an der Glasfront stand und sich nun umdrehte. Seine Größe beeindruckte Marius auch jetzt noch. Anstelle der Kleidung, welche er bei ihrer ersten Begegnung getragen hatte, trug er nun eine silberne Weste und schwarze Arm- und Beinschienen. «Wie euch Núdan ja bereits mitgeteilt hat, werden wir unseren Kurs ändern und auf Kadaan zwischenlanden, um uns vor unseren Häschern zu verstecken und uns dann mit geändertem Kurs unserem Heimatplaneten zu nähern.», wiederholte er. «Für die Dauer des Fluges könnt ihr – …» Er wurde jäh unterbrochen, als ein Offizier so schwungvoll in den Raum geschlittert kam, dass die Türe mit einem dumpfen Knall an die Wand schlug und eine ansehnliche Beule hinterließ. Er keuchte schwer. Gleichzeitig begann nun auch ein Alarmton über die Gänge zu schrillen.
«Tut mir leid Sir!», der Offizier verneigte sich ehrwürdig, aber hielt sich eine Hand vor die keuchende Brust. «Aber es handelt sich um einen Notfall, da ist ein blinder Passagier an Board.»

«Das hat uns gerade noch gefehlt.» Joe brummte missmutig und ballte die Fäuste. «Wo ist er? Habt ihr ihn erwischt?»

«Wir wissen nicht genau, um was für ein Wesen es sich handelt, es ist uns entwischt Sir. Wir vermuten, dass es sich um einen von Keyathuz Schergen handelt.»

«Wo wurde es entdeckt?», fragte Joe alarmiert.

«Zuerst wurde es von einem der Diener entdeckt, er entkam nur mit Glück mit seinem Leben. Er hat Alarm geschlagen, doch konnte er uns nicht genau sagen, wer oder was es war», meinte der Offizier. Er musste noch neu sein, seine Stimme war ganz zittrig. «Kurz darauf lokalisierten wir ihn auf einem unserer Innenbordradare. Er bewegte sich in Richtung des Hangars. Ich habe Männer losgeschickt. Sie durchkämmen den Bereich.»

«Gut, dass ihr mich unterrichtete habt, wir werden schleunigst einen Abfangtrupp bereitstellen, er darf auf keinen Fall von unserem Schiff entwischen – Wie ist er überhaupt durch unsere Schilde gekommen?».

«Das wissen wir nicht. Doch wir vermuten, dass es bei unserem letzten Zwischenhalt war. Als wir die Erdlinge aufgenommen haben, lagen wir einen Moment ungeschützt da. Es kann es sein, dass im Schatten des Shuttles ein blinder Passagier von der Erde mitgereist ist.»

«Das ist wirklich keine gute Nachricht. Jack, ihr geht hinunter in den Hangar und nehmt einen Jäger. Ich schicke euch Unterstützung. Ich will wissen, wo er auf unserem Schiff gelandet ist und wieso ihn niemand kommen sah! Offizier, ihr könnt auf euren Posten zurückkehren. Lasst ihn nicht entwischen!»

«Einverstanden», entgegnete Jack. «Marius, begleitest du mich?»

«Núdans Kammerdiener haben ihm eine leichte Rüstung bereitgestellt, zieht die an.», ermahnte Joe, ohne die Antwort von Marius abzuwarten. Es war klar, dass er mitgehen sollte. Er wandte sich um und marschierte nun auch mit großen Schritten davon. Es schien noch niemand bemerkt zu haben, dass Talrik fehlte.

«Scheint, als würdest du schneller dein kurzes Training anwenden können, als wir gedacht haben», wandte sich Jack nun an Marius «Ich erwarte dich so schnell wie möglich unten im Hangar. Hol deine Rüstung, du kannst sie unterwegs anziehen, wir haben nicht mehr viel Zeit. Ich gehe voraus.»

«Jawohl, ich werde mich beeilen», versicherte Marius und lief in Richtung seiner Kammer los. Die Gedanken hämmerten in seinem Kopf. Er, Marius, sollte kämpfen?

Die Rüstung, welche an der Wand von Marius Kammer bereit hing, bestand aus einem leichten Lederharnisch mit kunstvollen Eisenbeschlägen auf der Brust.

Er nahm sie vorsichtig in die Finger und strich ehrfürchtig darüber. Es war kein Leder, sondern irgendein synthetisches Material, das sich direkt verhärtete als Marius fester darauf drückte. Es schimmerte im Licht.

Er schaute verwundert auf, als die Tür aufging und Brega hereinstürmte. Er riss Marius fast um, als er mit solchem Schwung durch die Tür kam. «Erdling Marius», keuchte er. «Beeilt euch!…Meister Talrik ist weg! Er wurde entführt.» Der Alarm schrillte noch immer hinter ihm auf dem Gang.

«Was!» Marius ließ vor Schreck fast die Rüstung fallen. «Talrik soll entführt worden sein?»

«Bei Merlins Bart, das ist uns auf diesem Schiff noch nie passiert!», bestätigte Brega. «Wir vermuten, dass es sich bei dem Eindringling um einen Echsenmenschen handelt. Diese hässlichen Kreaturen sollten nicht existieren und tauchen trotzdem immer wieder auf.»

Marius hatte zwar keine Ahnung was das für Kreaturen waren, trotzdem beunruhigten ihn der bloße Klang des Namens und die Ehrfurcht, mit der Brega ihn aussprach. Diese Biester waren schnell, erbarmungslos und die besten Langfinger in der Galaxie, wie ihm Brega weiter erklärte, während sie zum Hangar rannten.

FLUCHT AUF CALANDRA

Das Stampfen seiner Stiefel hallte durch die Gänge, während Marius in Richtung Hangar eilte. Er hatte die Rüstung mittlerweile im Laufen angezogen, sich einen Mantel übergestreift und folgte nun Brega durch den Hauptkorridor in den vorderen Teil des Schiffes. Bei jedem Schritt rauschte ihm das Blut in den Ohren und er konnte kaum noch mithalten, als Brega das Tempo nochmals erhöhte. Für einen Zwerg war er mit seinen kurzen Beinen überraschend schnell. Die Gedanken hämmerten in Marius Kopf. *Passierte das hier tatsächlich? Sie waren noch kaum einen Tag im All und Talrik wurde entführt? Dabei sind sie ja gerade erst auf dieses Schiff hier entführt worden!*

Marius' Atem ging stoßweise, als sie endlich schlitternd im Hangar zu stehen kamen und Brega vorsichtshalber sein Schwert mit der einen Hand und eine Pistole mit der anderen zog. Vorsichtig schlich er um ein Regal herum und bedeutete Marius hinter ihm zu bleiben. Dem wäre sowieso nichts anderes in den Sinn gekommen. Er presste sich schwer atmend an die Wand und sah sich vorsichtig um.

«Da seid ihr ja endlich!», schrie ihnen Jack entgegen, als er sie erkannte. «Der Mistkerl ist bereits weg. Los steigt ein!»

Jack hatte mittlerweile ebenfalls eine glänzende Rüstung über seine Kleidung gezogen und hielt in seiner Hand einen langen, knorrigen Stab. «Jetzt kommt schon!» Er winkte ihnen ungeduldig zu. Er stand auf der Einstiegsrampe zu einem imposanten Jagdschiff. Marius blieb nicht viel Zeit, um es zu betrachten, doch war es grösser und sah mit den schweren Geschützen an den kantigen Tragflächen einiges bestialischer aus als das Übungsgerät, das sie zuvor geflogen waren.

Die Rampe dröhnte unter Marius und Bregas Schritten, als sie Jack hinauf folgten. Dieser zurrte sich bereits auf einem der Passagiersitze fest. «Schnallt euch an, wir fliegen los» Er gab dem Piloten ein Zeichen und wandte sich dann wieder Marius zu, während die Maschine bereits dröhnend abhob.

«Das Unterfangen ist schwerer als wir dachten. Der Eindringling hat eines unserer Schiffe gekapert und Talrik bei sich. Wir müssen versuchen, die Triebwerke unseres Feindes zu treffen, denn würden wir auf den Rumpf zielen – was bedeutend einfacher wäre – würden wir den Echsenmenschen zwar eliminieren, doch würde dabei auch dein Freund Talrik drauf gehen, was wir ja eigentlich nicht wollen.»

Marius schluckte bei dem Wort *eigentlich* und stellte sich vor, wie es sein musste in so einem Ding zu sitzen, wenn es von der Gewalt der Geschütze auseinandergerissen und zerfetzt wurde.

«Aber wie wollen wir das Schiff in diesen Weiten finden», gab Marius zu bedenken. Sie waren winzig klein im Vergleich zu den unendlichen Weiten, die sie hier draußen umgaben.

«Ganz einfach. Da hat dieser Wicht die Rechnung ohne uns gemacht», zischte Brega grimmig. «Es hat eines unserer Schiffe für die Flucht geklaut und die verfügen allesamt über Peilsender. Unser Ortungssystem findet diese überall.» Er hielt kurz inne und hielt sich an einer Haltestange fest, während der Pilot den Schub erhöhte und zur Hangaröffnung hinaus ins All raste.

«So ist es», bestätigte Jack, «unsere Schiffe besitzen allesamt Sender, die es uns ermöglichen sie zu orten.»

«Wie konnte er uns überhaupt orten und an Bord kommen?

«Gar nicht», grunzte Brega und fuhr sich durch den Bart. «Dieses Mistvieh muss uns bereits von der Erde gefolgt sein. Wir haben uns da wohl zu sehr in Sicherheit gewogen, dass wir nicht gemerkt haben, wie wir verfolgt wurden.»

Er schwang sich jetzt auch auf einen Sitz und rückte ihn zurecht. Obwohl an Bord von Fawn diverse Zwerge ihren Dienst taten, waren doch die meisten Einrichtungen für Menschen gedacht. Weitere Erklärungen blieben aus, Jack und Brega starrten jetzt nach vorne auf die Instrumente.

«Corwin, hast du ihn schon auf dem Schirm?», fragte Jack den Piloten.

«Soeben geortet», entgegnete dieser, welcher nun auf einen Knopf drückte worauf zwischen den dreien ein Hologramm des Radars erschien. «Nicht weit vor uns. Er ist erstaunlich langsam unterwegs.»

«Was tut er da?», fragte nun Brega, welcher den rot pulsierenden Punkt vor ihnen in der Luft betrachtete. Seine Stirn runzelte sich misstrauisch.

«Etwas stimmt hier nicht», gestand Corwin. «Es scheint fast so als würde er auf etwas warten.»

«Haltet die Augen offen», grunzte Jack. «Das Vieh muss schlau genug sein, um zu wissen, dass es keine Chance gegen uns hat. Hol weiter auf und fahr die Schilde hoch.»

Corwin drückte den Schubhebel nochmals nach oben und raste auf ihr Ziel zu. Er war äusserst fokussiert auf seine Aufgabe. Marius hatte er noch kaum beachtet.

«Brega!», befahl Jack. «Übernimm die beiden Blastergeschütze und nimm ihren Antrieb ins Visier, sobald wir nah genug sind! Ziel nur auf die Triebwerke! Wir dürfen es nicht zerstören!»

«Verstanden», quittierte Brega und zog die Visiervorrichtung zu sich hin.

«Gut, wenn nichts mehr dazwischenkommt, werden wir den Auftrag in Kürze abgeschlossen haben und kö…oh verflucht! Und so was nennt sich Pilot!», schimpfte Jack, als der Boden des Schiffes erzitterte und sie dann heftig durchgeschüttelt wurden. «Halt das Ding gerade!»

«Das war ich nicht! Oh Mist, schaut mal auf den Radar.»

«Oh», pfiff Jack erstaunt durch die zusammengepressten Zähne. «Das darf doch nicht wahr sein!»

«Was sollen wir tun?», fragte Corwin als der Gleiter erneut erzitterte, diesmal heftiger als zuvor.

«Na was wohl!», entgegnete Jack. «Beweg deinen Hintern und gib doch endlich Schub!» Ein dicker Energiestrahl schoss über sie hinweg.

«Ähm...Ich glaube wir haben ein Problem!», meinte Corwin.

«Na, was ihr nicht sagt», stellte Marius ironisch fest und blickte aus dem Fenster, wo sie in einiger Entfernung vier große Schlachtkreuzer umkreisten. Selbst für ihn war ersichtlich, dass sie in der Klemme saßen. Er zuckte zusammen, als abermals ein massiver, bläulicher Strahl über sie hinweg schoss und der Gleiter erneut erzitterte.

«Nein, ich meine ein ernstes Problem», widersprach Corwin.

«Ich glaube das ist ein ernstes Problem!», schrie Marius. Wenn das ein Traum war, dann wäre es jetzt an der Zeit aufzuwachen! Da draußen waren riesige Raumschiffe, die auf sie schossen und ihr eigenes Schiff, das sie hätte schützen können, war zu weit weg. «Die Farben Keyathuz», grunzte Brega. «War ja klar, dass dieser Wicht dahintersteckt.»

«Nicht das, verflucht! Der letzte Einschlag hat unsere manuelle Steuereinheit grilliert und unserer Schutzschilde geben auch bald den Geist auf!»

«Und was ist mit dem Autopiloten?», fragte Jack.

«Läuft noch, aber ohne Schutzschilde? Das wäre Wahnsinn!», entgegnete Corwin entgeistert. «Wir könnten auf jedem beliebigen Meteor zerschellen!»

«Warte», beschwichtigte ihn Jack. «Aber ich glaube, dafür habe ich eine Lösung.» Jack erhob sich nun ebenfalls von seinem Stuhl und stellte sich standhaft auf den schwankenden Boden inmitten des Schiffes. Sein junges Gesicht wurde ausdruckslos und seine Augen matt, als würden sie mit Nebel gefüllt sein. Er strahlte als einziger eine seltsame Ruhe aus und das Rütteln des Schiffs schien ihn nicht mehr zu beeindrucken. Er stand da wie ein Fels in der Brandung und Marius blickte ihn gebannt an.

Jack umfasste seinen Stab fester und begann Worte in einer Sprache zu murmeln, die Marius nicht verstand. Marius wich vorsichtig zurück, als er plötzlich die Aura spürte, die von Jack ausging und welche mit jedem Wort stetig wuchs. Es waren insgesamt gut ein Dutzend Wörter, die Jack gesprochen hatte als sich ein weisses Netz aus Blitzen um seinen Stab spannte und aus dem oberen Stabende eine rote Kugel hervorbrach, welche schnell wuchs und bald den ganzen Innenraum des Gleiters einnahm und ihn kurz darauf ganz verschluckt hatte. Der grelle Schein blendete Marius und er spürte, wie sich alle Haare an seinem Körper aufstellten. Mit einem jähen Schrei ließ Jack den Energiefluss zusammenbrechen. Sogleich erstarb das Vibrieren des Gleiters und Jack sank keuchend auf die Knie.

«Scheiße, war es wirklich das, was ich glaube?», stieß Marius ehrfürchtig hervor und musterte Jack. «Und ich dachte Magier gibt es nur in unseren Märchen.»

«Ja», keuchte Jack. «Aber ich bin nur ein Niedriger. Meine Kraft ist zu begrenzt um als voller Magier durchzugehen. Bei uns an Bord gibt es Magier, die weit fähiger wären als ich.»

«Was! Es gibt noch mehr Magier?», fragte Marius. Er schien die Gefahr um sie zu vergessen. Er war wieder der faszinierte 16-jährige Junge.

«Ja, natürlich! Aber los, aktiviere endlich den Autopiloten Corwin!», rief Jack aus, als ein weiter Strahl von einem Schlachtkreuzer zu ihnen herüberschoss und den Gleiter abermals durchrüttelte. «Wer weiss wie lange mein Energieschild hält!»

Wie zur Antwort schoss soeben ein weiterer Laserstrahl auf sie zu, zerbrach an dem Schild und tauchte das Innere des Jagdschiffs in gleißendes Licht.

Corwin riss die Steuereinheit an sich heran. «Aktiviert! Nur…wohin? Der Weg zu unserem Hauptschiff ist abgeschnitten.»

«Einfach weg hier!», schrie Jack als ein zweiter Laserstrahl an dem Schild zerbarst und er sich mit den Händen abstützen musste, um nicht vor Erschöpfung umzufallen. «Fort von hier!»

«Flieg nach Calandra, meinem Heimatplaneten! Er ist hier in der Nähe! Das ist sicherer als zu unserem Schiff zurückzukehren», befahl Brega. Der Weg zu Fawn war ihnen abgeschnitten und die Schlachtkreuzer wären zu stark gewesen in einem offenen Kampf.

Corwin gehorchte ohne Widerspruch und tippte, froh einen Befehl zu haben, die Koordinaten ein. Sofort summten die Triebwerke kurz auf, bevor sie stotterten und wieder verstummten.

«Verdammt, was ist jetzt los?», fragte Jack und die Verzweiflung schwang in seiner Stimme mit, als er die Kreuzer immer noch um sie herum kreisen sah. Zudem spürte er, wie ihn die Kräfte verließen und in den Schutzschild flossen.

«Nicht die geringste Ahnung!», gestand Corwin. «Scheint so, als wären unsere Triebwerke ebenfalls defekt. Kannst du das nicht auch mit etwas Magie reparieren.»

«Ich versuche es, nur weiß ich nicht, wie viel Kraft es mich kostet, beide Energieflüsse aufrecht zu erhalten.»

«Es ist unsere einzige Hoffnung», knirsche Corwin sichtlich unzufrieden, dass es keine andere Lösung gab.

Jack keuchte und Schweißperlen zeichneten sich auf seiner Stirn ab.

«Bereit! Zeig was du drauf hast»

Er atmete dreimal lang und tief durch, um seinen Puls zu beruhigen und murmelte dann eine weitere Formel.

Marius schaute ihm gebannt zu und hielt den Atem an, als Jack zu Ende gesprochen hatte. Erst rührte sich nichts, doch dann wurde es kurz ruhig im Innenraum, worauf ein heftiges Rütteln ihr Schiff durchfuhr, die Triebwerke aufheulten und der Gleiter beschleunigte, als wäre der Teufel persönlich hinter ihnen her. Gleißendes Licht versperrte die Sicht vor dem Fenster und es fühlte sich für einen Moment an, als wären sie schwerelos, bevor es erneut heftig rumpelte und das Raumschiff wieder mit Normalgeschwindigkeit dahinflog. Ein Lächeln stahl sich auf Corwins Lippen als er sich zu Brega, Marius und Jack umdrehte. «Wir haben es tatsächlich geschafft!», meinte er fassungslos. «Gratuliere Jack! Das war eine Glanzleistung! Wie es scheint, haben wir sie abgehängt!»

«Da…Danke», keuchte dieser zwischen zusammengebissenen Zähnen hervor. Er versuchte, sich mit schweißüberströmtem Gesicht aufzurichten, doch die Beine versagten ihm und Marius und Brega mussten herbeieilen, um ihn zu stützen. «Lande auf der Nordseite des Planeten in Calandra, der Hauptstadt.», befahl Brega und deutete auf dem Radar auf eine schwach leuchtende Stelle.

ELVOIA

«Staubig wie eh und je», grunzte Brega mit einem grimmigen Blick aus dem Fenster. Der heftige Aufprall ihrer unsanften Landung hatte jede Menge Dreck und Staub aufgewirbelt. «Willkommen auf Calandra.»

«Sieht ziemlich trocken aus», stellte Marius staunend fest, als er neben Brega trat und schmerzverzerrt seine Rippen rieb, die er sich bei der Landung gestossen hatte.

«Oh Mist, die manuelle Steuerungseinheit wurde nicht nur deaktiviert, sie ist regelrecht gegrillt worden!», fluchte Corwin von vorne.

«Setz eine Nachricht an Fawn ab. Sie müssen wissen, dass wir hier sicher sind und sie die Suche nach Talrik fortsetzen sollen.» Brega schien trotz der geglückten Flucht keine Freude zu haben.

«Sollen sie uns nicht zuerst hier aufladen?», frage Marius. Er wollte lieber so schnell wie möglich wieder unterwegs sein, um Talrik zu befreien. Ihm war nicht wohl dabei, seinen einzigen Freund hier draußen verloren zu haben.

«Nein, wenn sie hierherkommen, wird Keyathuz ihnen folgen und uns finden. Wir konnten dank Jacks Magie und dem Hypersprung gerade noch so entwischen. Es ist besser, wenn er momentan nicht weiß, wo du bist.»

«Das könnt ihr sowieso vergessen.» Corwin fluchte, was das Zeug hielt. «Der Funktransmitter ist ebenfalls hinüber. Am besten schauen wir uns den Schaden mal von außen an und sehen uns dann auf dem Markt hier um. Wir werden wohl ein paar Ersatzteile benötigen.»

«Gut, einverstanden...Aber Marius, ich weiß ja, wie gerne du an diesen Apparaturen herumfingerst, aber ich möchte dich bitten das für heute einmal zu lassen!», schärfte Brega Marius ein. Er hatte wohl von seiner Übungsstunde mit Jack erfahren und gesehen, dass Marius bereits auf den verkohlten Instrumenten herumdrücken wollte.

«Oh Mann», ächzte eine vierte Stimme irgendwo am Boden hinter einem umgekippten Sessel. «Wer hat denn dir das Landen beigebracht.»

«Oh, Jack haben wir ja ganz vergessen!» Corwin eilte nach hinten, schob den Sessel weg und half Jack hoch. «Noch alles dran? Du hast eine Meisterleistung geschafft!»

«Mir ist übel, aber so wie es aussieht sind wir hier tatsächlich auf Calandra», stellte Jack fest und hielt sich schwankend am Tisch fest. Sein Gesicht war kreidebleich «Ich habe noch selten einen so staubigen Dreckhaufen gesehen.» Brega überhörte dies wohl gekonnt, sonst hätte er wohl seine Faust diesmal gut im Griff.

Jack war noch ganz schwach auf den Füßen, weshalb ihm Corwin einen Sessel zuschob und ihn dazu verdonnerte im Innern des Schiffs zu warten, während sie sich umsahen.

«Also, dann kommt mal.» Corwin öffnete die zischende Eingangsluke, wovor sich bereits eine kleine Menge Schaulustiger gebildet hatte. Kreischende Gesichter erwarteten sie draußen. Kleine Kinderhände klaubten nach ihnen und versuchten zu klauen, was sie erreichen konnten. Brega scheuchte sie mit grimmiger Mine davon.

Marius ließ seinen Blick über die Menge schweifen und war überrascht, nur ein oder zwei Zwerge zu sehen, wo Brega doch sagte, dass dies sein Heimatplanet war. Die meisten waren Menschen oder sonstige menschenähnliche Wesen.

«Wird's wohl bald!», knurrte Brega und fuchtelte wild herum, doch die Kinder schien der grimmige Zwerg nicht abzuschrecken.

«Lass nur, die gehen dann schon wieder», versuchte ihn Corwin zu besänftigen. Und tatsächlich zogen sie sich leise murrend wieder in ihre Häuser zurück, als sie merkten, dass die eingetroffenen Gäste keine Geschenke für sie dabei hatten.

«Bei diesem Pack hier muss man manchmal einfach so handeln, sonst hat man nie Ruhe.», knurrte Brega trotzdem. Er schien wirklich nicht sehr erfreut, hier zu sein.

«Ja, ja, schon gut, machen wir uns an die Arbeit», beschwichtigte ihn Corwin und fügte dann etwas leiser zu Marius hinzu: «Er tut nur so grimmig, weil er die Menschen hier nicht ausstehen kann. Sie haben die leeren Zwergenstädte nach dem Abzug der Zwerge besetzt, was er ihnen bis heute übelnimmt. In Wahrheit freut er sich aber hier zu sein.»

Die Sonne brannte auf sie herab als sie hinaustraten und ihr verkohltes Schiff von außen betrachteten. Der von der holprigen Landung aufgewirbelte Staub legte sich langsam und setzte sich überall fest. Marius musste husten ab der trockenen Luft.

«Das sieht nicht gut aus.» Corwins Bemerkung war überflüssig, der Schaden war nicht zu übersehen. Er drückte vorsichtig gegen die hintere Triebwerksverkleidung, worauf diese ein hohles Ächzen von sich gab und zerbrach als Corwin darauf drückte. «Scheint so, als müssten wir das ganze hintere Triebwerk ersetzen.» Er seufzte und strich sich das blonde Haar aus dem Gesicht. «Das wird eine Menge Arbeit bedeuten. Kennst du dich hier aus Brega?»

«Das Stadtviertel sieht noch aus wie in meiner Kindheit», grunzte dieser und linste umher. Immer wieder verwarf er die Hände in Richtung der neugierigen Augen, die sie aus der Ferne noch beobachteten. «Nur ist das schon ein paar Jahrzehnte her. Weiter unten sollte aber noch ein Händlerviertel sein. Das kenne ich.»

«Gut, dann würde ich vorschlagen, dass du und Marius auf den Markt geht und euch mal nach einem geeigneten Mechaniker umseht, während ich hier mit Jack überprüfe, was wir alles an Ersatzteilen haben und noch verwenden können», schlug Corwin vor.

«Das muss ich zuerst sehen, wie du diese Schrottkiste wieder hinkriegen willst. Aber wir schauen, was wir besorgen können.»

«Diese Schrottkiste ist eines der Königlichen Jagdschiffe, und Núdan hat mir versprochen, es mir zu überlassen, wenn wir von unserer Mission zurückkommen. Also werde ich auch zusehen, dass ich dieses Ding wieder zum Fliegen bringe!»

Brega lachte lauthals. «Das Ding würde ich nicht mal mehr geschenkt nehmen.» Er kickte gegen die Außenhülle und ein weiterer Teil der Verkleidung zerbrach. Funken sprühten, als ein Teil des Triebwerks abfiel.

«Nun geht endlich, bevor uns die Schergen Keyathuzs' doch noch ausfindig machen.» Corwin ignorierte Bregas vorhergehende Bemerkung und scheuchte ihn und Marius davon. Sie mussten sich beeilen, wenn sie noch vor Sonnenuntergang Hilfe finden wollten.

«Bleib dicht bei mir, hier in dieser Stadt lauert zu viel Gesindel», murrte Brega. Er schien wirklich eine Abneigung gegen die Menschen hier zu haben. Weshalb hier kein einziger anderer Zwerg zu sehen war, war Marius noch ein Rätsel. Er beeilte sich und schritt dicht hinter Brega her. Er führte sie immer weiter in die Stadt hinein, bis Brega das Getuschel der kleinen Grüppchen, welche überall standen und ihnen nachschauten zu groß wurde und er sich einen blickgeschützteren Ort suchte: «Komm hier rein, den Laden kenne ich noch!»

Er packte Marius am Arm und zog den schweren Vorhang vor einem Laden mit der Aufschrift *Elvoias Boutique* zur Seite und schob ihn hinein.

Das Haus bestand aus nur einem einzigen Raum. Dafür war dieser vollgestopft mit den diversesten Gegenständen und Marius stieg der starke Geruch eines zu intensiven Damenparfüms in die Nase. Boutique, wie es vor der Türe hieß war nur ein dürftiger Begriff, denn der Raum war bis unter die Decke voll mit den verschiedensten Dingen, die Marius zwar nicht einordnen konnte, die aber bestimmt nicht in eine klassische Boutique passten.

«Ah, Kundschaft», ertönte eine rauchige Stimme aus dem dunklen Winkel im hinteren Teil. Eine kleine Frau trat mit misstrauischem Blick hervor und musterte zuerst Marius mit argwöhnischen Augen, bevor sie zu Brega übersprangen und sogleich zu leuchten anfingen. «Euch kenne ich doch.»

«Das hoffe ich doch. Habt Ihr hier irgendwo einen privaten Raum?», unterbrach sie Brega und deutete mit dem Kopf zum offenen Fenster.

Die Frau verstand, drehte sich um und bedeutete ihnen zu folgen. Sie quetschten sich zwischen zwei vollgestopften Regalen durch zu einer Bodenluke, die Marius zuvor unter all dem Gerümpel noch nicht bemerkt hatte. Brega half ihr, eine Kiste, die darauf stand zur Seite zu schieben und hob den Deckel an. Er nickte zufrieden. Der Kellerraum, der sich darunter auftat, war etwas kleiner als der Boutique-Raum und die Luft noch verhangener, doch privat war er auf alle Fälle. An der Decke hing eine kunstvoll verzierte Lampe, deren Licht über die Wände tanzte. Als sie alle heruntergestiegen waren, zog sie die Luke wieder über ihnen zu und deutete auf bequeme Ledersessel in der Mitte des Raumes. Marius und Brega setzten sich darauf, während sich die Frau ihnen gegenüber niederließ. Sie atmete schwer von den wenigen Schritten und sah Brega an, als würde sie eine Erklärung von ihm erwarten, weshalb jemand es wagen konnte, sie zu stören.

«Gut, ich denke hier können wir ungestört sprechen», meinte Brega unbeirrt und schaute sich im Raum um.

«Ja, aber nun erzählt, ihr seid Brega, nicht wahr?», fragte sie mit einem kecken Grinsen.

«Da habt ihr recht, aber wie ihr vielleicht wisst, ist mein Ruf hier in der Stadt nicht besonders gut und wir bleiben lieber unentdeckt», entgegnete Brega und wich dem fragenden Blick von Marius aus.

«Also doch, ich hätte nicht gedacht, dass du gerissen genug bist hierher zurückzukehren, wo du doch vor deiner, wie soll ich sagen…überstürzten Abreise, denk ich ist passend…. die Tribüne des Marktplatzes mitsamt der ganzen Obrigkeit darauf eingerissen hattest.» Sie schüttelte lachend den Kopf.

«Nun ja, das war nur ein Versehen», schob Brega das Thema zur Seite und Marius sah zum ersten Mal einen verlegenen Zwerg! «Wollen wir die Vergangenheit ruhen lassen und zum Grund kommen, weshalb ich hier bin.»

«Na gut, ich weiß nur nicht, ob Rûwion das ebenfalls so sieht. Aber gut, warum seid ihr hier?»

«Nun», erklärte Brega. «Der Hohe Rat hat Hinweise darauf, dass unser Reich in Gefahr ist.»

«Wir gehören nicht zu ihrem Reich», sagte die alte Frau und goss sich und ihren Gästen einen Tee ein. «Wir sind ein freier Planet und werden das auch immer bleiben und darauf bin ich stolz.»

«Wenn das zu Erwartende eintrifft, wird nicht nur der Hohe Rat, sondern auch alle noch freien Planeten in Gefahr sein. Wir vermuten, dass der dunkle Lord versuchen könnte seine Macht zurückzuerlangen.»

«Er wurde geschlagen», entgegnete sie. «Keiner weiß, wo er ist. Geschweige denn ob er noch Macht hat und ob die Legenden überhaupt stimmen. Wer weiß, ob die Barden ihm nicht zu viel angedichtet haben.»

«Ich weiß nicht alles», gestand Brega und schaute sie durchdringend an. «Aber wenn der Hohe Rat sich selbst damit befasst, muss etwas dran sein. Die Saga beschreibt, dass er einmal aus dem Exil zurückkommen wird.»

Elvoia schlürften ihren Tee, ließ dabei aber Brega und Marius nicht aus den Augen, als hätte sie Angst, dass sie etwas klauen wollten. «Gerüchte», grunzte sie. «Nichts weiter als Erzählungen.»

«Das sieht der Hohe Rat anders.» Brega hielt ihrem Blick stand. «Sonst hätten sie kaum nach einem Erdling gesandt»

Elvoia stieß einen spitzen Schrei aus und blickte auf einmal Marius ganz verzückt an. «Ein Erdling sagst du? Lass dich anschauen Junge! Ich wusste doch, dass du nicht hierhin passt! Du bist anders als das Gesindel hier!»

Marius wich vor ihren patschigen Händen zurück. Elvoia schien sich ertappt zu fühlen und versuchte ihre Hände wieder in den Griff zu bekommen, indem sie ihre Brille auf die Nase hochschob und dann auf ihre Hände saß. *So sieht sie wie eine dicke Eule aus*, dachte sich Marius grinsend.

«Tut mir leid, dass ich dich nicht gleich erkannt habe, aber du musst wissen, meine Augen sind auch nicht mehr die Besten!» Sie stand nun auf und reichte Marius doch noch förmlich die Hand. «Ich bin Elvoia, eine alte Geschäftspartnerin von Brega, bis er dann abgehauen und auf Fawn von Königin Núdan aufgenommen wurde. Mir gehört dieser Laden hier.»

«Ähm… freut mich Sie kennen zu lernen», antwortete Marius freundlich und würgte innerlich. Das Parfüm dieser Frau roch abscheulich. *Kein Wunder ist Brega abgehauen bei diesem Duft.* Elvoia richtete sich wieder auf, trat zurück und ließ sich wieder in ihren Sessel fallen. Auf einmal war sie ganz Ohr für die Geschichten von Brega. «Was tut ihr hier? Wenn er ein

Erdling ist und der Hohe Rat ihn sehen will, weshalb seid ihr dann hierher zurückgekommen?»

Brega erzählte ihr nun die ganze Geschichte, wie sie gestern noch Marius und Talrik aufgenommen hatten, letzterer bereits wieder entführt wurde und sie bei der Verfolgung von ebenjenem hier notlanden mussten. Marius saß auf einmal ein Kloss im Hals. Ihm wurde auf einmal bewusst wie schnell das hier aus dem Ruder gelaufen ist. Es kam ihm viel länger vor, doch musste dies an der Fülle an Ereignissen liegen.

Er spürte eine angenehme Kälte auf seiner Brust und ertastete das Medaillon unter seinem Shirt, das er unbewusst immer noch bei sich trug. Ob seine Tante und seine Großeltern überhaupt wussten, dass er weg war? Er schweifte ab mit seinen Gedanken, während Brega knapp ihre Geschichte erzählte und dann zum Thema zurückkam: «Wie auch immer. Fakt ist, dass wir nun hier festsitzen und keine Möglichkeiten haben, um von hier weg zu kommen.»

«Ich glaube, ich habe da eine Lösung. Wenn du mir den Code eures Hauptschiffes aufschreibst und mir sagst, was du schreiben willst, kann ich dir die Nachricht abschicken.», bot Elvoia an. «Und was euer Jagdschiff betrifft, solltet ihr in die Oberstadt gehen. Bûron, ein langjähriger Freund von mir, verkauft dort Schiffsersatzteile und sogar ganze Fluggeräte.»

Brega nahm das Angebot danken an und schrieb eine kurze Nachricht für Fawn auf einen Zettel. Sie sprachen noch eine Weile weiter, bis er sich erhob und vor Elvoia verneigte. «Habt besten Dank Elvoia! Ihr seid wahrlich eine Hilfe.»

«Da gibt's nichts zu danken! Ich bin eher noch in eurer Schuld für das Vergnügen, dass ihr uns bei eurer letzten Abreise beschert habt! Aber nun geht, bevor er seinen Laden schließt.

Ihr findet seinen Gehilfen auf dem Marktplatz, er wird euch zu ihm führen.» Elvoia verneigte sich nun ebenfalls und führte sie wieder in den Laden hoch. Beim Herausgehen drückte sie ihnen noch zwei Kapuzenmäntel in die Hände und Marius war nicht sicher, ob die gedacht waren, um ihn oder doch eher Brega zu verstecken.

BÛRON

«Egal was Andere sagen, diese Hitze war der Hauptgrund, von diesem Planeten zu fliehen!», stöhnte Brega und wischte sich den Schweiß von der Stirn. «Was würde ich jetzt für ein Krug eiskaltes Bier geben.» Die Sonne schien glühend heiß auf die Bewohner herab, doch die ließen sich nicht davon abhalten, ihren täglichen Erledigungen nachzugehen, denn mit jedem Schritt, den sie weiter in Richtung Oberstadt machten, nahm das Gedränge auf den Straßen zu.

«Und dann zwingst du mich noch in diesem dicken Mantel herumzulaufen?», murrte Marius. Ihm rann ebenfalls der Schweiß die Nasenspitze herab.

«Wir wollen kein Aufsehen erregen», entgegnete Brega. «Du kannst dir ja vorstellen, wie die Leute reagieren würden, wenn sich herumspricht, dass ein Erdling in ihrer Stadt ist.»

Er hielt kurz im Schatten eines kargen Baumes an. Marius stellte sich neben ihn und hielt seine Stirn an den kühlen Baumstamm. «Ich glaube das hat weniger mit mir als mit deiner Vergangenheit zu tun, die Elvoia angesprochen hat. Was hast du da angestellt?»

Brega zuckte leicht zusammen. «Oh, das war nur ein kleines Missgeschick», meinte er und zog Marius trotz seines Protestes wieder weiter in die Sonne hinaus. Er haderte kurz, bevor er fortfuhr. «Damals, als ich noch hier wohnte, fanden noch alljährlich die berühmten Ugron-Festspiele statt. Es war ein Anlass, bei dem alle Menschen und Ugrons in die Städte strömten. Wir Ugrons haben uns sonst schon lange aus den Städten zurückgezogen, weil es hier zu heiß wurde und sich zu viel Gesindel angesiedelt hatte.»

Er bog in eine enge Seitenstraße ab und blickte sich kurz orientierend um. «Es war jedes Jahr der mit Abstand größte Anlass und ich war als Zuschauer dabei. Bei uns Ugrons ist es eine Tradition bei den Spielen dabei zu sein und die eigenen Mannschaften anzufeuern. Und naja…Ich mag mich vielleicht manchmal etwas mitreißen lassen… Auf jeden Fall war da eine Stütze der Tribüne etwas locker und als ich etwas zu stark dagegentrat, gab sie leider nach und die Sitzreihen, die sie stützte, kippten nach hinten weg und mit ihr die gesamte Tribüne in einem Dominoeffekt. Das Ganze hätte halb so viel Aufsehen gegeben, wenn nicht die gesamte Oberschicht inklusive diesem Rûwion auf diesen Rängen gesessen hätten. Es gab einen riesigen Aufstand und viele der Oberschicht verlangten ihr Geld vom Rennverwalter zurück, der sich wiederum nicht in der Schuld sah, da nicht er, sondern Rûwion mit dem Bau der Tribüne beauftragt worden war. Die Schadensforderungen haben sein Ego mächtig angekratzt und seine Geschäfte wohl bis heute zerstört.»

Er zog einen Apfel aus seiner Manteltasche und biss herzhaft hinein, um sogleich das Gesicht zu verziehen, als er eine besonders saure Stelle erwischte. «Natürlich haben die Bewohner Calandras dieses Missgeschick schon vor Jahren vergessen, nur Rûwion scheint es noch im Gedächtnis zu haben, weshalb ich ihm lieber nicht begegnen möchte. Er verlangt noch immer eine Unsumme von mir…. Vielleicht lag es auch daran, dass er zuoberst saß und mitten in einen Miststock hinunterfiel. Das Volk hat ihn danach ein Jahr lang nur noch *den Gockel* genannt, wie ich vernommen habe»

Marius musste sich die Kapuze seines Mantels etwas weiter ins Gesicht ziehen, damit Brega sein Grinsen nicht sah. Er hätte dieses Spektakel gerne gesehen.

«Hier, ich glaube das ist der Platz, von dem uns Elvoia erzählt hat», meinte Brega und warf seinen Apfel einem mageren Hund vor die Füße, welcher ihn sofort gierig zwischen die Zähne packte und davonrannte.

Marius schaute sich unauffällig um, ob ihm eine Gestalt auffiel. Wie ihm Elvoia verraten hatte, soll Bûrons Gehilfe erst seit kurzem für ihn arbeiten und seit damals jede freie Minute hier auf dem Platz verbringen, um die diversesten Gespräche zu lauschen und den Bewohnern komische Fragen zu stellen. Jedoch weiß niemand, woher er kommt oder wer er genau ist.

«Nun, wo wollen wir beginnen?», fragte Brega und musterte die Gestalten um sie herum um einiges unverschämter von Kopf bis Fuß.

«Wir könnten es bei einem der Händler versuchen.» Marius nickte zu einem der Holzstände hinüber, wo allerlei Waren angeboten wurden.

«Ein Versuch ist's wert», brummte Brega und schob sich durch die Menschenmenge zum nächstbesten Stand durch, was für einen Zwerg mit seiner Größe nicht gerade das Einfachste war. *Er hat bestimmt schon einige Ellbogen abbekommen,* dachte sich Marius grinsend. Und zack, da war auch schon der Nächste. Brega fluchte, was das Zeug hielt, fing sich jedoch überraschend schnell wieder und bedeutete Marius versteckt mit einer Geste, er solle sein Gesicht weiter verdeckt halten.

«Junger Herr, wir haben eine Frage», wandte er sich an einen Marktburschen.

«Och, fragen kann man immer! Entweder man bekommt eine Antwort oder ein köstliches Glas frische Marmelade! Wollt ihr etwas Marmelade kaufen? Himbeere, Waldbeere, Pfirsich?», kam ihm der Händler dazwischen. «Hausgemacht und köstlich wie nichts Anderes auf diesem Planeten.» Er nahm ein bis zum Rand gefülltes Glas unter dem Ladentisch hervor und wedelte damit verführerisch vor Bregas Gesicht herum.

«Pfui Teufel», wehrte Brega ab und schob seine Hand zur Seite. «Wir wollen nur eine Auskunft.»

«Nun, wenn euch diese Sorte nicht passt, dann versucht's doch mal mit dieser hier», unterbrach ihn der Händler wieder und fuhr fort, als hätte er Bregas Einwand nicht gehört. «Ein zuckrig süßer Gelee. Zwei für eins.»

«Nein, wir wollen keine solche zermantschten Pfirsiche im Glas! Das Einzige, das wir wollen ist eine Auskunft! Und Pfirsich gehört gebrannt, nicht gekocht.»

«Schon gut, schon gut, dann halt ein extra gelagerter Ziegenkäse. Eine Spezialität der nördlichen Eis-Ugrons», fuhr er ungerührt fort und wickelte einen kleinen Leinenbündel auseinander, worin ein ovaler, weißer Käse hervorkam. Und tatsächlich, da hatte er den Zwerg an der Angel.

«Nun ja, wenn ich recht bedenke…ich glaube, ich kauf den Käse doch.» Bregas Missmut war mit dem stinkenden Duft des Käses verflogen. «Es ist lange her, seit ich etwas so Köstliches gerochen habe.» Marius musste sich ein Würgen verkneifen.

«Gut, gut, das macht dann drei Silbermünzen»
Brega schlug seinen Mantel zurück und kramte vier Silbermünzen hervor. «Die vierte kannst du behalten, wenn du uns endlich die Auskunft gibst, die wir brauchen.»
«Oh, gut zahlende Kunden, das lobe ich mir.»
«Dann also zu unserer Frage: Weißt du etwas über den Gehilfen Bûrons? Wo finden wir ihn?», fragte nun Brega und reichte das kleine Päckchen Marius, welcher es naserümpfend entgegennahm. «Aber dreht uns diesmal nicht wieder irgendwelchen nutzlosen Plunder an!»
«Ach, sagt das doch gleich, dass ihr Auskunft braucht und keine Kunden seid!», meinte der Händler nun mit einem weiten Grinsen. «Ihr findet ihn dort drüben auf der großen Steintreppe, welche ins obere Viertel führt. Es ist der stämmige, schwarzhaarige Junge da.»
Brega dreht sich ohne ein Wort um, nahm Marius den Käse wieder aus der Hand und quetschte sich durch die Menge hindurch in die angegebene Richtung. Die gute Stimmung nach dem Käse war rasch wieder verflogen, als sie sich durch die Meute drängten.
«Da, das da drüben könnte er sein» Marius zeigte auf einen jungen Typen, der etwas verloren auf der Treppe saß und die Leute um sich herum beobachtete.

«Genug dämlich sieht er jedenfalls aus», meinte Brega achselzuckend, lief zielstrebig auf den Jungen zu und fuhr ihn mit seiner direkten Art an. «Du da, bist du Bûrons Gehilfe?»

«Stimmt, der bin ich», bestätigte der Junge und erhob sich aus seiner Sitzposition. «Was wollt ihr?» Er zog seinen Mantel über den Geldbeutel, als hätte er Angst, dass Brega ihn gleich ausrauben würde.

«Wir sind auf dem Weg zu Bûron dem Techniker. Wir sind selten hier in dieser Stadt und bräuchten daher jemanden, der uns den Weg weisen könnte.»

Der Junge entspannte sich und hob ein Bündel aus Leder vom Boden auf, schwang ihn sich über die Schulter und blickte Brega und Marius an: «Ihr kommt genau richtig, ich wollte sowieso demnächst zu Bûron zurückkehren. Jetzt, wo dann bald wieder die Spiele stattfinden, reden die Leute über nichts anderes mehr und kaum einer spricht mehr über das, was ich wissen möchte. Also folgt mir.»

«Also finden die Spiele immer noch statt?», fragte Brega.

«Dieses Jahr ist es das erste Mal, dass sie nach einer längeren Pause wieder durchgeführt werden», antwortete der Junge und musterte Brega und Marius. «Aber sagt, ihr seht nicht gerade aus, als würdet ihr von hier kommen.»

«Da hast du indirekt recht», stimmte ihm Brega zu und bedeutete Marius vorzutreten. «Ich bin Ugron Brega aus dem westlichen Stamm und mein Begleiter hier ist Marius.» Er entschied nun doch ihre wahren Namen zu nennen. Eventuell konnte ihnen der Junge noch weiterhelfen.

«Dann seid willkommen! Ich bin Mél.»

Er musterte Marius nochmals von Kopf bis Fuß, und starrte Marius etwas zu lange an, so dass dieser gleich den Verdacht hegte, dass Mél ihnen etwas verschwieg. Dann lief er los und bog in eine schmale Seitengasse ab, während ihm Marius und Brega dankbar in den kühlen Schatten folgten. Ab hier waren die Gassen verschlungen und verschachtelt wie in einem Irrweg, doch zum Glück war es nicht weit, bis Mél nach vorne deutete. «Das Haus da vorne mit dem weiten Balkon ist es», meinte er, als sie wieder aus dem Gewirr der Gassen heraus auf eine breitere Straße traten. Das Haus von Bûron war ein dreistöckiges, prunkvolles Gebäude, wie jedes der vornehmen Leute hier in der Oberstadt. An Geld schien es ihm nicht zu mangeln.

«Wir nehmen den Hintereingang, der sollte um diese Zeit eigentlich noch offen sein», erklärte Mél und führte sie um das Gebäude herum.

«Beeil dich Mél, ein Kunde aus der Unterstadt verlangt noch bis um achtzehn Uhr seine Ersatzteile zurück!», erscholl eine Stimme aus dem Innern des Hauses, als ihre Ankunft bemerkt wurde.

«Ich komme gleich Bûron! Aber komm du zuerst einmal raus, wir haben Besuch», rief Mél zurück, worauf im Innern des Hauses ein Rumpeln ertönte und sich dann schlurfende Schritte in Richtung der Türe bewegten.

«Sag nicht du hast wieder einen räudigen Straßenköter mitgebracht?», fragte Bûron und trat mit schweißüberströmtem Gesicht in den Türrahmen. «Oh, entschuldigt, einen guten Abend meine Herren.»

«Ebenfalls guten Abend Bûron. Ich bin Ugron Brega, Soldat von Fawn. Ich stehe unter dem Kommando von Königin Núdan, ich nehme an, Ihr seid ihr hier wohlwollend gestimmt?», stellte sich Brega vor.

«Ja, natürlich sind wir das!», versicherte Bûron, zog ein Tuch aus seinem Hosensack und wischte sich damit sein Gesicht ab. «Es ist mir eine Ehre, euch hier willkommen zu heißen. Was treibt euch hierher?»

Brega deutete auf Marius und fuhr dann fort: «Mein Begleiter hier ist Marius, ein Erdling und zurzeit ebenfalls unter der Obhut von Núdan.»

«In diesem Fall sind die Gerüchte also wahr, die mir zu Ohren gekommen sind», meinte Bûron staunend und schob die Tür ganz auf. «Es ist mir ebenfalls eine Ehre, euch hier willkommen zu heißen, aber tretet nun ein. Ihr kommt zur rechten Zeit, in der Küche gart bereits ein Braten vor sich hin, der nur auf Gäste wartet.»

Er trat zurück und bedeutete den dreien in die Stube einzutreten.

«Mél, würdest du die Beiden vielleicht für einen Apéro auf den Balkon geleiten? Ich muss noch kurz den Schleifapparat in der Werkstatt ausschalten, ich komme gleich nach.»

Mél nickte und bedeutete ihnen, ihm zu folgen. Er führte sie in den anliegenden Raum, von welchem eine breite Steintreppe in den oberen Teil des Hauses führte. Ihre Stiefel hallten auf dem Steinboden, während sie hinaufstiegen. Durch die massive Bauweise war es hier drinnen angenehm kühl.

«Wie lange arbeitest du schon für ihn?», fragte Marius, als sie oben an der Treppe angekommen sind.

«Erst seit ein paar Wochen, doch werde ich wohl bald wieder weiterziehen, um auf neue Mission zu gehen, jetzt wo ich meine Aufgabe hier bald erfüllt habe», gab Mél zurück.

«Was für eine Aufgabe? Unter den Leuten geht das Gerücht herum du würdest jemanden suchen?», fragte Marius und blickte Mél in die leicht schräg stehenden Augen.

«Ich habe ihn gefunden», flüsterte Mél mit einem verschwörerischen Grinsen. Mehr wollte er nicht verraten, sondern schweifte vom Thema ab, als sie auf den Balkon in die schwüle Abendluft hinaustraten. Leichte, aufgespannte Tücher und fein versprühter Wassernebel sorgten für eine angenehme Abkühlung. Brega und Marius zogen endlich ihre dicken Mäntel aus und ließen sich dankbar auf den einladenden Sesseln nieder.

«Ich schätze eure Gastfreundschaft, doch eigentlich sollten wir vor der Dämmerung wieder zurück sein», wandte sich Brega an Mél. «Wir sind nur auf der Suche nach Ersatzteilen für unser Schiff. Wir haben noch zwei Begleiter, die da draußen auf uns warten.»

«Das ist kein Problem», erklärte Mél. «Wegen dem Ersatzteil sprecht ihr am besten mit Bûron, der kennt sich da bestens aus und wegen euren Begleitern können wir einen Boten hinunterschicken.»

Brega nickte zufrieden und ließ dann seinen Blick über die allmählich eindunkelnde Stadt gleiten. Und so verstrichen die nächsten Minuten, während etwas Ruhe einkehrte und langsam ein köstlicher Duft aus der Türe strömte.

«Lasst es euch schmecken», forderte sie Bûron auf, welcher nun ebenfalls durch die Balkontür trat und ein Holzbrett mit diversen Köstlichkeiten auf den Tisch vor sie stellte. «Mit Kastanien gefülltes Brathuhn, gekochte Bohnen, Bratkartoffeln, selbstgemachte Saucen und natürlich meinen speziellen Schmorbraten mit Datteln und Speck.»

Marius lief das Wasser im Mund zusammen, während er sich eine Schüssel packte und reichlich schöpfte. Essen war definitiv die eine Sache, welche ihn von der abenteuerlichen Reise ablenkte.

Er stopfte sich ein Stück Huhn in den Mund, blickte auf die Straße hinaus und sah gerade noch, wie der Botenjunge in Richtung Unterstadt davonrannte. Corwin und Jack mussten sich heute Abend noch etwas auf ihre Rückkehr gedulden.

NEUE HOFFNUNG

Núdan ging nachdenklich in ihrem Büro an der Fensterfront auf und ab. Immer wieder erwischte sie sich dabei, wie sie aus dem Fenster hinaus in die Weiten des Alls schaute, auf der Suche nach einem ihrer Schiffe. Sie wagte es nicht auszusprechen, doch sie und Joe, welcher unterdessen im Kontrollraum wartete, wurden immer unruhiger. Vor Stunden meinte sie irgendwo in der Ferne außerhalb ihres Radars, mehrere bläuliche, haarfeine Strahlen auszumachen, welche nur von Lasern stammen konnten. Doch konnte dies ebenso gut nur eine Einbildung sein. Ihre Radare und Späher konnten nichts erkennen. Auch hatten sie keine Hinweise mehr darauf, dass sie verfolgt wurden.

Sie schritt bereits eine Weile hin und her, als sie ein Klopfen an der Türe vernahm.

Sie rief ein mattes «Herein» und ließ sich erschöpft auf ihren Thron sinken.

Die Tür ging auf und Joe trat ein. Er zauberte ihr immerhin ein kleines Lächeln ins Gesicht, wie er beim Hereintreten fast über seine eigenen Füße stolperte. Er schien manchmal mit seiner eigenen Größe nicht klarzukommen.

«Núdan, wir haben endlich eine Nachricht erhalten!», sprach er ganz aufgeregt und reichte ihr eine Funkabschrift. «von Brega. Sie kommt von weit her, doch die Verschlüsselung war definitiv von ihm.»

«Großartig! Ich dank dir Joe.» Núdan sprang auf und riss ihm das Blatt aus den Fingern. Sie las die Nachricht erst einmal stumm für sich selbst durch, bevor sie sich an Joe wandte, und ein Lächeln erschien auf ihrem müden Gesicht. «Es geht ihnen gut. Hier steht zwar geschrieben, dass sie auf Calandra notlanden mussten und ihr Schiff schwer beschädigt ist, aber sie sind wohlauf», fuhr Núdan fort. «Er schreibt, dass wir wie gehabt weiter nach Kadaan fliegen sollen, unser Schiff reparieren und dann anschließend auf unseren Heimatplaneten zum Hohen Rat zu gehen, er meint sie würden uns bis dahin wieder eingeholt haben.»

«Sie werden allein vermutlich die besseren Chancen haben unentdeckt zu bleiben. Wir können keinesfalls nach Calandra fliegen, um sie da herauszuholen, denn Fawn würde zu große Aufmerksamkeit erregen, wenn es da feindliche Spione haben sollte. Und einen einzelnen Transporter zu schicken, wäre zu riskant. Wir sind zu weit von unserem eigenen Hoheitsgebiet entfernt», gab Joe zu bedenken.

«Er schreibt aber nichts von Talrik. Sie haben ihn nicht dabei. Ich frage mich was Keyathuz mit ihm will.» Zum ersten Mal schien Joe in Núdans sanften Gesicht eine Art Traurigkeit zu erkennen. «Sein Agent wird ihn wohl mit Marius verwechselt haben.»

«Was denkt Ihr, wird er mit ihm anstellen, wenn er merkt, dass er den Falschen bekommen hat? Er könnte ihn als Geisel einsetzen, um uns unter Druck zu setzen.»

«So hoch schätzt Keyathuz sein Leben wohl nicht ein», sprach Núdan mit leicht spöttischem Unterton. «Ich denke eher, dass er ihn für einen unserer Bediensteten hält und ihn für die Minen versklavt. Dies ist zwar besser als Keyathuz Geisel zu sein, aber trotzdem nicht gerade der angenehmste Ort.»

Joe nahm das Papier wieder entgegen und zerknüllte es. «Wir haben noch weitere Agenten losgeschickt. Vielleicht konnte noch einer die Spur von unserem gestohlenen Schiff aufnehmen. Falls es eine Chance gibt und Ihr recht habt mit den Minen, dann können wir ihn nicht zurücklassen, wir müssen ihn aus seinen Fängen befreien. Marius würde uns das nicht verzeihen, wenn wir seinen Kollegen nicht zurückholen.»

«Hoffen wir das Beste für ihn», pflichtete ihm Núdan bei und es schauderte sie beim Gedanken daran, wie einfach es diesen Bastarden gelungen war, einen ihrer Schützlinge zu entführen. Sie hatten sich zu stark in Sicherheit gewogen, doch dies wird nicht mehr vorkommen. Ihre Mission hatte nun oberste Priorität.

*

Die ersten Sonnenstrahlen schienen bereits durch die geschlossenen Fensterläden und der ferne Lärm des Luftverkehrs drang gedämpft ins Zimmer. Es war ein fremder Lärm und Marius brauchte einen Moment, um zu realisieren, wo er war. Er war nicht auf der Erde.

Trotzdem hatte er so tief geschlafen wie seit langem nicht mehr. Er hätte glatt meinen können er wäre wieder zuhause im Internat, das All schien ihm momentan so weit weg. Gähnend schwang er sich vom Bett hinunter und schlurfte zum Fenster, von wo die kühle Morgenluft hineinströmte. Die Hitze vom Abend war zum Glück einer angenehmen Frische gewichen und bis auf den wenigen Morgenverkehr, schien Calandra noch zu schlafen. Bûron hat ihnen gestern Abend angeboten hier zu übernachten und sich erst am Morgen wieder auf den Weg zu machen, was er und Brega danken angenommen hatten.

Er schlurfte wieder zur Kommode rechts von der Tür hin, zog sich seine Kleidung über den Kopf und wuschelte durch die Haare, wobei dies wohl kaum einen Unterschied machte. Er sah noch immer verschlafen aus.

Schwere Schritte vor der Türe rissen ihn aus den Gedanken.

«Marius, bist du bereits wach?», ertönte eine Stimme vor der Tür.

«Geht so.» Er gähnte noch einmal, packte sein Amulett unter das Shirt und zog dann die Tür auf. Mél sah im Gegensatz zu ihm bereits sehr wach aus.

«Gut, dann komm hinunter in die Küche, Bûron hat bereits ein Frühstück bereitgestellt.» Und sogleich entschwand er wieder. Marius brauchte noch einen Moment, um ihm zu folgen.

Noch bevor er in die Küche eintrat, stieg Marius bereits der verführerische Duft von Spiegeleiern und Bratkartoffeln in die Nase. *Wenigstens zu Essen haben sie hier das Gleiche wie auf der Erde,* dachte er sich und trat in den Raum ein. Die Küche befand sich im Nordteil des Gebäudes und besaß, wie jeder andere Raum hier in diesem Haus, eine große Fensterwand, von welcher man jedoch nur auf den Hinterhof blicken konnte, wo Bûron bereits geschäftig am Werken war. Marius setzte sich, griff gierig nach der erstbesten Schale, welche vor ihm stand und lud mehrere Löffel Kartoffeln und Speck auf seinen Teller.

«Endlich was für den Magen», knurrte Brega, welcher auch in die Küche gestampft kam, es Marius gleichtat und sich genießerisch ein Löffel voll Essen in den Mund schob. Die Hälfte vom Speck blieb an seinem Bart hängen. Kauend blickte er nach draußen, wo sie Bûron unterdessen entdeckt hatte und in Richtung Haus zurückmarschierte. Er verschwand kurz aus Bregas Blickfeld, und wenig später hörte man im hinteren Teil des Hauses eine Tür öffnen und wieder ins Schloss fallen.

«Guten Morgen allerseits», begrüßte sie Bûron welcher soeben durch die Küchentür trat und sich auf einen leeren Stuhl fallen ließ.

«Was haltet ihr davon, wenn wir erst mal ausgiebig Frühstücken und uns dann um euer Schiff kümmern?», fragte Bûron und schenkte ihnen Kaffee ein. Er wirkte außerordentlich fröhlich.

«Also gegen etwas zu Essen habe ich nie etwas einzuwenden», mampfte Marius mit vollen Backen. Er erinnerte sich kurz wehmütig an die Pfannkuchen seiner Großmutter, jedoch verschwand dieser Gedanke beim nächsten Bissen Speck bereits wieder.

«Gut, ach ja», wandte Bûron sich an Brega. «Hängt ihr sehr an eurem Schiff?»

«Da müsstet Ihr eher Corwin, unseren Piloten fragen, ihm wurde dieses Ding versprochen, doch unterdessen ist es wohl nur noch ein Schrotthaufen und ich wäre froh, wenn wir ihn loswerden», grunzte Brega. Er war der pragmatische von der Truppe.

«Gut. Ich bin nämlich nicht sicher, ob ich die Schrottlaube flicken kann. Denn nach euren Beschreibungen, die ihr gestern Abend noch geliefert habt, ist an eurem Gleiter so gut wie alles defekt. Der Bote hat mir gestern noch einen kurzen Bericht mit Bildern von eurem Piloten zukommen lassen und die Triebwerke sehen arg beschädigt aus.»

«Da habt ihr Recht, doch ist dies unsere einzige Möglichkeit, um von hier wieder wegzukommen», gab Brega zurück. «Entweder wir kriegen diesen Schrotthaufen wieder zum Laufen, oder aber Ihr hättet noch ein Ass im Ärmel?»

«Das habe ich tatsächlich», grinste Bûron. «Ein Kollege von mir hat einen Jäger bei einem Kartenspiel gewonnen. Es ist einer der G-314er Sorte. Kennt ihr die?»

«Ja natürlich», meinte Brega und füllte sein Glas mit etwas, das wie Orangensaft aussah auf, doch Marius war sich sicher, dass da noch Schnaps drin war. «Eine seltene Baureihe. Ich habe noch kaum eines dieser Stücke gesehen, die sind sehr begehrt.»

«Stimmt», bestätigte Bûron. «Ein wahres Schmuckstück, das für vier Personen zwar etwas eng werden könnte, euch aber auf alle Fälle schneller von hier wegbringt.»

«Und ihr denkt, er wird ihn uns verkaufen?»

«Er ist kein so großer Flugfanatiker und mit einem Jäger dürfte er hier auf Calandra eh nicht fliegen, daher denke ich schon, dass er bereit für Verhandlungen wäre.»

Marius brach ein Brötchen auseinander und wischte damit die Reste auf seinem Teller zusammen. Er war auf einmal still geworden. Immer wieder schweiften seine Gedanken ab und er musste daran denken, was wohl zurzeit mit Talrik passierte, während sie hier so unbekümmert frühstückten. Haben Núdan und ihre Leute ihn befreien können? War er noch am Leben?

Brega und Marius warteten bereits eine geschlagene Stunde auf der Dachterrasse von Bûrons Haus und blickten auf die Weiten der Stadt hinunter. Ihnen gegenüber saßen Corwin und Jack. Mél hatte sie heute früh nach dem Morgenessen zu ihnen geholt. Jack war noch ein bisschen blass um die Nase, jedoch sonst bereits wieder gut auf den Beinen. Trotzdem sah man ihm noch an, wie kräftezehrend die Flucht gestern war. Marius musterte ihn vorsichtig, während er darauf wartete, dass Bûron zurückkehrte würde. Er wollte vorausgehen, um die Sache mit dem Jagdschiff mit seinem Kollegen zu klären. Es dauerte eine halbe Ewigkeit, bis er endlich zurückkam.
«Gute Nachrichten meine Freunde, mein Kollege wird euch den Jäger mit Freuden überlassen. Er sagt, er hätte ihn sonst sowieso bald abgeben müssen und so würde er wenigstens einen sinnvollen Zweck erfüllen», überbrachte Bûron die Nachricht. «Er hat zurzeit leider zu viel Arbeit, und kann euch deshalb nicht empfangen. Dafür hat er mir den Schlüssel für den Lagerschuppen, überlassen.»
Bûrons Gesicht glühte förmlich, als er ihnen die Botschaft überbrachte.
«Bravo», lobte ihn Brega. «Dann können wir ja endlich wieder von hier verschwinden.»

Auch Corwin ließ ein erleichtertes Seufzen hören. Er hat den Tausch zum Glück auch ohne Widerreden angenommen. Er schien eingesehen zu haben, dass eine Reparatur zu aufwändig gewesen wäre. «Wo steht dieser Schuppen?»

«In der Unterstadt, ganz in der Nähe eurer Landestelle…»

«Na ja, weiß nicht, ob man von einer *Landestelle* sprechen kann, so wie wir gestern dort reingeknallt sind ist es eher eine Absturzstelle», brummte Brega dazwischen mit einem hämischen Seitenblick an Corwin und kassierte dafür einen Tritt gegen das Schienbein.

«…direkt neben dem Haupthangar am äußeren Flugfeld», fuhr Bûron unbeirrt fort.

«Also, gehen wir», meinte Jack und stand mit wackligen Beinen auf. Er war noch nicht ganz fit, doch behagte es ihm nicht, noch länger hier zu warten. Die anderen taten es ihm gleich. Hastig packten sie ihre Sachen und liefen dann hinter Bûron durch die erwachende Stadt zum Flugfeld. Sie hatten noch ein paar Taschen mit Ausrüstungsgegenständen von ihrem alten Jagdschiff mitgenommen. Der besagte Schuppen stand etwas abseits und machten den Eindruck, als wäre er länger nicht mehr geöffnet worden. Der Schlüssel von Bûron schien nicht ganz zu passen, so dass er kurzerhand einen Bolzenschneider aus der Tasche zog und das Vorhängeschloss einfach aufbrach. Die Türen schwangen auf Corwin pfiff anerkennend durch die Zähne.

«Tatsächlich, hätte nicht gedacht, dass ich hier auf Calandra jemals einen solchen Jäger antreffen würde», staunte Brega ebenfalls. «Ein wahres Schmuckstück!»

Marius und Mél marschierten um den Jäger herum, während Corwin und Jack das Cockpit begutachteten.

Der Jäger war elegant geschnitten, nur gute fünfzehn Meter lang und besaß auf beiden Seiten zwei spitz zulaufende Triebwerke. Unter den Tragflügeln hingen je zwei Arten von Lasergeschützen. Zudem war im hinteren Teil, oberhalb der Heckschubdüse, ein Plasmawerfer installiert worden. Im Allgemeinen machte er auf Marius mit der schweren Bewaffnung und der stromlinienförmigen Figur einen imposanten Eindruck.... würde nicht über Allem eine dicke Staubschicht liegen. Von den offensichtlichen Brutplätzen von äußerst unordentlichem Kleingetier ganz abgesehen.

Wo sie auch die Außenhülle berührten, hinterließen sie Fingerabdrücke im Dreck. Der Staub war längst klebrig festgehockt und ließ nur schemenhaft die ehemals glänzende Metalloberfläche erahnen.

«Was hältst du davon Corwin?», fragte Bûron. «Meinst du, du kannst dieses Ding fliegen?» Die Frage war eher rhetorisch, es bestand keine wirkliche Alternative.

«Das Gerät hier ist tatsächlich nicht von schlechter Herkunft», gab Corwin zu und klopfte bestätigend mit seinen Knöcheln auf die Außenhülle. Im Gegensatz zu ihrem Schrotthaufen brach diese nicht durch, sondern hallte dumpf nach.

«Sofern er bei dem ganzen Ungeziefer und Unkraut hier überhaupt noch anspringt...», grunzte Jack dazwischen. «Es ist wirklich eine Schande, so ein Prachtstück einfach in einem Schuppen vermodern zu lassen.» Die Verachtung über den vorherigen Besitzer war in seiner Stimme definitiv nicht zu überhören.

«Dann machen wir uns wohl an die Arbeit. Marius, Mél? Holt drüben im Hangar den Reinigungswagen», wies sie Bûron an und begutachtete den Jäger weiter rundherum mit kritischem

Blick, um visuelle Standschäden auszumachen. «Ich muss noch einmal los, doch bin ich vor eurer Abreise zurück.»
Die Sonne schien wieder brennend heiß auf die kleine Gruppe nieder, als sie mit der Reinigung begannen. Doch immerhin konnten sie nun bald wieder weiterreisen und sich auf den Weg zu ihren Freunden machen.

Es dauerte eine Ewigkeit, bis sie den Jäger endlich gereinigt hatten. Doch spiegelte sich die Sonnen nun endlich wieder in der glänzenden, anthrazitfarbenen Außenhülle, so dass nur noch Corwins Gesicht mehr strahlte. Er hatte die wichtigsten Funktionen durchgecheckt und die Technik schien einwandfrei zu funktionieren. Sie waren ihre letzten Sachen am Verladen, die sie von ihrem alten Schiff mitgenommen hatten, als auf einmal Bûron angerannt kam. «Spinnt ihr! Was macht ihr mit dem Jäger hier draußen unter freiem Himmel!» Er schien es auf einmal eilig zu haben. «Steigt ein, aber sofort!»
«Wir verladen noch die letzten Sachen», entgegnete Jack und klopfte ihm auf die Schulter. «Dankt eurem Freund noch für den Jäger und lasst uns den Preis zukommen. Núdan wird es gerne begleichen.»
« Es ist so…», flüsterte Bûron und schaute sich um. «ihr solltet ganz schnell von hier verschwinden. Der Jäger gehört nicht einem Freund, sondern einem Typen, der mir noch eine Unsumme an Geld schuldet.»
Brega lachte laut los, er hatte es sogleich verstanden. «Wir klauen dieses Ding für dich?»
«Nicht klauen… schaut es als eine Schuldbegleichung an.» Er zuckte entschuldigend mit den Achseln und drängte sie weiter einzusteigen. «Aber los jetzt, bevor jemand bemerkt,

dass ihr hier seid.» In dem Moment ertönte auch schon ein schriller Alarm von der anderen Platzseite. «Los, los, rein da.» Bregas Lachen wurde noch lauter, als Bûron ihm mitteilte, dass die Person, die ihm Geld schuldete, Rûwion war. Nun konnte er definitiv nicht mehr hierher zurückkehren.

Marius wollte soeben zur Einstiegsluke rennen, als Mél ihn aufhielt und einen Zettel in die Hand drückte. «Eine Nachricht von einem Freund», meinte er nur knapp. «Meine Mission hier ist erledigt, aber wir werden uns wieder sehen. Gute Reise!»

Viel mehr Zeit blieb nicht und Marius' verwirrter Blick blieb unbeantwortet. Aufgrund des Alarms rannten Leute von überall heran. Jemandem war wohl aufgefallen, dass sie hier einen Jäger putzten, der nicht ihnen gehörte. Sie verabschiedeten sich knapp von Bûron und eilten dann los. Zum Glück sprangen die Triebwerke gleich an und so stiegen sie kurz darauf mit einem lauten Dröhnen in den Himmel empor.

KEYATHUZ GEFANGENER

Fluchend schritt Keyathuz durch die Gänge seines Schiffes. Er hasste nichts mehr als unerfüllte Aufträge seiner Untertanen. Seine Streitmacht vermochte die Größte in dieser Galaxie zu sein, doch im Vergleich zu den Armeen der Rebellen bestand sie nur als hirnlosen Idioten.

Hasserfüllt betrachtete er die kahlen, glatten Metallwände seines Schlachtkreuzers beim Vorbeigehen. Die Müdigkeit saß ihm in den Knochen und ließ seine Augen tief einfallen, doch blitzten sie mit einer glühenden Wut hervor. Hatten ihm die letzten Tage doch schlaflose Nächte bereitet, so trieb ihn jetzt die Wut an. Anscheinend waren seine Späher aufgeflogen.

Er fuhr herum, als er ein leises Hüsteln hinter sich vernahm. «Wie oft hatte ich euch schon eingeschärft, ihr solltet euch nicht von hinten an mich heranschleichen!» Er funkelte den Boten an, der sich tief in seinem Umhang verneigte. *Ja, zittere nur du jämmerlicher Hund,* dachte Keyathuz und forderte den Boten mit einem ungeduldigen Handwedel auf zu sprechen.

«Mein Herr, Arsultar schickt mich. Er erwartet euch in den Kellergewölben. Er bittet um die Erlaubnis den Gefangenen zu verhören.» Der Junge zog seinen Kopf immer weiter ein, während er sprach und traute sich nicht, zu Keyathuz aufzublicken. Er spielte seine Rolle gut. Keyathuz hatte ja keine Ahnung, er genoss es zu sehr wenn sich jemand vor ihm duckte, genau wie er es sich dachte. Er versuchte, die Rolle des verschüchterten Boten so gut wie möglich zu spielen, und hoffte nicht zu dick aufzutragen, doch innerlich war er voll konzentriert, um möglichst viel der Gespräche der vorbeihastenden Offiziere mitzubekommen, genauso wie die Königin es ihm aufgetragen hatte.

Keyathuz beachtete ihn derweil nicht weiter, sondern wedelte abweisend mit der Hand und scheuchte ihn davon. Rasch verschwand er hinter der nächsten Ecke aus seinem Blickfeld und tauchte wieder unter, bis sein Einsatz kommen würde. Keyathuz war nicht der Einzige, dem es gelungen war, Spione in den gegnerischen Reihen einzuschleusen.

Die Kellergewölbe, wie sie auf dem Schiff genannt wurden, waren eigentlich nichts Anderes als der unterste Teil des Schiffes, wo Keyathuz durch eine ausgeklügelte Anordnung der Verliese eine besonders klangvolle Architektur schaffen ließ. Sie waren so angelegt, dass, wenn jemand verhört wurde, die Schreie durch die Gänge und Hallen bis in die hintersten Ecken des Schlachtkreuzers hallten. Sie sollten als Mahnrufe für seine Sklaven dienen, um keinen Zweifel aufkommen zu lassen, wer hier der Herr war.

Keyathuz stieg die letzte Stufe hinunter und stieß schwungvoll die morsche Holztür auf, welche so ganz und gar nicht zu dem metallpolierten, kalten Schlachtschiff passte. Doch Keyathuz hatte eine Vorliebe für das Theatralische.

«Da seid ihr ja endlich Herr», erklang die Stimme Arsultars aus der Mitte des Raumes. «Bitte Sir, lasst mich diesen Abschaum hier foltern, es ist schon so lange her, seit meine Messer das letzte Mal Blut geleckt haben.»

Arsultar kam mit hämischem Grinsen auf Keyathuz zu. Er hatte wie immer seine Kapuze weit ins Gesicht gezogen, trotzdem entging Keyathuz das mordlustige Blitzen in den Augen seines Gegenübers nicht.

«Lasst es mich endlich diesen verfluchten Bastarden heimzahlen.»

Keyathuz wusste nur zu gut, was Núdan Arsultar angetan hatte. Er erinnerte sich noch gut an den Tag, als er ihn auf einem fernen Planeten mitgenommen und unter seine Fittiche genommen hatte. Er war damals schon ein hervorragender Trankbrauer, welcher ein Attentat auf die damals erst zehnjährige Núdan plante. Jedoch schlug dies wegen ihrer Leibgarde fehl und Arsultar, damals genauso hässlich wie heute, wurde festgenommen und auf eben jenem kargen Planeten, auf welchem Keyathuz ihn gefunden hatte ausgesetzt. Seit daher dürstete es Arsultar nach Rache gegen Núdan und ihre Untertanen.

Keyathuz verstand ihn und hätte ihn nur zu gerne sein Handwerk verrichten lassen, würde er nicht besseres mit dem Jungen vorhaben. «Nicht dieses Mal Arsultar! Wir haben andere Pläne mit ihm» Keyathuz legte ihm beschwichtigend die Hand auf die Schulter, nur um ihn gleich danach aus dem Weg zu schieben, um einen Blick auf den geknebelten Jungen hinter ihm zu erhaschen. Bewusstlos lag er angekettet auf dem Tisch. Keyathuz mustertet ihn kritisch und zuckte dann zusammen, als er ihm ins Gesicht blickte. Das war nicht der Erdling, den er suchte!

«Wer ist das?», fauchte er Arsultar an. «Wen haben deine Häscher hier eingefangen?»

«Euer Erdling, Sir». Arsultar schien seinen Irrtum nicht zu begreifen, sondern wetzte wieder seine Messer «Marius, den Bastard, den ihr wolltet.»

«Das ist er nicht», brüllte Keyathuz jetzt ungehalten und erzitterte. «Verflucht nochmals, ihr habt mir den Falschen hergebracht! Das ist der falsche Junge und er trägt kein Amulett!»

Arsultar trat näher und deutete mit der Spitze des Messers auf das Gesicht des Jungen. «Diese Erdlinge sehen alle gleich aus. Lasst ihn mich aufschlitzen»

Keyathuz wurde ungehalten. Zu lange hatte er auf diesen Moment gewartet und wurde enttäuscht. Er riss Arsultar das Messer aus der Hand und hielt es ihm an die Kehle. «Schick diesen Jungen in die Minen und dann besorge mir diesen Marius und sein verdammtes Amulett! Oder dein hässlicher Kopf steckt in der nächsten Kapsel und folgt ihm hinterher! Schließlich seid ihr schuldig für das Versagen eurer Wesen!»

Arsultar schluckte schwer, er hatte nun doch begriffen, welcher Fehler ihm unterlaufen war. «Wie… Wie Ihr wünscht Sir», stammelte er. «Ich schicke ihn in einer Kapsel hinunter in die Minen. Und meine Häscher werden sich gleich wieder auf die Suche machen. Ihr werdet nicht mehr enttäuscht werden.»

«Gut», zischte Keyathuz und knallte das Messer auf den Tisch. «Versorge seine Wunden notdürftig, damit er den

Transport übersteht. Um den Rest sollen sie sich in der Kolonie kümmern. Wir können nicht noch mehr Zeit verlieren.»

*

Ein ätzender Geruch biss Talrik ihn in der Nase und stach ihm in die Lunge. Trotzdem saugte er schwer keuchend die Luft ein und versuchte seine Augen aufzureißen. Schummrige Dunkelheit vernebelte ihm noch die Sicht und ein dumpfes Dröhnen auf den Ohren ließ ihn schmerzhaft den Mund verziehen. Erst langsam begann er zu realisieren, dass er bewusstlos gewesen war. *Ganz ruhig Talrik, konzentriere dich,* versuchte er sich einzureden. *Tief ein- und ausatmen.*
«Bleib liegen du Miststück!», fauchte ihn eine raue Stimme an. Talrik zuckte zusammen und versuchte sich gleichzeitig aufzurichten, doch waren ihm die Arme und Beine an eine hölzerne Platte gebunden. Seine Handgelenke brannten und er spürte Holzsplitter, die sich in seinen Rücken bohrten. Langsam kam sein Augenlicht zurück und mit ihm auch der Schmerz in den übrigen Gelenken.
«Ich habe gesagt du sollst liegen bleiben!», knurrte die Stimme nochmals. Talrik schlug die Augen nun ganz auf und erblickte eine gebückte, in einen Mantel gehüllte Gestalt, die neben ihm stand. Langsam kamen auch die Erinnerungen an den Ort, an den man ihn gebracht hatte, zurück. Kurzzeitig war er einmal erwacht. Er meinte einmal die Gestalt Sandors auszumachen, doch hatte er sich da wohl eher getäuscht, denn dass er im tiefen All war, wurde ihm jetzt langsam wieder bewusst. Schemenhaft erinnerte er sich an die Geschehnisse im Aufzug,

das seltsame Wesen und der beissende Gestank. Er zuckte leicht zusammen, als die Gestalt sich murrend über sein Bein beugte und ein eigenartig riechendes Elixier darüber träufelte. Es brannte bestialisch. Er war definitiv nicht mehr auf Núdans Schiff und die Furcht in ihm wuchs. Er hatte keine Ahnung, wo er war. *Wo ist Marius?*

«Was habt ihr mit mir vor?», presste Talrik zwischen vor Schmerz zusammengebissenen Zähnen hervor, als er abermals versuchte sich aufzurichten.

«Wohin wohl? In die Minen natürlich, wo du hoffentlich verrecken wirst. Wenn es nach mir ginge, würden deine letzten Schreie längst durch diese Gänge hallen», zischte die Gestalt und bewegte sich aus dem Blickfeld Talriks heraus. «Aber vielleicht entscheidet sich mein Herr doch noch anders und ich darf dich von meinen Spielzeugen kosten lassen.» Die bucklige Gestalt, welche nun irgendwo hinter Talrik stand, gluckste und lachte dann hysterisch wie ein Irrer auf. Er klimperte mit seinen Messern herum.

Arsultar war zum Glück genug mit sich selbst beschäftigt, so dass er den Jungen, der an der Kerkertür lauschte, nicht bemerkte. Dessen spitzen Ohren entging nichts. Er hatte jedoch genug gehört, stand vorsichtig auf und schlich leise den Gang hinauf zu einem Versorgungsschacht. Er vergewisserte sich nochmals, dass niemand in der Nähe war und hangelte sich dann an den Rohren hoch. Ächzend schob er die vorderste Platte der Deckenverkleidung zur Seite und zog sich in die entstandene Öffnung empor. Innerlich dankte er den Spitzeln Núdans, welche bei der Arbeit dieses Schiffes dabei gewesen waren. Es war purer Zufall, dass Keyathuz ausgerechnet mit diesem Schiff flog, doch kam es ihm nun zugute, dass er die Baupläne kannte. Vorsichtig schob er, als er sich in den gut einen Meter hohen Zwischenraum gequetscht hatte, die Platte wieder zu und hoffte, dass niemand das dumpfe Scharren von dem Metall hörte. Darauf bedacht, dass er ja kein weiteres, verräterisches Geräusch von sich gab, hastete er den schmalen Tunnel entlang - zurück zu seinem Jäger, der auf der Außenseite des Kreuzers im toten Winkel klebte. Er war in der Nähe unterwegs gewesen, als er Núdans Hilferuf erhielt und die Signatur des geklauten Raumschiffs aufnehmen konnte. Er war dieser Signatur hierher gefolgt und konnte sich unbemerkt an Bord schleichen. Vermutlich dachte Keyathuz nicht, dass jemand dafür wagemutig genug sein würde, selbst in die Höhle des Löwen zu kommen. Er konnte Talrik zwar nicht befreien, ohne zu viel Aufsehen zu erregen, doch hatte er noch ein paar Kniffs auf Lager. Die geklaute Boten-Kutte ließ er unterwegs liegen, er hatte seinen Auftrag beinahe erfüllt.

SCORBA

Ein schwerer Schlag durchfuhr die Kapsel, als sie auf der sandigen Oberfläche des Planeten aufschlug und riss Talrik aus der Ohnmacht. Ein verbrannter Geruch stieg ihm in die Nase, als er sich stöhnend aufzusetzen versuchte und sich die Handgelenke rieb. Sie brannten noch immer von den Fesseln. Er versuchte sich zu orientieren.

Ächzend drehte er an der eisernen Einstiegsluke auf der oberen Seite der Kapsel. Er musste hier raus.

Mit einem Zischen strömte die erlösende Frischluft durch den Spalt der Luke, als Talrik sie aufdrehte. Zum Glück war sie nicht beschädigt und quietschte nur leicht, als der runde Deckel nach oben aufschwang. Die Sonne schien ihm strahlend hell entgegen. Er verzog das Gesicht zu einer schmerzhaften Grimasse, als er sich hochzog, das rechte Bein über den Rand schwang, den Schnürsenkel einhackte und darauf vornüber aus der Kapsel purzelte und hart auf dem Rücken aufschlug. Sein Bein brannte noch immer, doch schien nichts gebrochen zu sein.

Warmer Sand rieselte ihm durch die Finger, als er sie in den Boden bohrte, um sich mit benommenem Blick aufzurichten. Die Sonne blendete ihn.

Noch bevor er genaueres sehen konnte, schlug ihm ein kaltes Stück Metall gegen den Hals und drückte ihn wieder leicht zurück zu Boden.

«*Stare stio!*», befahl eine Stimme hinter Talrik in einer unverständlichen Sprache. «*Frio o Duro?*»

Jetzt erst bemerkte Talrik die beiden Schatten, die links und rechts von ihm im Sand erschienen waren. Sie besaßen beide weit vorstehende Hörner, sowie eine stämmige, breite Statur mit langen Klauen an den Händen, welche Talrik wieder an das Bild von dem verwüsteten Tisch in seinem Internatszimmer denken ließen.

«*Baro!*», knurrte die Stimme.

Talrik brachte nur ein knappes «Hä?» zustande und versuchte sich in seiner unbequemen Sitzposition etwas zu verlagern, so dass er einen Blick auf die Gestalten hinter ihm werfen konnte.

«Ein Menschling», grunzte die zweite Stimme hinter Talrik. Der kalte Metallstab an Talriks Hals verschwand wieder, doch bevor er sich umdrehen konnte, schlug ihm ein schwerer Knüppel auf den Kopf und es wurde wieder schwarz vor seinen Augen.

«Hier, nimm das», brummte eine Stimme als Talrik wieder zu sich kam. Er hatte aufgehört zu zählen, wie oft er jetzt bereits in Ohnmacht geschlagen wurde, offenbar war dies hier im All gang und gäbe. «Wo bin ich hier?», fragte er mürrisch und versuchte in dem Dämmerlicht etwas auszumachen. Beinahe in dem Erwarten, wieder einen Schlag zu kassieren zog er den Kopf ein, als er ein Rascheln neben sich vernahm.

«In einem freien Dorf namens Calwender», beantwortete eine Frau neben ihm seine Frage. «Angehörige des Stammes fanden dich heute Morgen draußen in den Dünen. Du warst bewusstlos und dehydriert.»

«Calwender», stöhne Talrik. «Sind hier nicht die Minen?»

«Nicht hier», lächelte die Frau. «Auf der anderen Seite des Planeten. Wir dachten schon, dass du ein Gefangener bist, waren aber nicht sicher, weil du so weit abseits eingeschlagen bist. Deine Kapsel wurde manipuliert und muss beim Atmosphäreneintritt vom Kurs abgekommen sein. Du scheinst einen Schutzengel gehabt zu haben.»

«Was meint Ihr mit manipuliert?»

«Deine Kapsel war vom Aufprall stark beschädigt und von Banditen bereits geplündert worden, jedoch konnten wir Überreste eines Störmoduls erkennen, welches mehr schlecht als recht an der Kapsel befestigt worden war. Es scheint, als hätte dort oben jemand ein Auge auf dich gehabt, der dich nicht in den Minen sehen wollte. Aber trink erst mal das hier, damit du wieder zu Kräften kommst.»

Talrik richtete sich auf seiner Lagerstätte auf und blickte sich nun in dem Raum um, in dem er sich befand. Es war ein karger, länglicher Raum aus groben Steinen. Außer seiner Liege befanden sich noch zwei weitere Schlafstätten, sowie ein großer Tisch in der Mitte des Raums.

Dankbar nahm er die dampfende Schüssel voll Suppe entgegen, die ihm entgegengestreckt wurde und trank vorsichtig einen Schluck der heißen Brühe. Die Frau, die sie ihm hinstreckte, musterte ihn neugierig.

«Ich bin Heloise», stellte sie sich vor. Sie mochte nach Talriks Schätzung etwa Ende zwanzig sein und besaß schwarzes, seidenes Haar, das ihr locker über die Schulter fiel. «Meine Truppe ist schon länger hier. Nur selten fallen Kapseln so weit abseits der Minen runter, doch wir sammeln die Insassen ein, bevor die Wachleute sie finden. Wir kümmern uns mit Hilfe der Grimboors um die Insassen. Wir können hier jede helfende Hand gebrauchen.»

«Wobei zu helfen?», fragte Talrik, er verstand noch nicht viel.

«Weitere Gefangene aus den Minen zu befreien», antwortete Heloise, als wäre es das logischste auf der Welt.

«Aus den Minen zu befreien?», fragte Talrik verdutzt. «Aber ich dachte aus denen gäbe es kein Entkommen?»

«Von innen herauszukommen, das ist fast unmöglich. Von außen jedoch ist es ein Kinderspiel reinzukommen», widersprach sie. «Kaum einer rechnet damit, dass dort jemand einbrechen will. Der Planet hier ist ziemlich verlassen und bietet viele Versteckmöglichkeiten.»

«Wie viele seid ihr denn?», wollte Talrik wissen.

«Hier aus unserem Dorf sind es ein paar Dutzend, die mithelfen, zudem haben wir die Unterstützung der Grimboors, welche uns mit ihren Jägern und Scootern zur Seite stehen.»

«Und jetzt wollt ihr wohl, dass auch ich mich euch anschließe, nicht wahr?», stellte Talrik fest.

«Genau», gab Heloise trocken zurück.

«Na ja, ich würde euch ja gerne zur Seite stehen, wo ich ja weiß, dass ihr mich gerettet habt. Doch wenn ich schon nicht zur Erde zurückkehren kann, muss ich immerhin schnellstmöglich zurück zu meinem Schiff, um herauszufinden was hier vor sich geht.»

Er hörte ein Murmeln hinter sich. «Hat er *Erde* gesagt?»

Heloise musterte ihn. «Du bist ein Erdling?» Ihre Stimme erklang auf einmal kritisch.

Talrik hustete. Er wusste noch nicht, ob es schlau war oder nicht auf diese Frage zu antworten, doch entschied er sich der Frau zu trauen und erzählte ihr seine Geschichte, von sich und Marius, wie sie bei Núdan aufgenommen und er entführt wurde.

«Ich habe Gerüchte gehört», murmelte sie. «Es geht die Sage herum, dass uns in den düstersten Zeiten nur ein Volk der Erdlinge beistehen kann, doch habe ich noch nie einen gesehen.»

Talrik trank den letzten Schluck der Brühe. Sie verströmte eine wohlige Wärme in seiner Brust. Heloise nahm ihm die Schüssel entgegen und musterte ihn nochmals von Kopf bis Fuß, als wollte sie irgendwo einen Hinweis sehen, der seine Geschichte bestätigte. «Wenn diese Gerüchte und deine Geschichte wahr sind, müssen wir dich so bald als möglich zurück zu deinen Gefährten bringen. Es sind lange Zeiten her, seit zuletzt einen Erdling in unseren Gefilden verkehrt ist.»

«Ihr werden mir also helfen, um von hier weg zu kommen?», frage Talrik.

«Das werden wir», versicherte im Heloise langsam nach einer kurzen Pause. «Doch du musst noch warten bis Sneeuf mit seinem Transporter zurück ist. Wir besitzen hier lediglich ein paar wenige Gleiter und mehrere kleinere Jäger, welche jedoch bloß für den Überfall auf die Minen oder um unsere

Dörfer vor den Banditen zu verteidigen geeignet sind. Sie sind zu klein für eine längere Reise durchs All.»

«Und wann kommt dieser Sneeuf?» Talrik richtete sich auf dem Lager auf und lehnte sich gegen die Steinwand. Sein Schädel brummte noch immer und sein Bein schmerzte, doch fühlte er von der Suppe eine angenehme Wärme in sich ausstrahlen und der Schmerz verschwand.

«Voraussichtlich übermorgen Abend», meinte Heloise. «Er ist auf einer Reise auf den Nachbarplaneten, um eine Holzlieferung auszustellen.»

«Erst übermorgen!», fluchte Talrik. «Habt ihr immerhin einen Sender, mit dem wir Núdans Schiff erreichen könnten?»

«So einfach ist das nicht», meinte Heloise verlegen. «Für nähere Übermittlungen wie zum Beispiel zu einem unserer Nachbarplaneten ist es kein Problem, aber nicht zu einem Raumschiff, von dem wir nicht wissen, wo es ist.»

«Dann stecke ich hier wohl fest», grunzte Talrik.

«Nicht ganz», lächelte Heloise. «Wir finden immer eine Lösung hier draußen. Vielleicht können uns die Grimboors auch dabei helfen.»

«Und wer sind diese Grimboors? Doch nicht etwa das Banditenpack, das mich draußen in den Dünen niedergeschlagen hat?»

«Nein, sind es nicht. Sie sind schwer zu beschreiben», erklärte Heloise. «Sie sind ziemlich klein, kräftig, besitzen ein langes weißes Fell und…ja, am besten schaust du sie dir selbst an.» Sie half ihm sich weiter aufzurichten. «Sie wohnen in Baumhäusern hoch oben im Wald von Scorba. Wir müssen sowieso dort hin, um uns mit Sneeuf zu treffen, vielleicht kann er uns auch mit der Übermittlung einer Nachricht behilflich sein.»

Weitere Fragen von Talrik winkte sie ab. Als sie ihn nochmals eingehend gemustert und wohl für fit genug befunden hat, warf sie ihm einen Mantel hin und bat ihn mitzukommen. Erst jetzt bemerkte Talrik beschämt, dass er halbnackt war. Seine Kleider lagen auf dem Boden und waren arg zerrissen.

«Wir gehen jetzt Gabor suchen», entschied sie, als er sich angezogen hatte. «Er kann uns helfen, zu den Grimboors zu kommen.» Gabor war das Oberhaupt der Grimboors und des Öfteren aus geschäftlichen Gründen bei Heloises Truppe, wie sie erklärte. Sie wollte sich mit ihm über das weitere Vorgehen austauschen.

Talriks Schädel brummte noch ein wenig, als er Aufstand, trotzdem folgte er Heloise aus der Hütte hinaus. Es war eine karge Hütte im Schatten von großen Bäumen und Felsen. Als er hinaustrat, sah er, dass sich rundherum noch weitere Unterkünfte versteckt an die Felsen schmiegten. Weiter hinten wo die Bäume noch dichter waren, herrschte ein reges Treiben. Es schien, als verstecke sich dort ein ganzes Dorf im Deckmantel des Waldes. Er linste nach oben, doch bis auf eine seltsam orange Sonne war der Himmel leer. Er sah keinerlei Hinweise darauf, von wo er gekommen war oder wo er war. Heloise führte Talrik auf eine kleine Anhöhe hinauf, von wo er den Waldrand und dahinter eine weite Sandwüste sehen konnte. Das Laufen und die frische Luft halfen gegen seine Kopfschmerzen

«Siehst du die endlose Fläche dort hinten hinter den letzten Bäumen?», fragte sie. «Dahinter befinden sich die großen Wälder von Scorba, dort hausen die Grimboors.»

Talriks Blick folgte der ausgestreckten Hand und er konnte am Horizont nur ganz schwach einen grünen Streifen erahnen, falls es keine Fata Morgana war. Das war eine weite Strecke, die sie zurücklegen mussten.

GABOR DER GRIMBOOR

Eines ist überall im Universum gleich, dachte sich Talrik, als ihm schon zum zweiten Mal jemand auf die Füße getreten war. *Versammle eine Menschenmasse und sie verhalten sich wie Tiere,* egal ob auf der Erde oder hier, überall wo gute Angebote zu günstigem Preis winken, verlieren die Menschen ihren Verstand. Egal, wohin Talrik blickte; überall war ein Gewusel zwischen den Bäumen. Sie alle drängten in Richtung einer Lichtung, wo eine Art Marktplatz aufgebaut war. Überall boten Händler auf notdürftigen Tischen, teils nur auf Tüchern am Boden, ihre Waren an. Es musste sich um Fahrende aus umliegenden Siedlungen handeln, denn Talrik sah die unterschiedlichsten Utensilien, Nahrung und sogar Tiere, die angeboten wurden.

Ächzend schob er sich durch die Menschenmenge hindurch hinter Heloise her, welche sich zielstrebig durch das Chaos hindurchschlängelte. Über ihnen flogen Scooter und Gleiter, die noch mehr Menschen und Waren herbrachten.

Talrik hustete, der staubige Sand war hier trotz des Waldes überall. Die Wüste schien diesen Teil langsam einnehmen zu wollen.

Als sie auf die Lichtung zu kamen, bat ihn Heloise, nach Gabor Ausschau zu halten. «Du wirst ihn schon erkennen. Grimboors sind nicht zu übersehen. Klein und pelzig weiß»

Talrik hob erstaunt die Augenbrauen hoch und blickte sich suchend auf dem großen Platz um, doch das Einzige, was er bis jetzt erblickt hatte, waren dutzende Stände voller köstlichster Esswaren, welche ihm das Wasser im Munde zusammenlaufen ließen. Zudem sah er am hinteren Ende des Platzes an den Bäumen festgebunden einige braun gescheckte Reittiere, welche er keiner Gattung zuordnen konnte, sowie daneben, etwas erhöht einen Landeplatz für Scooter und kleinere Gleiter. Er war erstaunt, wie treffsicher sie durch die Bäume hindurch manövrierten und auf den kleinen Flächen landeten. Da konnte manch einer seiner Kollegen noch einiges dazu lernen. Zuhause auf der Erde war es teils ein Wunder, wenn sie im Geradausflug nicht schon ineinander flogen.

Vorsichtig drängte er sich durch die Menge, als er auf einmal einen weißen Fellknäuel neben einem Obststand am Boden liegen sah. In Erwartung, das richtige Wesen gefunden zu haben, marschierte er auf den Fellhaufen zu. Er bückte sich hinter ihm hinunter und tippte ihm auf die Schulter.

«He! Lass gefälligst meinen Hund in Ruhe», krächzte ihn eine alte Dame vor dem Obststand an. «Deine dreckigen Finger verschmutzen sein Fell!»

«Oh, entschuldigen Sie werte Frau, es war ein Versehen», beeilte Talrik sich zu entschuldigen und betrachtete erschrocken den Fellhaufen vor ihm am Boden und erkannte nun auch seinen Irrtum.

«Entschuldigen Sie nochmals», versicherte Talrik und stolperte davon. *Ausgerechnet ihm musste das passieren! Bloß weg hier.*

Heloise blickte ihn fragend an, als er wieder zu ihr stiess. «Was ist los mit dir, du bist so rot im Gesicht.»

«Ach äh nichts…und nein, ich habe ihn nicht gefunden», murmelte Talrik verlegen.

«Na ja, dann müssen wir wohl in der Schenke nachschauen. Sein Lieblingsplatz, wenn er nicht am Arbeiten ist. Sie befindet sich gleich dort hinten.»

Die mächtigen Bäume, die sie nun passierten, schienen seit Jahrhunderten hier zu stehen. Ihre Wurzeln überzogen den ganzen Boden und gingen teilweise sogar in die Häuser über. Es schien für Talrik seltsam vertraut, wie hier das Dorf und der Wald zugleich verschmolzen und er fühlte, wie ihm der Ort wieder Kraft gab. Der Sand war hier gänzlich verschwunden und einem moosigen Waldboden gewichen. Sie mussten nicht weit gehen bis Talrik die unverkennbare Schenke entdeckte. Es war ein hohes Gebäude mit einer einladenden Terrasse und diversen Bänken und Stühlen davor. Einige lustige Gesellen hatten sich dort bereits versammelt und tranken aus großen Bechern.

Heloise führte ihn schnurstracks hinein, an den Tischen vorbei zur Theke.

«Meinst du nicht, dass wir wieder vergebens hier sind?», fragte Talrik mit einem Blick auf den fast leeren Schankraum. «Hier drinnen ist ja niemand.»

«Gabor bevorzugt meist die Dachterrasse, ich habe dir ja davon erzählt, dass die Grimboors in Baumstädten wohnen und nicht wie wir in Städten am Boden. Es liegt in ihrer Natur, dass sie die Höhe mögen», erklärte sie Talrik und beobachtete ihn, wie er verwundert die Sitzbänke im Raum betrachtete, die wie er erst jetzt bemerkt, alle über keinen Bodenkontakt verfügten.

«Die schweben durch eine künstliche Anti-Gravitationskraft, wie sie auch auf den größeren Jägern und Raumschiffen vorkommen», erklärte sie, als sie realisierte, dass für Talrik all das hier vollkommen neu sein musste. «In den Raumschiffen hilft es, dass man nicht einfach überall in den Gängen und Räumen herumschwebt, hier hilft es vor allem nach einer durchzechten Nacht. Es erleichtert die Reinigung des Bodens nach einem ausgelassenen Abend erheblich!»

«Cooler Trick», staunte Talrik und wandte sich wieder der Theke zu, hinter welcher nun ein älterer Herr in einem schwarzen Mantel mit wirren weißen Strichen darauf erschienen war.

«Guten Tag Heloise! Was darf ich euch zwei auftischen?», erkundete er sich nach den Wünschen seiner Kundschaft.

«Vielleicht ein frischer Obstsaft mit Holunder, oder doch ein kräftiges Bier aus dem…» Heloise bremste ihn mit erhobener Hand.

«Ist Gabor hier?», frage sie direkt.

«Aber natürlich, er befindet sich oben auf der Terrasse an seinem Stammplatz», erklärte der Herr mit ausladender Geste auf die Köstlichkeiten hinter ihm an der Wand. «Aber wollt ihr nicht etwas von dem hier mit nach oben nehmen?»

«Danke für die Auskunft», bedankte sich Heloise bei dem Herrn und lehnte mit einem Handwedeln ab.

«Diese Nusstorte hier zum Beispiel ist sehr köstlich, eine Eigenkreation von mir, wirklich sehr gut», versuchte er sie zum Kauf zu überreden, mit einem Seitenblick auf Talrik. «Der Junge sieht aus, als könnte er eine Kleinigkeit vertragen.»

«Nun ja, da hat er nicht ganz unrecht!», warf Talrik schnell ein, bevor Heloise wieder nein sagen konnte.

«Nun gut, dann eben. Bring uns ein paar Stücke hoch», willigte Heloise ein und zog Talrik nun mit in Richtung Treppe.

Die Dachterrasse war eingebettet zwischen den Baumkronen, deren Blätterdach einen angenehm kühlen Schatten spendeten.

«Da ist er», meinte Heloise und wies auf ein kleines Wesen auf einer schwebenden Bank, wie sie auch unten im Schankraum vorkamen. «Guten Tag Gabor.»

«Heloise! Was führt dich denn heute zu mir? Sonst treffe ich dich hier nicht oft an zu dieser frühen Stunde», fragte das Wesen und erhob sich von der Bank, was von der Größe her eigentlich keinen Unterschied machte. Talrik musste grinsen, er war vorher nicht einmal so weit danebengelegen. Das Wesen war so klein, wie es Heloise Talrik erklärt hatte und besaß ein weißes, langes Fell, welches den ganzen Körper überzog. Er sah aus wie eine Mischung aus einem Bären und einem Zwerg, jedoch mit einem Menschenkopf, der auf kräftigen Schultern lag, mit rötlichen Augen. Und trotz seines scharfen Gebisses wirkte er auf Talrik vertrauenswürdig.

Die Aura die ihn umgab strahlte eine tiefe Ruhe und Gelassenheit aus.

«Wir brauchen deine Hilfe Gabor.»

«Nur raus damit», forderte sie Gabor auf und mühte sich wieder auf die Sitzbank, was für seine Größe gar nicht so einfach war.

«Gut, dann fange ich am besten ganz von vorne an. Mein Begleiter Talrik hier, ist ein Besatzungsmitglied von Fawn, Núdans Schiff, er wurde entführt und auf Keyathuzs Schiff gefangengenommen. Keyathuz wollte ihn mit einer Kapsel in seine Minen abwerfen lassen, doch konnte das vermutlich ein Spion von Núdan verhindern, stattdessen ist er draußen in der Wüste gelandet, wo wir ihn gefunden haben», erklärte Heloise. «Er muss so bald wie möglich wieder zurück auf sein Schiff und da kommt nur Sneeuf in Frage, welcher ihn nach Kadaan fliegen könnte.»

«Ein vertrauter Núdans», murmelte Gabor und musterte Talrik von Kopf bis Fuß. «Aber wie ihr wisst, geht Sneeuf seinen Geschäften nach und kommt frühestens in gut zwei Tagen zurück.»

«Das ist mir bewusst», entgegnete Heloise und winkte dem Bediensteten, welcher soeben mit der bestellten Nusstorte auf der Terrasse erschien. «Aber wir würden diese Wartezeit in Kauf nehmen, denn wie du ja weißt, besitzt kein anderer hier auf Scorba ein Raumschiff, das gut genug wäre, um damit weite Strecken im All zurückzulegen.»

Gabor lehnte sich vor und griff sich ein Stück Torte vom Tisch.

«Wer von euch hat die bestellt?», fragte er die beiden, als er einen Biss genommen hatte und genüsslich darauf herumkaute. Heloise lächelte Talrik an.

«Gut, der Junge hat immerhin Geschmack.» Die Krümmel verfingen sich in seinem Bärtigen Gesicht.

«Wie auch immer», kam Heloise wieder dazwischen. «Nimmst du uns mit in dein Dorf?»

«Wenn ihr in drei Stunden bereit seid, um aufzubrechen und ihr mir vorher noch kurz beim Beladen meines Gleiters helft, nehme ich euch gerne mit», teilte er ihnen kauend mit, während er jedoch nur Augen für sein Stück Torte hatte. «Oder meint ihr etwa, ich würde einen Verbündeten von Núdan zurückweisen?»

«Darauf habe ich gehofft», seufzte Heloise zufrieden und schob Gabor ein weiteres Stück Torte hin, welches dieser sogleich genüsslich verschlang.

ZWISCHENHALT IM ALL

Schweigend saß Marius im hinteren Teil des Jägers und betrachtete die Nachricht in seiner Hand. *Nimm dich in Acht Marius, es lauern Gefahren, von denen du noch keine Ahnung hast, doch du bist nicht allein! Vertraue auf deine Freunde. Ich werde so bald als möglich zu euch stoßen! SOR* stand da. Er kannte nur eine Person, die mit SOR unterschrieb. Konnte es tatsächlich sein, dass sein alter Schulkollege Sandor hier mitmischte? Der Einzige, der das vielleicht gewusst hätte, war jetzt nicht hier, denn Mél hatte ihm die Nachricht erst kurz vor seiner Abreise zugesteckt und wollte dann allein von Calandra verschwinden; wohin jedoch, verschwieg er. Marius musste sich mit einer Antwort wohl noch etwas gedulden, bis sie auf Kadaan angekommen waren.

«Lust auf 'ne Runde Schach?», fragte Jack als er sich nach hinten zu Marius auf die Eckbank setzte und ergänzte: «Eine spezielle Variante, von mir erfunden.», als er erkannte, dass Marius nicht sonderlich begeistert war.

«Na gut, aber nur wenn du mir währenddessen endlich erklärst, was es mit deiner Magie auf sich hat», entgegnete Marius. «Gibt es noch mehr Magier wie dich hier im Universum?»

«Ja, die gibt es, doch unterscheiden sie sich im Wesentlichen stark von der Art Magie, die du wohl aus Büchern oder Filmen auf der Erde kennst.» Er kramte ein Spielbrett hervor und fuhr fort. «Ich kann nicht einfach Drachen heraufbeschwören, oder Feuer auf die Gegner regnen lassen, wie eure Schreiberlinge es erfinden. Unsere Art von Magie besteht darin, dass ein Magier, wie ihr sie nennt, seine eigene geistige Kraft formt und die Energie, die ihn umgibt, transformiert. Diese Energie ist nicht unerschöpflich. Jeder besitzt nur einen begrenzten Teil dieser Kraft, wenn sie aufgebraucht ist, kann man noch seine Lebensenergie anzapfen, doch ist dies ziemlich riskant, da der Magier dann sein eigenes Lebenselixier aus sich hinausfließen lässt und sich selbst schwächt.»

Marius lauschte ihm gebannt. Magie und Fabelwesen hatten ihn bereits als kleinen Jungen fasziniert.

«Ich bin nur ein niederer Magier», erklärte Jack bescheiden und klappte das Spielfeld auseinander. «Meine Magie ist schwach und reicht gerade noch, um die einfachsten Bannsprüche und Tricksereien zu bewirken.» Marius wusste, dass dies nicht ganz stimmte, hatte er doch gestern gesehen, wie Jack ihr Raumschiff geschützt und ihnen die Flucht ermöglicht hatte.

«Vererben Magier ihre Gabe, oder wie erlernt man diese Fähigkeiten?», fragte Marius und begutachtete eines der kleinen Spielfigürchen in Form eines Stieres. «Komische Figuren sind das.»

«Wie gesagt, Eigenkreation. Und nein, man braucht keine angeborenen Fähigkeiten, es erleichtert es natürlich um einiges, aber im Prinzip kann es jeder lernen, falls er die richtigen Voraussetzungen erfüllt…Aber nein, meine Fähigkeiten sind zu begrenzt, um dir als Lehrer zu dienen, schlag dir das also gleich wieder aus dem Kopf», beeilte sich Jack ihn abzuwehren, als er das Funkeln in Marius Augen sah.

«Für das wartet auf Calthyn, unserem eigentlichen Reiseziel nach Kadaan, ein Meister auf dich. Er wird dich dann in der Kunst der Magie lehren.»

«Nicht mal ein winzig kleiner Zauber?», fragte Marius begierig und machte den ersten Zug.

«Nein, kommt nicht in Frage!», entgegnete Jack und machte seinerseits einen Zug. Marius blickte enttäuscht drein und schob eine Figur, welche die Form eines unförmigen Kaninchens hatte zur Seite. Er hatte keine Ahnung, was er hier tat, die Figuren machten keinen Sinn.

«Hey Jungs», meldete sich nun Corwin von vorn aus dem Cockpit des Jägers. «Wenn ihr dann endlich fertig seid mit eurem Kaffeekränzchen, könnt ihr ruhig mal nach vorne kommen und euch das hier anschauen, es scheint, als bekämen wir Besuch.»

«Der Kaffee ist auf Calandra zurückgeblieben!», murrte Jack, marschierte jedoch mit Marius nach vorne zu Corwin und Brega, welche die Steuerung des Raumschiffs übernommen hatten.

«Seht euch mal den Radarschirm an» Corwin rückte etwas zur Seite, um ihnen Platz zu machen. «Wir empfangen eine Signatur direkt vor uns.»

«Das sieht aber nach echt großem Besuch aus», stellte Jack unruhig fest. «Was meint ihr? Sollen wir unseren Kurs beibehalten oder abdrehen?»

«Ich weiß nicht recht», meinte Corwin und betrachtete den roten Punkt auf dem Schirm. «Es sendet kein aktives Signal aus und bewegt sich nicht.»

«Könnte ein Hinterhalt sein», gab Jack zu bedenken und kontrollierte die Anzeigen.

«Möglich» pflichtete ihm Corwin bei. «Aber das Schiff scheint ohne Schutzschilde dahin zu treiben.»

«Vielleicht haben sie auch einfach nur die Schutzschilde deaktiviert, damit wir glauben sie wären defekt, um uns anzulocken.»

«Ich sende einen Bioscanner los. Wenn sie keine Schutzschilde aktiviert haben, sollte er anzeigen können, ob sich eine größere Crew an Bord befindet», meinte Corwin und suchte auf dem Armaturenbrett nach dem entsprechenden Knopf.

«Das gibt's doch nicht!», fluchte er und deutete auf ein Loch in der Anzeigetafel links oberhalb von ihm. «Dieser Idiot hat den Scanner tatsächlich ausgebaut! Vermutlich verhökert. Warum ist mir dies vorhin nicht aufgefallen.»

«Man kann es ihm ja auch nicht übelnehmen, denn für was braucht man so eine teure Anlage, wenn man den Jäger trotzdem nie braucht», murrte Brega.

«Dann bleibt uns wohl nur die Möglichkeit selbst vorbeizuschauen, was jedoch ziemlich riskant ist», folgerte Jack.

Marius hielt sich unterdessen aus den Unterredungen raus, er hatte sowieso keine Ahnung, wie all das Zeug hier funktionierte, doch es war ihm unwohl zumute, als er den Punkt vor ihnen auf dem Bildschirm betrachtete. Der gestrige Tag blitzte noch vor seinem inneren Auge vorbei und wie knapp sie dort entkommen waren. Für seine Gefährten schien das bereits vergessen zu sein oder sie steckten es einfach bedeutend leichter weg als er. Sie hatten wohl vergessen, dass für ihn all das hier noch komplett neu war.

«Brega halte uns den Rücken frei und bereite den Sprung in den Hyperraum vor, so dass wir jederzeit von hier verschwinden können», befahl Corwin und hantierte seinerseits an den Knöpfen herum. «Wir schauen uns die Sache etwas näher an.»

Jack nickte zustimmend.

«Aber nicht auf meine Verantwortung», murrte Brega, stimmte aber zu. *Als ob es drauf ankommen würde*, dachte sich Marius. *Wenn das wieder ein Hinterhalt ist, werden wir sowieso alle grilliert.*

«Dann schauen wir mal», grinste Corwin und gab dem Jäger etwas mehr Schub. Geübt steuerte er den Jäger um einen breiten Meteorgürtel herum und hielt auf den leuchtenden Punkt auf dem Radarschirm zu.

«Was ist das da draußen?.» Marius, welcher an eines der länglichen Seitenfenster getreten war, winkte den Anderen zu. «Sieht aus wie Trümmerteile.»

«Stimmt», bestätigte Jack und beobachtete die Trümmer außerhalb des Fensters. Sie waren wegen der Geschwindigkeit zwar nur als verschwommene Schlieren auszumachen, trotzdem war Jack sicher, dass es Trümmer waren.

«Schaut euch besser mal das da vorn an, wir haben unser Ziel gleich erreicht», meldete sich Corwin. «Da ist noch ein deutlich größerer Trümmerhaufen.»

Brega saß noch immer angespannt auf seinem Sessel, bereit den Hyperraumsprung auszulösen. «Hier muss eine größere Schlacht getobt haben.»

Marius lief es kalt den Rücken hinunter, als er den Koloss sah. Vor ihnen erhob sich aus der Schwärze des Alls ein stählernes Skelett. Misstrauisch drosselte Jack die Geschwindigkeit. «Was haltet ihr davon? Ich sehe keine Wappen oder Kennzeichen auf dem Schiff.»

«Einfach umgehen können wir es nicht, wir müssen näher rangehen und nach Überlebenden suchen, so wie es der Kodex vorschreibt. Brega, versuch doch mal, ob man mit dem Ding hier wenigstens Funksprüche aussenden kann oder ob unser guter Kollege das Modul auch ausgebaut hat.» Jack musterte den Kreuzer vor ihnen nach irgendwelchen Lebenszeichen. Doch nichts dergleichen machte sich bemerkbar. Kalt und verlassen lag der rußgeschwärzte, riesige Stahlkoloss da in der Schwärze des Alls. Der Gigant hatte trotz seines Zustands noch etwas Majestätisches.

Die Luke des Hangars gähnte als schwarzes, tiefes Loch in der verkohlten Außenhülle des Schlachtkreuzers. Und auf eben jene Luke hielt Corwin jetzt zu. Er hatte die Triebwerke auf niedrigste Energiestufe gestellt, so dass sie langsam auf den Koloss zuglitten und jederzeit bereit waren, bei Anzeichen von fremden Aktivitäten durchzustarten und von hier zu verschwinden. Brega verfasste währenddessen ein

Statusupdate für Fawn. Sie konnten noch keinen Kontakt zu ihnen herstellen, ohne dass sie deren genaue Position wussten, dafür waren sie zu weit weg, doch war die Chance hoch, dass eine Ein-Weg Kommunikation bei ihnen ankommen sollte.

«Seht euch das an», murmelte Jack. «Die wurden ordentlich grilliert. Die Tore sind vollkommen geschmolzen.»

Marius blickte sich ehrfürchtig um als sie in das schwarze Loch hineinglitten. Corwin hatte die Scheinwerfer eingeschaltet, doch sah die Struktur dadurch nicht minder gespenstisch aus. «Die Gravitationsfelder sind noch aktiv», stellte er fest. «Atmosphäre jedoch sehr dünn.» Die Deckenbeleuchtung funktionierte noch teilweise, also war auch noch Energie vorhanden.

Jack reichte Marius und Brega je einen Schutzanzug, den sie von ihrem Schiff umgeladen hatten und wartete darauf, dass Corwin landete. Schutzanzüge war eigentlich der falsche Begriff, denn sie bestanden lediglich aus einem kleinen Mundstück eines Atemgerätes, welches mit zwei Verbindungsstücken mit dem im Nacken liegenden Energiepaket verbunden war. Dazu ein kleines Intercom für die Kommunikation. Brega und Jack trugen zudem jeweils einen kleinen Plasmawerfer unter dem Mantel. Bregas Ausrüstung wurde noch durch einen leichten Kampfstab erweitert, auf den er niemals verzichtete.

Vorsichtig setzte Corwin auf dem verkohlten Boden auf, deaktivierte die Schutzschilde rund um den Einstiegsbereich des Jägers und ließ die Rampe hinunter.

«Die Verkohlung deutet eindeutig auf einen Kampf hin», stellte Jack fest, als sie aus dem Jäger stiegen und sich vorsichtig umsahen. «Aber dafür fehlen hier Überreste von Kampfdronen oder anderen Anzeichen von menschlichem oder technischem Überbleibsel.»

«Seht euch mal die ausgebrannten Jäger da drüben an», bedeutete Brega. « Das müssen echt harte Geschütze gewesen sein, die hier ihre Arbeit verrichtet haben.»

Und tatsächlich, von den einst wohl stolzen Kampfjägern lagen nur noch geschmolzene Überreste in der Halle herum. Die mächtigen Panzerplatten der Gleiter waren zu einem jämmerlichen Haufen am Boden zusammengeschmolzen, während von dem Innenleben des Cockpits kaum noch etwas übriggeblieben war.

«Was schlagt ihr vor, sollen wir tun?», fragte Marius. Er stand noch auf der Einstiegsrampe des Jägers und ließ seinen Blick über die dicke Rußschicht am Boden schweifen. Ihm gefiel die Sache gar nicht und er wünschte sich zurück auf die Erde, oder dass das alles hier vielleicht doch nur ein Traum war.

«Wir müssen versuchen in die Kommandozentrale vorzudringen, um herauszufinden, wem dieses Schiff hier gehörte und wessen Gilde sie angehörten», beantwortete Jack seine Frage. «Corwin, du bleibst hier und haltest die Stellung.»

Jacks Neugier schien zu überwiegen und er marschierte nun zielstrebig an Marius vorbei auf einen breiten Gang zu, welcher von der Hangarhalle abzweigte. Den Blick dabei systematisch durch den Raum gleitend, für den unwahrscheinlichen Fall, dass sie doch nicht allein waren. Brega zog bedächtig seine Handfeuerwaffe und band sich den Kampfstab auf den Rücken, bevor er Jack hinterhereilte. «Mir gefällt das hier ganz und gar nicht. Meine Instinkte sagen mir, dass hier irgendwas faul ist. Doch der Kodex besagt, dass wir kein manövrierunfähiges Schiff zurücklassen dürfen ohne Meldung zu erstatten. Es könnten noch Überlebende an Bord sein.»

Vorsichtig bogen sie in den Gang ein und schlichen auf eine ausgebrannte Treppe zu. Die Deckenbeleuchtung war hier teilweise ausgefallen, so dass nur noch dämmriges Licht herrschte und die Halle hinter ihnen langsam in Dunkelheit versank. Es war, als würde sich die eisige Kälte wie ein Tuch über den Ort legen. *Die spinnen doch,* dachte sich Marius, *jetzt sind wir gerade so entkommen und begeben uns bereits wieder in die nächste Gefahr. Sollten wir nicht Talrik suchen?*

«Hört ihr das?», fragte Brega nach einer Weile. Die Deckenbeleuchtung hatte nun gänzlich ausgesetzt und sie befanden sich in tiefer Schwärze. Nur ihre Taschenlampen durchbohrten die Tiefe der Räume wie Nadeln.

Jack blickte nun ebenfalls auf und fuhr erschrocken herum, als ein leises Scheppern hinter ihm erklang.

«Sorry», entschuldigte sich Marius und bückte sich nach etwas am Boden. «Muss wohl über was gestolpert sein. Und steck bloß die Waffe weg, oder willst du mir ein Auge ausstechen?»

Jack knurrte kurz und senkte dann seinen Plasmawerfer wieder. Er war wohl doch nicht ganz so entspannt wie er vorgab.

«Da? Hört ihr's?», fragte Brega abermals, als hätte er die anderen Beiden nicht gehört. «Da ist ein leises Schaben im Stockwerk über uns.»

Marius und Jack hielten beiden den Atem an und horchten in die Stille hinein. Doch nicht ein Laut drang an ihre Ohren.

«Ach», murrte Jack mit einem Seitenblick auf Brega, oder wenigsten in dessen Richtung, denn wo dieser genau stand, konnte er in der Dunkelheit nicht ausmachen.

Unruhig saß Corwin währenddessen im Cockpit des Jägers und wartete auf die Rückkehr seiner Kollegen. Er wartete bereits einige Minuten, ohne dass sie sich gemeldet hatten. Nervös lehnte er sich im Polster seines Pilotensessels vor und griff nach dem kleinen Funkgerät, das vor ihm auf dem Armaturenbrett lag. Er fragte zum wiederholten Male nach Antwort, doch das Einzige, das er vernahm, war das gleichmäßige Rauschen aus dem Lautsprecher. Die Wände mussten die Verbindung vermutlich zu stark abschirmen, dachte er sich und griff nun nach dem größeren Bordgerät, um abermals zu versuchen den Kontakt zu Núdan herzustellen. Doch wieder drang nur das gleichmäßige Rauschen an seine Ohren, welches auf einmal jedoch mit einem schrillen Quietschen vermischt wurde. Fluchend und kreidebleich warf Corwin das Funkgerät weg und unterbrach die Verbindung. Er kannte das Geräusch, das konnte nur eines bedeuten; jemand hatte einen Störschirm über sie geworfen und versuchte nun, die Koordinaten zu orten.
Er verfluchte sich innerlich und hoffte, dass er noch rechtzeitig die Verbindung unterbrochen hatte. Das erklärte auch, weshalb ihm Jack und Brega auf einmal nicht mehr antworteten. Er musste seine Kollegen warnen, sie waren hier nicht mehr allein. Ihm blieb jetzt nur noch etwas, das er tun konnte, um ihn und seine Kollegen zu retten.

Er packte sich eine klobige Meteoritenfaust, steckte sich ein Lasergeschütz unter den Mantel und schwang sich ebenfalls aus dem Cockpit. Hastig rannte er den anderen hinterher.

Núdan blieb nichts anderes übrig als abzuwarten, denn bisher waren noch keine weiteren Nachrichten über das Verbleiben des Auserwählten und seiner Begleiter eingetroffen. Sie hoffte, dass sie bald wieder unterwegs waren, um zu ihnen zu stoßen. Ebenfalls war die Ankunft ihres Agenten längst überfällig. Sie hatte mit ihm einen Treffpunkt kurz vor Kadaan ausgemacht, wo sie mit ihrem Schiff warteten, so dass er zu ihnen aufholen konnte. Von seinem Spionageauftrag hätte er eigentlich heute Morgen schon ankommen sollen, stattdessen flogen sie noch immer allein dahin, ohne eine Rückmeldung ihrer Augen und Ohren da draußen. Es war nicht das erste Mal, dass ihre Spione unterwegs aufgehalten wurden.

Sie saß aufrecht auf ihrem Thron, als ihr einfiel, dass sie ja eigentlich von Joe erwartet wurde.

Seufzend stand sie auf, zog sich ihren Mantel straffer um die Schulter. *Kinn hoch, gerader Rücken, nichts anmerken lassen*, wie ihr ihr Großvater bereits eingebläut hatte.

Joe sprang auf, als Núdan eintrat. «Königin Núdan, da seid
Ihr ja. ich habe Nachricht von Brega erhalten!»

«Brega! Das wird auch Zeit! Was sagt er?», rief Núdan aus
und ihr Gesicht strahlte. Joe bedeutete ihr Platz zu nehmen.

Ein Hologramm leuchtete auf und Bregas Gesicht erschien
vor ihnen:

*Eure Hoheit, ich weiß nicht, wann diese Nachricht Euch erreichen
wird. Unsere Kanäle sind blockiert und ich versuch es über ein
ungeschütztes Händler-Relais.*

*Wir sind alle wohlauf, doch unsere Rückreise aufs Schiff verzögert
sich. Wir müssen etwas untersuchen.*

Bregas Gesicht verformte sich und das Hologramm zeigte nun
ein ausgebranntes, riesiges Wrack.

*Dieses Schiff haben wir steuerlos im All treibend gefunden. Wir
suchen nach Überlebenden und melden uns danach zurück.*

Bregas Stimme verklang, doch das Abbild des Wracks hing
noch im Raum.

«Schon wieder eines», murmelte Núdan nachdenklich. «Im
vergangenem Monat wurden bereits zwei, wenngleich auch
viel kleinere Schiff aufgefunden.»

«Und habt ihr Kundschafter dorthin geschickt?», horchte Joe
auf. «Und warum wusste ich nichts davon?»

«Der Hohe Rat persönlich hat die Untersuchung
übernommen und nicht uns damit beauftragt», erklärte
Núdan, sie hatte sich bisher noch nicht viele Gedanken zu
dem Thema gemacht. «Wir vermuten, dass es sich um
Banditenüberfälle handelte»

«Konnte man die Besitzer der Schiffe ausfindig machen und bestätigen, dass es sich um Banditen handelte?»

«Da gab es Komplikationen», gab Núdan zu. «All ihre Spähtruppen seien verschollen. Wir vermuten, sie wurden ebenfalls überfallen.»

«Dann müssen wir sie warnen! Sie können genauso in einen Hinterhalt laufen! Wir könn…»

Er wurde unterbrochen, als ein Techniker unangemeldet in den Raum platzte. Seine Begrüßung war ein schlichtes «Eure Hoheit» an Núdan gewandt und dann ein Kopfnicken in Richtung des Kommandanten von Fawn. Der Mann trug einen grauen, mit goldenen Fäden durchwobenen Anzug, der ihn dem Stand der Informatiktruppe zuwies. Auf dem Kopf trug er eine einfache, schwarze Mütze, welche er beim Eintreten abnahm und sich vor die schwer atmende Brust presste.

«Was gibt's zu berichten?», fragte Joe harsch. Er konnte bei Störungen ungehalten werden.

«Eine Anomalie Sir», erklärte der Mann hastig. «Wir haben eine seltsame, nachfolgende Funkwelle am Ende von Meister Bregas Nachricht entdeckt. Wir haben die Nachricht, wie ihr angeordnet habt untersucht und versucht, den Standort von Brega ausfindig zu machen, sodass wir ihm antworten können. Bei der Untersuchung der Frequenzen ist uns ein besonderer Ausschlag ins Auge gestochen, weshalb wir beschlossen haben, Euch in Kenntnis zu setzen.»

«Habt ihr die Daten aufgeschaltet?»

Noch bevor der Techniker etwas weiter hinzufügen konnte, begann das Hologramm zu verschwimmen und sich zu einem

Strudel zu formen. Ein schriller Alarm ging los und Joe fuhr herum. «Unterbrecht die Verbindung!»

«Versuch ich Sir, aber es ist blockiert!», schrie einer der Männer verzweifelt.

«Oh verdammt.» Joe murmelte auf einmal nur noch, bevor er aufschreckte und sich räusperte. «Alle Mann auf Gefechtsstation!», schrie er. «Informiert die Besatzung und nehmt Kontakt zum Hohen Rat auf! Wir benötigen Unterstützung!»

Joe rannte aus dem Raum hinaus in Richtung der Kommandobrücke. Das Unmögliche war geschehen, und der Feind hatte sie geortet. Brega musste seine Nachricht durch einen Störsender hindurch verschickt haben, wodurch es jemandem gelungen war, die Signatur zu verfolgen. An der Decke leuchteten nun rote Warnleuchten auf und überall strömten Menschen und Ugrons aus den Türen, um die Kanonentürme oder die Abfangjäger im Hangar zu besetzen. Die eiserne Disziplin, die er in seiner Kindheit gelernt hatte, setzte sich nun durch und trieb ihn an, noch schneller zu rennen. Doch bei jedem Schritt schien es ihm, als würden die Alarmleuchten wie hämische Augen auf ihn hinabgrinsen und den Tod des Schiffes vorankündigen. Damit hat er nicht gerechnet.

AUFGELAUERT

Die Dunkelheit in den Gängen legte sich wie eine schwere Decke über sie und ließ Marius' Puls schneller schlagen. Er legte unwillkürlich seine Hand um das Amulett an seinem Hals und atmete tief ein. Es gab ihm Kraft und Ruhe in diesem Moment. Die Mauern wurden im schwachen Licht der Taschenlampen immer kahler und Brega wünschte sich, Brûs oder einen anderen seiner Ugron-Gefährten an seiner Seite zu haben. Er war hier zwar nicht allein, doch auf Menschen war weniger verlass als auf Ugrons, wenn es um Kraft und Ausdauer ging. Und die Menschen waren in der Dunkelheit einfach Feiglinge. Und schlussendlich war das im Kampf eine essenzielle Eigenschaft.

Bis jetzt waren sie noch keinem Lebenszeichen begegnet, doch genau das war es, was ihnen zu schaffen machte. Sie spürten, wie etwas Düsteres in der Finsternis auf sie wartete und dass sie nicht die einzigen Lebewesen hier auf dem ausgekohlten Wrack sein konnten.

«Ob der noch funktioniert?», fragte Jack, als sich der Weg vor ihnen verzweigte. Der eine führte zu einer Wendeltreppe, der andere zu einem Aufzugschacht. Die Frage war wohl eher rhetorisch gemeint.

Marius näherte sich den Schachttüren und tippte sie leicht an, worauf diese gefährlich zu schwingen anfing. Marius trat sicherheitshalber einen Schritt zurück, während sich die Türe mit einem kreischenden Geräusch aus der Verankerung löste, nach hinten kippte und mit einem donnernden Tosen in die Tiefe des Schachtes hinabstürzte.

«Ich denke, damit hat sich die Frage erübrigt», stellte Marius trocken fest und blickte zur Treppe hinüber, welche außerhalb des Scheins ihrer Lampen in der Dunkelheit entschwand. Hinter ihm erklang noch ein letztes Mal ein helles Kreischen, als die Aufzugtür an einer der Wände entlang schrammte. Dann war es kurze Zeit still, gefolgt von einem fernen Splittern als die Türe vermutlich am Schachtboden aufschlug.

Nun setzten sich auch Jack und Brega in Bewegung und folgten Marius die Treppe hoch. Das Gute bei diesen Schiffen war, dass sie alle ähnlich aufgebaut waren und somit der Weg zur Kommandobrücke einfach zu finden war. Ihre Schritte hallten merkwürdig hohl und abermals wuchs in Brega das Gefühl, dass sie hier nicht allein waren. Spätestens nach dem Lärm vorhin musste jeder auf dem Schiff wissen, dass sie hier unterwegs waren. *Ob es nicht schlauer wäre, den Kodex über den Haufen zu werfen und von hier zu verschwinden?*

«Wir sind zu laut», murrte er, seinen Plasmawerfer immer noch fest umklammert. «Falls auf diesem Drecksschiff noch jemand ist, muss er uns längst gehört haben.»

«Schau dich doch mal um», forderte Jack ihn auf, obwohl das Umschauen bei dieser Finsternis kaum möglich war. «Hier ist alles kahl und ausgebrannt. Hier kann niemand mehr leben. Und wenn doch, dann höchstens ein paar angekohlte Kakerlaken.»

Die Treppe weitete sich langsam und gab den Blick auf einen weiteren, langen Korridor frei.

Schritt für Schritt schlichen sie sich trotzdem etwas bedächtiger vorwärts. Während sie wortkarg hintereinander her gingen, schielte Marius auf Bregas Waffe, die er sich nebst der Handfeuerwaffe umgeschnallt hatte. Die Waffe auf seinem Rücken hatte entfernt Ähnlichkeiten mit einem Schwert, wie man sie auf der Erde kannte, jedoch war es in seiner Grundform eher ein etwa armlanger, grauer Stab, an dessen unterem Ende sich ein etwa zehn Zentimeter langes, etwas dickeres Stück befand, welches als Haltegriff diente. Die Stange fächerte sich vom Griff her nach oben hin auf und verlief in immer schmäleren Streifen, welche sich ineinander verflochten. Es war überaus kunstvoll geschaffen. Die zweite Waffe, der Plasmawerfer, hatte in etwa die Größe einer herkömmlichen Pistole wie Marius sie kannte, war jedoch runder in der Form und besaß einen bauchigen Körper, in dem das stabilisierte Plasma lagerte.

Sie waren erst ein paar Schritte weit in den Gang hinein marschiert, als auf einmal ein beißender Gestank aufzog. Es roch leicht verbrannt und zugleich säuerlich.

Marius zuckte erschrocken zurück, als Brega die Waffe, die er eben noch musterte, herumriss und nun mit beiden Händen fest umklammerte. Er duckte sich leicht, sofern das bei seiner eh schon kleinen Größe überhaupt einen Unterschied machte.

«Was ist das», fragte Marius, welcher sich angewidert seinen Ärmel vor Mund und Nase presste. Trotz der Atemmasken roch es bestialisch.

«Bete, dass es nicht das ist, was ich vermute», murmelte Jack leise, welcher ebenfalls seinen Stab langsam zu Kreisen begann und Marius hinter sich schob. Mit der zweiten Hand versuche er Corwin über Funk zu erreichen. «Corwin bitte kommen, Corwin hörst du uns?» Es knirschte, doch war keine Antwort zu verstehen. Er fluchte und atmete dann tief ein. Er schien es nicht als notwendig zu betrachten, um Marius seine Frage weiter zu beantworten. Stattdessen schritt er zielstrebig auf die vor ihnen liegende Tür zu. Sie war übersäht mit tiefen Furchen.

«Dahinter muss die Kommandobrücke liegen», flüsterte Brega. «Jack, decke mich ab. Marius, du bleibst hinter uns.»

«Dem Gestank nach lebt hier kaum noch etwas», hustete Marius.

«Leben ist eine weite Definition», sprach Jack leise, den Stab kampfbereit erhoben. «Wenn der Gestank von dem herrührt, was ich denke, dann haben wir es hier tatsächlich nicht mit einem lebendigen Wesen zu tun, sondern schlimmer. Sie kennen das Wort Leben nicht. Sie sind die Kreaturen des Bösen. Die Slugs, oder besser bekannt als die Knechte des Todes. Es ist eine Weile her, dass ich ihnen das letzte Mal begegnet bin.»

Ein kalter Schauer rieselte Marius den Rücken hinunter. Er leuchtete zurück in den Gang, von wo sie gekommen waren. Sein Strahl der Taschenlampe verlor sich in der Dunkelheit. Er konnte nichts erkennen.

«Wenn ihr wisst, dass hier Slugs lauern können», flüsterte er, «sollten wir dann nicht umkehren?»

«Wenn sie hier sind, dann haben sie uns längs aufgespürt», entgegnete Brega. «Wir müssen auf die Kommandobrücke, um herauszufinden, was hier passiert ist. Entweder wir stellen uns da drin dem Kampf, oder zögern es nur noch heraus und gehen das Risiko ein, dass sie uns auf einmal während unserer Flucht in den Rücken fallen. So haben wir wenigstens die Chance auf einen fairen Kampf.»

«Und, wie groß ist etwa die Chance, dass der Raum nicht voll von ihnen ist und es kein fairer Kampf wird?», zischte Marius.

«Oh», grinste Brega zur Überraschung von Marius. «Lass uns etwas Spaß haben und es herausfinden.»

«Beruhigend», stellte Marius ironisch fest. «Wirklich beruhigend.»

Brega schlich nun wortlos weiter und positionierte sich vor der breiten Tür. Mit einem Wink bedeutete er Jack, sich versetzt neben ihn zu stellen, während Marius sich hinter den beiden hielt.

In der Dunkelheit war nicht genau auszumachen, was Brega und Jack für Zeichen austauschten, doch auf ein stummes Kommando traten sie beide einen Schritt zurück und warfen sich dann miteinander gegen die vermeintlich dünne Stahltür. Brega verzog schmerzverzerrt das Gesicht, als er auf die Tür aufprallte, welche sich jedoch keinen Millimeter bewegte.

«Oh verflucht», murrte er, mit einem angestrengten Blick in die Dunkelheit. Ihr Aufprall ließ einen tiefen Ton durch die Gänge hallen. Spätestens jetzt wären sie entdeckt worden, wenn hier jemand war. Mühsam rappelte er sich auf und stützte sich auf die Knie. Ihr Überraschungseintritt hatte wohl nicht funktioniert.

Brega wollte es soeben ein zweites Mal versuchen, als ihm gerade noch Zeit blieb, sich mit einem Hechtsprung zur Seite zu werfen und so knapp einem bläulichen Plasmastrahl zu entgehen. Er landete bäuchlings auf dem rußgeschwärzten Boden.

«Eine einfachere Variante verschlossene Türen zu öffnen», meinte Jack, welcher nun mit einem kleinen Plasmawerfer dastand. «Siehst du Ugron, so lösen wir Menschen Probleme.» Bregas Augen funkelten zornig, als er sich langsam wieder aufrappelte und Jack und Marius vor einem ovalen, an den Rändern rotglühenden Loch stehen sah. Er verkniff sich eine entsprechende Antwort, sondern versuchte stattdessen etwas in dem dahinterliegenden Raum zu erkennen. Der Raum wurde zwar von dem glühenden Stahl und der großen Fensterfront ein wenig erhellt, trotzdem blieben immer noch tiefe, dunkle Ecken übrig, in welchen irgendetwas lauern konnte.

Der Stahl der Türe zischte, während sich das Loch immer größer fraß.

«Strategie A oder B?», fragte Jack, welcher noch überraschend locker wirkte. «Die Entscheidung überlass ich gern dir Brega.»

«Strategie A, wie immer.», grinste dieser.

«Das habe ich gehofft.»

Bedächtig lud Jack seine Waffe nach und musterte die Öffnung in der Wand. Den Stab hatte er sich zurück über den Rücken gebunden. Marius trat unterdessen vorsichtshalber einen Schritt zurück, er ließ die beiden machen.

Jacks Muskeln spannten sich und dann, ohne Vorwarnung, sprang er Kopfüber durch die Öffnung. Einen kurzen Moment dachte Marius, Jacks Umhang würde Feuer fangen, doch da war er schon durch, rollte elegant auf dem Boden ab und feuerte blindlings auf der Kommandobrücke herum. *Plan A wie absolut hirnverbrannt*, dachte sich Marius.

Die blauvioletten Plasmablitze zuckten wirr durch den Raum, manche prallten von den Wänden ab und kamen als Querschläger zurück, bis sie schließlich an einer weiteren Wand verpufften. Nur die Fensterfront verschonte Jack vorsichtshalber.

Dann endlich erloschen die Blitze, und zurück blieben die rauchenden Krater in den Wänden.

«Nicht schlecht für einen Menschen», grunzte Brega und stieg nun ebenfalls zu Jack in den langgezogenen Raum, was bei seiner Größe gar nicht so einfach war. «Wenn du jetzt noch ein paar Gegner getroffen hättest, hätte das ein richtig guter Angriff werden können.»

Verdutzt blickte sich Jack um, doch wohin er auch blickte, da waren nur qualmende Krater und das Loch in der Wand, durch welches gerade Marius stieg.

Zum ersten Mal beschlich ihn nun doch ein beunruhigendes Gefühl, dass sie wie die Idioten hier hinein marschiert waren und nun womöglich erst recht den Feind durch das Knallen – vorausgesetzt, dass hier noch jemand war – angelockt hatten. Der ganze Raum war nur noch eine rußgeschwärzte Höhle. Obwohl er das wohl vorhin schon war. Trotzdem hatte sich die Kommandobrücke hier noch mehr in eine Müllhalde verwandelt: An den Wänden floss an manchen Stellen geschmolzener Stahl hinunter, der Boden war in der Nähe der

Wände mit tiefen Furchen übersät, und das ohnehin schon spärliche Mobiliar war nun vollends zertrümmert.

Aus der ehemaligen, wohl stolzen Steuerkonsole und mit den davor liegenden Aschehäufchen, welche wohl einmal die Stühle gewesen waren, quoll ein dunkler Rauch, welcher sich an der Decke sammelte.

«Was wollen wir jetzt tun?» Marius stellte sich neben die anderen Zwei.

«Zur Konsole», entgegnete Brega und schritt schnurstracks auf das Steuerpult zu - oder was davon übriggeblieben war. «Jedes Schiff dieser Größe hat eine Blackbox, auf ihr sind eventuell noch Daten gespeichert.» Er riss zwei Abdeckungen ab und fluchte über den Dreck und Russ. Erst als er die Dritte aufriss grinste er. Ein schwach leuchtender Würfel war darin in diverse Kabel eingebettet. Ohne lange zu zögern, riss er ihn heraus. Es zischte und fauchte aus den Kabeln, doch etwas anderes ließ Brega aufhorchen.

Marius starrte in die Dunkelheit und strengte seine Ohren an. Er vernahm nichts, doch hatte er bereits einmal festgestellt, dass Zwerge deutlich besser hörten als Menschen und so wartete er gespannt ab. Es surrte hell, als Brega seinen Kampfstab vom Rücken zog und aktivierte. Die verschnörkelten Stäbe glühten jetzt in einem strahlenden weiß und warfen einen seltsamen Schatten auf Bregas Gesicht, welcher den Kampfstab kampfbereit, leicht angewinkelt vor seinem Körper bereithielt. Jack tat es ihm gleich. Und nun hörte auch Marius das näherkommende, dumpfe Klopfen über ihnen.

«Den Geräuschen nach sind es mindestens vier», sprach Brega unheilvoll, sein Zwergengesicht mit Falten überzogen. Vier ausgewachsene Slugs waren selbst für einen ehrenhaften Ugron viel. Er packe den Würfel unter seinen Mantel und bedeutete Marius und Jack sich im Kreis aufzustellen, Rücken an Rücken. So standen sie nun da in der Stille, welche nur durch das dumpfe Hallen der Tritte, die rasch näherkamen, durchbrochen wurde.

Jack steckte den Plasmawerfer weg und packte ebenfalls einen Kampfstab. Mit dem Plasmawerfer würde er auf diesem engen Raum vermutlich nur seine Kollegen gefährden.

Ein Kloss bildete sich in Marius Hals, als er nach oben blickte und sich in der Mitte des Raumes an der Decke ein oranger Stab durchbrannte und das Loch sich kreisförmig auszudehnen begann.

Das herausgeschnittene Metallstück fiel wie in Zeitlupe zu Boden und schlug dort schwer auf. Eine dunkle Vorahnung überkam Marius als der intensive Gestank abermals zunahm und seine Sinne zu benebeln begann.

AUFBRUCH IN DIE WÜSTE

Eine frische Brise trieb das Marktgeschrei zu Talrik hinüber, welcher dankbar über den Schatten an einen Baum gelehnt stand. Er trug den leichten, beigen Mantel von Heloise, eine sandfarbene Jeans und ein weißes T-Shirt. Hier auf Scorba war eigentlich alles weiß, beige oder grün. Hier konnte man lange suchen, bis man jemanden in einem schwarzen Anzug herumlaufen sah, was noch ein weiterer Grund war, weshalb Heloise darauf bestanden hatte, dass er nicht wieder seinen zerrissenen Mantel anzog. Mit seinem schweren, dunklen Mantel wäre er hier zu stark aufgefallen.

Er betrachtete neugierig die Lasttiere, welche vollgepackt mit Kisten und Säcken darauf warteten, dass ihnen die Last abgenommen und auf die schwebende Plattform hinter dem Gleiter umgeladen wurde.

Er konnte ihre Art nicht zuordnen, sie ähnelten einer Art Riesenschildkröten, denen man zu lange und muskulöse Beine angesetzt hatte. Auf dem Rücken der Tiere befand sich gleich hinter dem Hals ein Sattel für den Reiter. Dahinter wurden große, hölzerne Gestelle montiert, auf denen die Lasten befestigt wurden.

Eines der Tiere stieß einen Trompetenlaut aus als Talrik an ihm vorbei zu Heloise marschierte. Sie war dabei, das Umladen der Waren zu begutachten. Immer wieder blickte sie besorgt an den großen Bäumen vorbei in die Wüste hinaus. «Wenn Gabor nicht bald kommt, müssen wir die Reise verschieben», gab sie zu befürchten, als sie zwischendurch kurz innehielt und das Festmachen der Waren einem Helfer überließ. «So wie's aussieht zieht ein Sturm auf. Und wenn wir es nicht rechtzeitig zur ersten Zwischenbasis schaffen, könnte unser Gleiter wegen der großen Angriffsfläche des Anhängers vom Weg abgeschoben werden.»

Talrik musterte den länglichen, glatt polierten Gleiter. Er bot Platz für einen Fahrer sowie drei zusätzliche Personen. Wenn man ihn mit etwas von der Erde verglich, ähnelte er einem alten Cabriolet, jedoch ohne Räder. Hinten, wo die Anhängerkupplung sitzen würde, befand sich ein breiter Energiegürtel, welcher die dahinter liegende, etwa gleich große Plattform sicherte.

Als er jedoch in das Sandmeer hinausblickte, erstreckte sich da nur die endlose Weite, unterbrochen von ein paar wenigen, kargen Sträuchern, welche sich in den Windschatten niedriger Felsen duckten. Er kam nicht mehr dazu, Heloise zu fragte, wie sie darauf komme, dass das laue Lüftchen, das hier wehte zu einem Sturm anwachsen konnte, denn diese wandte sich nun um und blickte einem schnell näherkommenden Fellknäuel entgegen. Talrik musste schmunzeln, als er Gabor da durch die Menschenmenge huschen sah. Für seine Größe gab es eigentlich überall ein Durchkommen.

«Da bist du ja endlich», rief ihm Heloise entgegen. «Wir müssen aufbrechen, es scheint, als würde ein Sandsturm aufziehen und die Reise dauert ein paar Stunden!»

«Entschuldigt die Verspätung, die Geschäfte bedürfen manchmal doch etwas mehr Zeit», entschuldigte sich Gabor, während er die Helfer um den Anhänger herum wegscheuchte. Talrik musste sich ein Grinsen verkneifen, es sah zu lustig aus, wie dieses kleine Wesen in solch einer Eile umherwuselte

«Ich hatte noch einen Vertrag mit dem Eisenlieferanten abzuschliessen.» Er zog im Vorübergehen noch einen laschen Spanngurt an und blickte dann ebenfalls in die Wüste hinaus.

«Bis zur ersten Zwischenbasis sollten wir es noch vor dem Sturm schaffen. Dort können wir dann das Unwetter abwarten oder vielleicht, wenn es länger andauert, auch erst am nächsten Morgen weiterreisen.»

Er wartete kurz bis die Helfer die Lasttiere zur Seite gebracht hatten, zog sich dann am Gleiter hoch und ließ sich auf den Fahrersitz plumpsen.

Auf eine Aufforderung von ihm stieg Talrik auf der anderen Seite ein. Das Gefährt federte leicht nach, als er Platz nahm, ansonsten schwebte es sehr stabil in der Luft.

«Wir werden gut vier Stunden unterwegs sein, bis zur ersten Basis.» Gabor schnallte sich fest und startete dann die Getriebe. Der Gleiter vibrierte kurz, als Gabor den Turbinen Energie zuleitete. Eines der Lasttiere trompetete erschrocken auf als hellblaue, lange Flammen aus den Treibwerken schossen und den Anhänger hinter ihnen ankohlte.

«Ups», grinste er. «Das war wohl etwas zu viel.»

Er legte zwei Hebel um und die Flammen schrumpften wieder, bis sie nur noch ein, zwei Handbreit aus dem Triebwerk hinauslugten. Er legte einen weiteren Schalter um, und ein fast durchsichtiger Energieschild legte sich über den Gleiter und hielt den staubigen Sand und den Lärm der Siedlung draußen.

«Meinst du, dass wir es noch rechtzeitig vor dem Sturm schaffen?», fragte Heloise von der Rückbank, mit einem unsicheren Blick an den Horizont. Talrik konnte immer noch nichts ausmachen, doch wenn sie es sagten, war es wohl so.

«Ach, keine Sorge, das reicht schon», meinte Gabor, während er die Triebwerke wieder aufbrüllen ließ.

Eine kleine Staubwolke stob auf als der Grimboor den Schub erhöhte und den Gleiter über den Platz hinweg in Richtung Wüste lenkte. «Weiter draußen, ein paar Meilen vor der Stadt wartet noch Erwin auf uns. Er wird uns Begleitschutz geben.»

«Vor den Banditen?», fragte Talrik und rieb sich bei der Erinnerung schmerzverzerrt den Hinterkopf.

«Nein, die ziehen sich gewöhnlich zurück wenn sie uns sehen, aber in den letzten Tagen kamen vermehrt Meldungen über riesige, steinerne Wesen zu uns in die Stadt. Mehrere unabhängige Zeugen behaupteten, sie gesehen zu haben.»

Riesige, steinerne Wesen? Die werden ja immer irrer hier draußen im All, schoss es Talrik durch den Kopf. Erst vor ein paar Tagen war er noch zu Hause auf der Erde an einem Scooterrennen gewesen, ohne zu wissen, was es hier draußen alles gab. Trotzdem schien es ihm, als wäre eine Ewigkeit seither vergangen.

«Schaut mal nach Osten», meinte Gabor nach einer Weile. «Das ist Erwin, mein Kollege, von welchem ich vorhin gesprochen habe. Er wird bis zur ersten Basis über uns herfliegen und uns als zusätzliches Auge dienen.»

Erst noch ein dunkler Punkt über dem flimmernden Sand, holte dieser rasch zu ihnen auf. Gabor hantierte unterdessen am Funkgerät herum, bis sich eine fremde Stimme aus dem Mikrofon meldete.

«Da bist du ja endlich Gabor!», sprach eine Stimme, die Gabors Akzent ähnelte.

«Immer zur rechten Zeit», antwortete Gabor. «Hast du einen genaueren Wetterbericht zur Hand Erwin?»

«Es sieht nicht gut aus», entgegnete Erwin, welcher unterdessen ganz zu ihnen aufgeholt hatte und nun in ein paar Metern Abstand über ihnen dahinraste. Ebenfalls ein Grimboor, wie Talrik jetzt erkannte.

«Dann schieß mal los.»

«Die nördlichen Trupps melden wechselhafte Windgeschwindigkeiten, von bis zu zweihundert km/h mit großen Sandaufwirbelungen. Sie mussten mit ihrer Karawane eine Notlandung machen und harren nun am Boden aus. Wenn wir jedoch Glück haben, zieht der Sturm an uns vorbei, oder lässt auf sich warten, bis wir die erste Basis erreicht haben.»

Gabor blickte nur zweifelnd aus der Frontscheibe und kontrollierte die wenigen Anzeigen vor sich.

«Siehst du die Aufwirbelungen am Horizont?», fragte Heloise und beugte sich nach vorne zu Talrik. Sie zeigte auf einen kaum erkennbaren Streifen am Horizont. «Das ist einer der für diese Gegend berühmten Sandstürme.»

«Und wie es scheint, rast er direkt auf uns zu», murrte Gabor.

«Ich glaube nicht, dass er an uns vorbeizieht.»

«Die Lage ändert sich schnell», meldete sich nun Erwin wieder aus dem Lautsprecher. «Ich spüre die stärkeren Böen hier oben bereits. Mit meinem Scooter kann ich es schaffen, doch mit eurem Anhänger könnte es kritisch werden. Wenn wir es nicht rechtzeitig schaffen, müssen wir eine Notlandung einlegen.»

Gabor grummelte nur etwas Unverständliches und erhöhte ihre Geschwindigkeit abermals. Der Gleiter hatte eigentlich noch einiges mehr unter der Haube, doch behinderte sie der Anhänger. Denn wenn sie den Schub noch weiter erhöht hätten wäre er in die Spur der Triebwerke gelangt und wäre dadurch verkohlt oder hätte die Triebwerke überhitzen lassen können. Und defekte Triebwerke ist etwas, das man in der Wüste auf alle Fälle verhindern will.

«Wenn wir dieses Tempo beibehalten, werden wir in gut eineinhalb Stunden die erste Basis erreicht haben», gab Erwin durch. Er flog nun mittlerweile neben ihnen her, so dass Talrik zum ersten Mal den Scooter genau ausmachen konnte. Er war etwas kürzer als ihr Gleiter und vor allem um einiges schmaler. Doch trotz der massiven Treibwerke, welche auf beiden Seiten des Rumpfes im hinteren Teil angebracht waren, sah er ziemlich filigran aus. Allmählich kamen auch in Talrik Bedenken auf, dass sie es noch rechtzeitig schaffen würden, da sich die Sandmauer in der Ferne wie eine Lawine bedrohlich auf sie zu bewegte. Die Kontrollanzeigen vor Gabor blinkten bereits warnend.

«Was meinst du Gabor?», fragte Heloise, welche ebenso wie Talrik besorgt den Horizont im Auge behielt. «Wirst du es mit deinem Gleiter noch bis zur ersten Basis schaffen, ehe der Sturm anbricht?»

«Nur keine Panik», entgegnete Gabor. «Ein Grimboor verliert nicht so schnell den Mut wie ihr Menschen. Wir gleichen schon eher den Ugrons: klein, kräftig und mutig genug, um es mit jedem Gegner aufzunehmen.» Er warf Talrik einen Seitenblick zu, als würde er Anerkennung erwarten.

Nur dass die nicht bei jedem Schritt über ihre eigenen Haare stolpern und einem zu groß gewordenen Pudel gleichen, dachte sich dieser, ohne es jedoch auszusprechen.

Die bedrohliche Sandmauer wuchs stetig, während der Wind um den Gleiter pfiff und den Anhänger hinter ihnen bedrohlich durchrütteln ließ.

«Erwin, sollte hier in der Nähe nicht eine alter Altarplatz der Wüstenvölker liegen?»

«Der liegt in Flugrichtung nur ein paar Grad Abweichung direkt vor uns. Zwischen den massiven Gesteinsbrocken könnten wir notdürftig Zwischenlanden.»

«Was unsere Reise noch weiter verlängern wird», brummte Gabor, sah aber ein, dass es bei diesem Sturm keinen Sinn machte weiterzureisen und folgte Erwin, der nun vorausflog.

DIE ERSTE SCHLACHT

Das Blitzen der Geschütze spiegelte sich in Joes Augen, in denen das Feuer trotz der aussichtslosen Lage noch längst nicht erloschen war. Der Halbriese hatte zwar in jeder noch so bitteren Schlacht die Disziplin gehalten, doch noch keine von ihnen war so aussichtslos wie diese hier. Doch das, was ihn antrieb war nicht der Wille zu überleben, sondern er hatte noch eine Mission zu erfüllen. Er wollte den Auserwählten nach Calthyn bringen und auf seiner weiteren Reise begleiten. Es stand zu viel auf dem Spiel, um hier aufzugeben.

Er stand breitbeinig mit auf dem Rücken verschränkten Armen am oberen Ende der Kommandobrücke. Hinter ihm standen Núdan, sowie Myron. Sie alle waren überrumpelt worden von der großen Streitmacht da draußen. Sie waren innert kürzester Zeit nach ihrer Ortung bei ihnen aufgetaucht und hatten sie umzingelt. Es waren schwarze mächtige Schiffe, wir er sie schon lange nicht mehr gesehen hatte und sie konnten sie trotz der Schilde in einer beängstigenden Geschwindigkeit über eine einzelne infiltrierte Nachricht aufspüren. Das waren definitiv keine Banditen. Doch das was ihnen Sorge bereitete war, dass es definitiv auch nicht Keyathuz war. Bislang hatte sich noch kein Botschafter des Feindes gemeldet, noch wurde eine Forderung gestellt, stattdessen wurden sie direkt ins Kreuzfeuer genommen. Ihre Funkkontakte liefen ins   Leere.

Joe drehte sich müde um, als einer der Bildschirme zu piepsen begann. Es war einer der Techniker, welcher sich meldete. Joe hatte ihm befohlen, ihm ständig mitzuteilen, wie es um sie stand, obwohl er dies eigentlich schon wusste. Nämlich schlecht.

«Sir, wir haben eines der gegnerischen Schiffe kampfunfähig gemacht. Es war einer der kleineren Bomber. Doch halten unsere Schilde bei dem Beschuss nicht mehr lange durch», meldete er. «Wenn nicht bald etwas geschieht sind wir verloren! Lasst euch was einfallen, wir halten sie so lange auf wie wir können.» Das Bild verschwamm wieder und ließ die drei in einer seltsamen Stille zurück. Die diensthabenden Offiziere waren längst ausgeschwärmt, um die Tätigkeiten an Bord zu überwachen. Joe hatte angeordnet, dass nur sie drei in diesem Raum waren. Er musste sich konzentrieren, um einen Ausweg zu finden. Nur vereinzelt wurde das dämmerige Licht im Raum durch die am Energieschild aufprallenden Laser erhellt. Die Stille im Raum war bedrückend, jeder der drei blickte in die Weiten des Alls hinaus. Trotz des zerstörten Bombers flogen immer noch mindestens vier völlig intakte Schlachtkreuzer und mindestens zwei Zerstörer da draußen herum. Zusätzlich rasten vor dem Fenster unzählige kleinere Jäger, Kampfbomber der kleineren Klasse und diverse andere

Kampftypen herum. Egal wohin Joe blickte, überall stachen ihm Feuerbälle, rote Blitze des Abwehrfeuers oder die vernichtenden Zerstörer, welche nicht umsonst so hießen, ins Auge. Ihre Soldaten kämpften zwar tapfer da draußen und die Geschütze feuerten unermüdlich, doch waren sie stark in der Unterzahl und an eine Flucht war aufgrund der eingeschränkten Triebwerke nicht zu denken.

«Wie lange denkt Ihr, haben wir noch?», durchbrach Núdan das Schweigen. «Bei dem Beschuss halten wir nicht mehr lange durch. Einer der insgesamt vier Schildgeneratoren ist bereits ausgefallen und unsere Männer gehen da draußen wie die Fliegen drauf.»

«Ich weiß, es sieht schlecht aus für uns, aber außer uns zu ergeben bleibt wohl nichts anderes mehr übrig. Die Zerstörer versperren uns den Fluchtweg in Richtung Kadaan und wie es aussieht ist von da keine Hilfe unterwegs.»

«Ergeben?» Die Empörung war Núdan regelrecht ins Gesicht geschrieben «Hier an Bord sind allesamt ehrenhafte Männer, welche sich niemals ergeben würde. Und wenn doch, meint ihr es wäre besser in den Händen Keyathuz zu sein, als hier draußen einen Heldentod zu sterben?»

«Nein, das sicher nicht, aber wenn die Unterstützung des Hohen Rates nicht in den nächsten Stunden eintrifft, bleiben uns keine anderen Möglichkeiten übrig», gab Joe zu bedenken. Seine riesenhafte Gestalt strahlte eine tiefe Trauer aus, welche Núdan nur auf den Auserwählten zurückführen konnte. Joe hatte es sich zur Aufgabe gemacht, ihn nach Calthyn zu geleiten und sich persönlich für den Schutz von Marius verpflichtet. Der einzige Trost für ihn war wohl, dass der Auserwählte und selbst sein Kollege, welcher im bevorstehenden Wettlauf wohl auch noch eine wichtige Rolle spielen würde, nicht hier an Bord anwesend waren. Núdan kannte ihn zu gut, um zu wissen, dass wenn er etwas angefangen hatte, er es auch fertig führen wollte und es ihm dann kein Bisschen um sein eigenes Leben ging.

Der Boden des Schiffes erzitterte als ein Turbolaser mit beängstigender Durchschlagskraft an den Schilden des Schiffes abprallte und von ihnen absorbiert wurde. Gleißende Helligkeit erfüllte den Raum und hinterließ einen tiefen Schatten auf Myrons Gesicht, der in seinem Sessel zusammengefallen war. Núdan schreckte auf und packte ihn am Arm. «Ein Mediziner! Wir brauchen Hilfe!»

«Nein, lasst ihn», kam ihr Joe dazwischen. Er kam eilig um den Tisch herum zu den beiden und schob Núdan sanft weg. Er selbst beugte sich nun über den scheinbar Ohnmächtigen. Vorsichtig tätschelte er ihm auf die Wange, was jedoch keine sichtbare Veränderung hervorrief. Myron hing schlaff im Sessel, doch schien es, als würde sein Kopf unsichtbar in die Höhe gezogen.

«Ich kenne diesen Zustand», meinte Joe bedächtig. «Ich habe ihn schon bei Angehörigen der Nomaden gesehen. Sie begeben sich so in den Zustand, um das Gefüge der Macht zu studieren.»

Núdan beäugte ihn kritisch und fühlte weiterhin nach seinem Puls.

«Und woher sollte er diese Gabe besitzen? Mir gegenüber hat er nie erwähnt, dass er nomadenstämmige Vorfahren hat.» In Núdans noch jugendlichem Gesicht schwang nun eine Dosis Ehrfurcht und Verwunderung mit.

«Mir auch nicht», gab der Kommandant zu. «Aber man kann nie wissen, wozu die Vertreter des Hohen Rates fähig sind.»

Myron begann nun leicht zu zucken und zu summen. Er hatte die Augen noch immer geschlossen, doch stand er nun langsam auf und hob die Arme. So stand er eine Weile da, bevor er zusammenzuckte und die Augen aufriss.

«Ich spüre etwas Unheilvolles näherkommen», begann er mit heiserer Stimme. Seine Augen benebelt, als würde er noch immer an einem anderen Ort verweilen. «Es ist etwas Mächtiges, ich kann es nicht genau zuordnen.»

«Ich versteh nicht ganz», meinte Joe irritiert.

«Es ist eine deutliche Verschiebung in der Energie, die ich spüre», sprach Myron leise weiter. «Es ist ein geballter Knoten der astralen Kräfte. Es scheint seine Umgebung durchzuwirbeln.»

«Könnte es sich um einen der Priester des Hohen Rates handeln? Haben sie uns vielleicht bereits Hilfe geschickt?», ein leichter Hoffnungsschimmer huschte über Núdans Gesicht.

«Nein, dafür ist die Macht um ihn herum zu konzentriert. Wie ungern ich es zugebe, es muss etwas Mächtigeres sein.»

Eine weitere Lasersalve erschütterte den Boden und ließ ein weiteres Lämpchen in der Mitte des Konferenztisches aufleuchten. Der zweite Schildgenerator war ausgefallen, nun blieben nur noch zwei weitere, welche das Schiff vor dem endgültigen Untergang schützten. Würde das so weitergehen wären sie in wenigen Stunden nichts weiter mehr als ein Häufchen Altmetall im All.

«Erkennst du wenigstens, ob es sich um eine Waffe, einen Menschen oder sonst etwas handelt?» Die Verzweiflung war

Núdan wie ein Leuchtfeuer anzusehen. Und Joe hatte die schlimme Vermutung, das Núdan wusste, was da auf sie zukam, es aber einfach nicht glauben wollte.

«Nein, ich spüre nur die Störung in der Macht. Doch handelt es sich sicher nicht um einen Abgesandten des Hohen Rates, dafür ist die dunkle Seite in der Aura zu stark, es muss sich um ein Wesen der anderen Seite handeln.»

Núdans Vorahnung bestärkte sich und sie ließ sich ihrerseits schwerfällig in einen Sessel sinken. Doch sie schwieg und hielt ihre Gedanken noch für sich.

FLUCHT

Funken sprühten auf als die zwei Waffen aufeinandertrafen. Ein weißer, energiegeladener Stab und eine lange, orange Klinge. Der Schweiß stand Brega auf dem Gesicht, während er dem Slug Schlag um Schlag entgegenhielt. Er selbst verfügte zwar über große Kräfte, doch auf Dauer war er der Übermacht der Slugs einfach nicht gewachsen.

Slugs. Sie hatten keine Ähnlichkeiten mit ihren irdischen Namensverwandten, sondern verfügten eher über eine Art humanoide Skelette aus Metall, teilweise mit einem braunen oder schwarzen Panzer überzogen. Darunter pochten stark verweste Organe. Der stinkende Geruch kam überwiegend vom Schleim, der von ihnen herunter tropfte und sich in den Boden ätzte. Diese Viecher waren zugleich eklig und faszinierend. Sie waren ausdauernd und nur auf den Kampf trainiert.

Ihr affenartiger Gang auf allen Vieren taugte für jede Verfolgungsjagd. Sie waren darauf trainiert jede noch so kleine Bewegung ihres Gegners zu studieren und innert kürzester Zeit ihren Kampfstil zu adaptieren.

Slugs. Die perfekten Kampfmaschinen. Oder Todesmaschinen für jeden, der sich ihnen in den Weg stellte.

Doch Brega und Jack waren zwei der besten Nahkämpfer der aktuellen Zeit und so parierten sie Schlag um Schlag. Jacks Magie brachte sie aktuell nicht weiter. Er war noch zu geschwächt, um sie einzusetzen.

Brega währenddessen setzte all seine Kraft und Geschicklichkeit ein, um gegen das Monster anzukämpfen und versuchte seinerseits immer wieder eine Lücke oder ein Muster in ihren Attacken zu erkennen. Insgesamt vier ließen sich durch das Loch in der Decke hinunter in den Raum fallen. Einer der Kreaturen schaffte Jack, während das Wesen durch die Öffnung in der Decke hinunterfiel, einen Arm abzuschlagen, doch nun saß es vor dem Loch in der Wand und versperrte ihnen den Ausweg.

Während Brega versuchte, eine Lücke in der Verteidigung seines Gegners zu finden, drosch Jack, welcher Rücken an Rücken direkt neben ihm stand, ununterbrochen auf einen anderen Gegner ein. Wie es Marius mit seinem Gegner erging, konnte Brega nicht genau erkennen. Nur kurz einmal, als sein Gegner abgelenkt wurde, konnte er einen schnellen Blick auf den Erdling werfen. Er hatte sich hinter dem demolierten Kommandotisch verschanzt und übersäte seinen Gegner mit einer regelrechten Salve aus Bregas Plasmawerfer. Für einen ungeübten Schützen schlug er sich ganz gut, doch sein Gegner schien indes keine Mühe zu haben, die blauen Blitze mit seinem Stab abzuwehren. Im Gegenteil, denn er schien mit einer unaufhaltsamen, für Slugs typisch ruhigen Art in seine Richtung zu marschieren. Als Brega sah, dass der Slug, der Marius bedrängte, den Kommandotisch fast erreicht hatte, riss er seine Waffe hoch, täuschte einen Ausfallschritt vor und sprang mit einem Rückwärtssalto aus der Reichweite des Slugs, der ihn attackierte.

«Zurück Jack!», schrie er, während er abermals einen Schlag, welcher seinen Beinen galt, abwehrte. «Wir müssen zu Marius!»

Jack parierte noch zwei Schläge und rollte sich dann schwungvoll mit einer Hechtrolle zur Seite, unter einem Tisch hindurch. Die Klinge seines Gegners schlug zischend in die metallene Tischplatte und blieb dort gerade lange genug stecken, dass Jack kurz durchatmen konnte. Er drehte sich um, sprang über einen weiteren Tisch und war dann bei Brega und Marius.

Die drei Slugs zogen sich nun ein wenig zurück, während der vierte, welcher sich bisher im Hintergrund gehalten hatte nach vorne trat und mit seinem noch verbliebenen Arm ein Rohr mit einem etwa faustgroßen Durchmesser, hob. Obwohl er keine Ahnung hatte, was das für ein Ding war, lief Marius ein kalter Schauer über den Rücken. Auch Brega und Jack, welche dieses Ding nur zu gut kannten, hoben schützend ihre Stäbe, auch wenn sie wussten, dass sie gegen ein solches Geschütz nichts anrichten konnte.

«Wenn ich jetzt sage», murmelte Brega leise aus dem Mundwinkel zu Marius. «Dann spring.»

Marius nickte leicht, ohne den Blick von den vier Slugs zu wenden. Er war angeekelt und beeindruckt zugleich von den Wesen. Er wusste noch nicht, ob sie rein von Menschenhand geschaffen oder doch lebendige Wesen waren. Das vorderste

Wesen tat noch einen klackenden Schritt auf sie zu, legte sich das Geschütz auf die Schulter und hob die Waffe in Richtung der drei.

«Bereit...JETZT», schrie Brega, warf sich zur Seite und riss dabei Marius gleich mit. Kaum schlugen sie am Boden auf, ertönte zuerst ein unscheinbares Zischen, gefolgt von einem gigantischen Knall. Doch...die drei Gefährten blieben unversehrt. Stattdessen sprangen die drei Slugs, die hinter dem Schützen gestanden waren auf und zogen ihre Stäbe erneut. Jetzt erkannte Brega auch, dass nicht der Slug geschossen hatte, sondern an seiner Stelle nur noch ein rauchender Brandfleck im Boden war.

«Bleibt in Deckung!», schrie Corwin ihnen entgegen, als er durch ein qualmendes Loch in der Wand stieg. In seiner Hand ein ähnliches Geschütz wie das des Slug, nur etwas kleiner. Er ging in die Knie und hob erneut zum Schuss an. Marius musste geblendet den Kopf abwenden, denn das Geschoss, das aus Corwins Geschütz hinausgeschleudert wurde, schien wie ein Kugelblitz aus reiner Energie zu bestehen. Es flog mit dem dumpfen Zischen wie auch vorher schon schnurgerade durch die Luft. Der erste Slug hatte gerade noch Zeit, seine Waffe zu heben, welche unter dem Druck des Geschosses, welches sich nun ausbreitete, einfach brach. Zwei von ihnen warf es durch die Luft und schleuderte sie gegen die Wand, wo sie an den Boden sanken und regungslos liegen blieben. Was mit dem Dritten geschah, konnte Marius nicht erkennen, denn schon rannte er, noch immer den Plasmawerfer in der Hand, über die Trümmer hinweg zu Corwin.

«Beeilung! Runter zu unsrem Schiff, sofort», befahl er, während er das Geschütz wegwarf und eine leichte

Laserwaffe hervorzog. «Keine Ahnung, wie viele der Viecher hier noch herumlungern. Und ich habe keine Lust dies herauszufinden.»

Jack und Brega hatten nun ebenfalls zu ihnen aufgeholt und zusammen rannten sie den Weg zurück. «Irgendetwas hat unsere Kommunikation geortet», schrie Corwin im Laufen nach hinten. Ein helles Kreischen, das Marius das Blut in den Adern gefrieren ließ, übertönte Corwin. Es klang noch weit weg, doch ließ es die vier nochmal schneller rennen.

«Beeilung, Beeilung», trieb sie Corwin an, als sie den Hangar erreicht hatten. «Noch sind wir nicht entkommen. Einsteigen, los!»

Der Schweiß perlte von Corwins Stirn, während er sich auf den Pilotensitz schwang. Die Triebwerke liefen bereits, als Jack noch durch die Türe humpelte. Er war zuvor gestürzt, doch schien es nichts Ernstes zu sein. Brega schmiss die Blackbox, die er zum Glück immer noch unter dem Mantel getragen hatte in die Ecke und schwang sich auf den Sitz des Copiloten, zog sich den daneben liegenden Helm über den Kopf und den Steuerknüppel zu sich hin.

«Achtung, weitere Slugs auf drei Uhr», warnte er.

Und tatsächlich, kaum hatte Corwin die Luke geschlossen und die Energieschilde aktiviert, rannten sechs weitere Slugs auf allen Vieren aus einem breiten Gang. Sie krabbelten und sprangen in einer sonderbaren Art. Zwei von ihnen waren so leichtfertig, sich zwischen sie und die Hangar-Öffnung zu stellen. Dass dies eine schlechte Idee war, lehrte sie Brega sogleich mit den Bordgeschützen. Zurück blieben nur zwei qualmende Aschehäufchen.

Die Triebwerke heulten laut auf als der Jäger beschleunigte und aus dem Wrack hinaus raste. Doch Zeit zum Freuen blieb den Vieren nicht, denn kaum waren sie durch die Öffnung hindurch, lösten sich drei leichte Jäger aus den Schutthaufen und nahmen die Verfolgung auf. Slug-Jäger. Das erklärte auch wie sie auf dieses Wrack gekommen waren. Vermutlich gehörten sie zu einem Trupp Banditen, wer weiß wie viele sich noch in den Gängen herumtrieben. Corwin verfluchte sich selbst, dass sie so leichtfertig sein konnten und nicht bemerkt hatten, dass sie nicht allein waren. Er verfluchte sich selbst, dass sie blauäugig dem Kodex gefolgt waren, das Schiff zu untersuchen, ohne die Möglichkeit eines umfassenden Schutzes.

«Jetzt zeig mal, was du draufhast», forderte ihn Jack auf, welcher noch immer schmerzverzerrt das Gesicht verzog.

«Gut festhalten auf den hinteren Plätzen», entgegnete Corwin mit einem breiten Grinsen. Sie hatten keine Zeit mehr, sich zu ärgern wie sie so blauäugig in das Wrack hineinspazieren konnten.

Grüne Laserstrahlen zischten an ihnen vorbei. Einer der drei Verfolger nahm sie direkt ins Visier, während die zwei anderen versuchten, sie von der Seite in die Mangel zu nehmen. Doch hatten die Gegner den Weg nach oben vergessen, was Corwin nicht gerade ungelegen kam. Er zog den Steuerknüppel zu sich hin, vollführte dadurch eine weite Rückwärtsrolle und brachte sich direkt hinter ihren Verfolger. Brega aktivierte nun die automatische Zielerfassung und feuerte gleich eine rasche Feuersalve auf ihren Gegner, welcher in einem glühenden Ball verschwand.

«Das war Nummer eins», zählte Corwin grinsend. Er war in seinem Element.

Marius blickte derweilen, begierig etwas zu lernen, auf jeden Handgriff, den Corwin oder Brega ausführten. Für ihn fühlte sich das wieder eher wie ein Computerspiel an. Währenddessen war das zerstörte Wrack, welchem sie soeben entkommen waren, nur noch als kleiner Punkt in der Ferne zu erkennen.

Die beiden anderen Jäger waren nun etwas vorsichtiger und flogen synchron zueinander zu beiden Seiten weg. Während Corwin versuchte dem einen hinterher zu steuern nahm sie der zweite ins Visier. Die Lenkrakete, die er auf sie abfeuerte, verfehlte sie knapp, doch das Kreuzfeuer seines Bordgeschützes traf sie frontal. Ihr Schiff erzitterte, und Jack verzog schmerzverzerrt das Gesicht, als die Geschosse vom Schild absorbiert wurden, sie aber ordentlich durchschüttelte. Die Darstellung ihres Raumschiffs auf dem Monitor vor Brega wechselte nun von Grün zu Gelb.

«Oh Mist», murmelte Corwin leise. «Wird Zeit, dass wir dem ein Ende bereiten.»

Er erhöhte den Schub auf einmal wieder, stabilisierte den Jäger und raste auf einen nahen Meteoritenschwarm zu. Die Konzentration war Corwin anzusehen, als er direkt in den Meteoritenschwarm hineinsteuerte und nur knapp einem von der Seite kommenden Gesteinsbrocken ausweichen konnte. Trotzdem wurden sie erneut heftig durchgerüttelt. Doch es schien sich zu lohnen. Einer der Jäger, der dicht hinter ihnen geflogen war, kollidierte mit dem Meteoriten und verschwand ebenfalls in einer heißen Gasmischung.

«Das war Nummer zwei»

«Den letzten überlass ich dir Brega», meinte Corwin mit einer großzügigen Geste und schaltete die manuelle Steuereinheit um, so dass nun Brega die volle Kontrolle über das Jagdschiff besaß und wischte sich seine Stirn ab.

«Wirklich nett von dir.» Brega blickte auf den Radar und deutete dann auf einen schnell näher kommenden Punkt auf dem Bildschirm. «Scheint mir, als wollte hier noch jemand mitmischen.»

«Was machen die denn hier?», fragte nun Jack ungläubig von der Rückbank.

«Wer?» Marius blickte nun zum ersten Mal von den beiden Piloten weg und zu Jack.

«Das ist ein Schiff des Hohen Rates!», meinte Jack verwundert. «Ich kenne die Signatur ihrer Schiffe.»

Und tatsächlich. Während sie näher flogen, konnte nun auch Corwin erkennen, dass es eines der Schiffe von Calthyn, dem Regierungssitz des Hohen Rates war.

Auch der Jäger, der sie verfolge, schien dies bemerkt zu haben, denn kaum war der Neuling erschienen, trudelte er kurz und versuchte zu fliehen, doch wurde er sogleich von den Bordgeschützen des Kreuzers erfasst und eliminiert. Sie drosselten ihren Schub und glitten langsam aufeinander zu.

«Sieht so aus, als wollten sie, dass wir an Bord kommen.» Brega deutete auf den geöffneten Hangar.

«Na, dann wollen wir mal», forderte Corwin ihn auf. Das Schiff war allein unterwegs hier draußen im All. Vermutlich war es ein Spähschiff, das seinerseits die Signatur ihres Schiffes wahrgenommen hat.

Marius lehnte sich noch immer staunend vor und betrachtete das Raumschiff. Es war zwar um einiges kleiner als Fawn, doch glitt es ebenso majestätisch durch die Weiten des Alls.

NOMADE

Wie ein wogendes Meer aus Sand fegte der Sandsturm bereits über sie hinweg. Die Windböen rüttelten den Gleiter trotz der Energieschilde erheblich durch und Gabor musste sich allein auf den Radar und Erwins Führung verlassen, um die alte Ruine zu finden, von der sein Freund gesprochen hatte. Selbst mit eingeschalteten Frontscheinwerfern sah man nicht viel weiter als ein paar Meter.

«Haltet die Augen offen», meinte Gabor überflüssigerweise. Er reckte sich trotzdem, damit er besser über den Rand des Gleiters hinwegsah. «Weniger als einen halben Kilometer vor uns soll der alte Altarplatz liegen.»

«Ich habe ihn», meldete Erwin nach einer Weile über Funk. Die Verbindung knirschte. Er war bereits vorausgeflogen, um die Gegend zu erkunden. «Folgt meinem Signal, dann könnt ihr ihn nicht verfehlen!»

Zuerst schien es, als wären sie an ihrem Ziel vorbeigeflogen, da der Sandsturm einfach zu dicht war um etwas auszumachen.

«Da ist er!», schrie Heloise plötzlich auf. Erwin hatte recht gehabt mit dem nicht verfehlen können. Denn auf einen Schlag tauchten massive Felsen aus den Sandwogen auf. Die riesigen Blöcke ließen einen Steinkreis erahnen. Jeder einzelne mindestens zwei Stockwerke hoch. Es schien, als würden die Blöcke schweben, da sich der Boden von der sandhaltigen Luft kaum noch unterscheiden ließ. Erst als sie näherkamen konnte Talrik erkennen, dass sich in der Mitte des Steinkreises ein weiterer, etwas flacherer Stein mit einem kleinen Holzunterstand befand, unter welchem Erwins Gleiter parkiert war. Er selbst stand etwas weiter hinten und winkte ihnen mit vor dem Gesicht gepresstem Schal zu.

Sanft setzte Gabor auf dem Sandboden auf, deaktivierte die Schilde und fuhr die Kabinenhaube zurück. Sofort blies ihnen der harsche Wind ins Gesicht und der Sand rieb wie Schmirgelpapier über ihre Haut. Gabors Haare waren sofort gelb vom Sand. Der Unterstand hielt zwar den meisten Sand ab, trotzdem pfiff immer noch eine gehörige Menge durch die Spalten zwischen den Brettern, welche nur notdürftig abgedichtet waren.

«Erwin alter Freund!», rief Gabor seinem Kollegen entgegen, welcher ihnen nun entgegeneilte. «Schön dich endlich wieder zu sehen!»

Die beiden Grimboors klopften sich gegenseitig auf die Schulter, bevor sie sich Heloise und Talrik zuwandten.

Gabor stelle ihm nun Talrik und Heloise vor.

«Hat dieser verlassene Ort einen etwas windgeschützteren Fleck?», fragte Gabor endlich, als sie sich gegenseitig begrüsst hatten und spuckte etwas Sand aus. «Hier draußen wäre es ziemlich ungemütlich zu übernachten.»

«Da sollte ein Altarraum sein», sagte Erwin zur Freude seiner Gefährten. Er sah im Wesentlichen aus wie Gabor, nur dass sein Fell etwas grauer war und er statt wie Gabor, welcher einen Lederschurz trug, sich eine leichte Lederrüstung umgelegt hatte. «Gleich hinter meinem Scooter führt ein niedriger Gang hinab.»

Der Wind pfiff heulend durch die Bretterspalten als Talrik geduckt hinter den andern hermarschierte. Er hatte sich zwar schon einige Male gewünscht, die Wüste zu sehen, doch sicher nicht während einem Sandsturm auf einem anderen Planeten!

«Achtung, der Gang wird hier vorne etwas enger, aber trotzdem noch gut begehbar», kam es von Erwin, welcher an der Spitze marschierte. Und wenn ein Grimboor meinte, dass ein Tunnel gut begehbar ist, dann sollte man sich nicht zu stark darauf verlassen, wie Talrik kurz darauf erfuhr. Der Tunnel war zuerst nichts als ein Spalt im Felsen, welcher dann etwas niedriger wurde, so dass Talrik, selbst wenn er den Kopf einzog, aufpassen musste, um nicht ebenjenen an der Decke anzuschlagen. Nach etwa zwei Metern ging der Spalt in einen von Hand gemeißelten Tunnel über. Der Gang vollführte einen scharfen Knick bevor er vor einem Fellvorhang endete. Das durch den Sandsturm sowieso getrübte Tageslicht drang nicht mehr so weit vor, sodass Gabor und Erwin den Weg mit Handlaternen ausleuchteten. Trotzdem konnte Talrik im schwachen Licht erkennen, dass die Felle keinesfalls alt waren, wie sie hätten sein müssen, wenn diese Ruine hier tatsächlich verlassen war. Erwin schob die Felle auseinander und prallte sogleich zurück. In dem niedrigen Raum vor ihnen brannte in der Mitte ein Feuer.

Daneben lag ein Beutel mit frischen Esswaren. Sie waren nicht alleine hier.

«Stare ruho!» Kaum war Talrik in den Raum getreten wurde sein Kopf nach hinten gerissen. Er fühlte einen kalten, scharfen Gegenstand, wie auch schon bei seiner Landung auf diesem Planeten, an seiner Kehle.

«*Muro eno Nuo e Frio!*», sprach die Stimme hinter Talrik, die Klinge immer noch an seinem Hals. «Tut mir leid für die Unannehmlichkeit, aber es ist zu eurer und meiner eigenen Sicherheit.»

Der Griff lockerte sich etwas, so dass Talrik seinen Kopf etwas senken konnte und den am Boden kauernden Erwin sah. Dieser war sofort zur Seite gehechtet und hatte einen kleinen Plasmawerfer auf den Fremden angelegt.

«Legt die Waffe nieder Grimboor, es ist zu eurem eigenen Wohl», murrte die Stimme ziemlich bestimmt. Talrik konnte immer noch nicht erkennen, wer es war.

Gabor war ebenfalls mit erhobener Waffe nähergeschlichen.

Ein heiseres Lachen ertönte, bevor die scharfe Klinge aus Talriks Blickfeld verschwand. Vorsichtig, jeden Moment darauf vorbereitet eine Klinge in den Rücken gestoßen zu bekommen, machte Talrik einen Schritt zur Seite und drehte sich um.

«Wer seid ihr?», fragte Gabor, die Handfeuerwaffe immer noch erhoben. «Was macht ihr hier?»

«Mein Name braucht nichts zur Sache zu tun», erklärte der Fremde. Talrik hatte sich umgedreht und musterte ihn nun eindringlich. Er besaß eine muskulöse Figur. Seine gelblichen Augen blitzten unter seinem dichten dunklen Haarschopf hervor. In seiner Linken lag ein langer, dünner Dolch.

Zusätzlich lehnte neben ihm ein ovales Metallgestänge an der Wand, dessen Sinn Talrik nicht genau entziffern konnte. Es sah aus, wie ein mittelalterlicher, metallverstärkter Holzschild, bei dem man schlichtweg das Holz vergessen, dafür aber diverse dünne Drähte eingearbeitet hatte. «Ich bin ein Angehöriger der Nomadenstämme des Südens. Man hat mich damit beauftragt euch abzufangen und eine Botschaft zu übermitteln.» Der Fremde sprach so ruhig als wäre nicht er, sondern die Grimboor, Talrik und Heloise die, auf welche zwei tödliche Handfeuerwaffen gerichtet waren.

«Doch senkt nun bitte eure Waffen», sprach er mit einem Lächeln weiter. «Ich mag es nicht, wenn ich bei einem Gespräch ständig in den Lauf dieser Dinger schauen muss.»

Auf ein Nicken von Heloise hin kamen Gabor und Erwin widerstrebend seiner Aufforderung nach und steckten sich die Waffen wieder in den Gürtel. Das Halfter jedoch geöffnet, so dass sie sie jederzeit wieder greifen konnten.

Der Fremde trat näher und ließ sich neben dem Feuer auf seinem Fell nieder. Mit einer Geste bot er den Vieren die anderen Felle an, welche kreisförmig um das Feuer herum verstreut waren. Argwöhnisch traten erst die Grimboor, dann Talrik und Heloise vor, um sich zu dem Fremden zu setzen.

«Wer seid ihr?», fragte Erwin, den Fremden aufmerksam musternd, erneut. «Soviel ich weiß, ist dieser Altar hier schon längst verlassen und auf einer Handelsroute liegt er schon gar nicht. Wie habt Ihr uns hier gefunden und was wollt ihr?»

Der Schein des Feuers warf die hünenhafte Gestalt des Mannes vergrößert an die Wand und ließ ihn noch breiter erscheinen.

«Mein Stammesoberhaupt Havok hat mich geschickt, um euch hier abzufangen, Meister Gabor.»

Gabor sprang gleich wieder alarmiert auf. «Außer uns wusste niemand, wo wir hindurch reisen und außerdem war der Zwischenhalt hier nicht geplant», rief er aufgebracht und seine Finger zuckten bereits wieder in Richtung der Waffe. «Wo sind deine Kollegen? Wenn ihr uns schon überfallen wollt, dann stellt euch wenigstens dem Kampf.»

«Nur die Ruhe», beschwichtigte ihn der Mann. «Ich gehöre keiner Banditenbande an. Wie gesagt, ich bin ein Nomade.»

Der Mann legte seinen obersten Mantel ab und knöpfte sich ein Lederband vom Hals. Hervor kam ein kleiner, auf einer Seite geschliffener, an eben jenes Band geknüpfter Stein.

«Was ist das?», fragte Talrik mit einem Nicken in Richtung des Steines. Der Stein leuchtete in einem schwachen Grün. Es schien, als wäre ein kleines Lichtbündel im Innern des Steines eingeschlossen. Auf der geschliffenen Vorderseite war ein schwarzes, kompliziertes Muster eingeschliffen.

«Es ist ein Auron», erklärte der Mann freundlich. Trotzdem half Talrik dies nicht weiter und so beließ er es dabei, abzuwarten, bis Gabor das Amulett fertig untersucht hatte. Dieser nahm den Stein in die Hände und untersuchte erst das Lederband. Es war makellos aus sechs verschiedenen grauen Ledern geflochten, die elegant den Stein in ihrer Mitte umschlossen. Vorsichtig schloss er die Hand darum und zuckte sofort zurück, als es zu Qualmen begann. Selbst jetzt, wo er es nur noch am Bändchen hielt, stieg ein schwarzer Rauch auf und das matte Grün ging schlagartig in Blutrot über. Das Zeichen indessen pulsierte kurz weißlich, bevor es mit dem Rest des Steines sprichwörtlich zu verdorren anfing.

Der Stein schien wie ein Apfel, den man zu lange in der Sonne liegen gelassen hatte in sich zusammen zu schrumpeln. Nur, dass dieser Vorgang hier rasend schnell vor sich ging. Zufrieden reichte Gabor es dem Fremden zurück, in dessen Händen es sich sofort wieder aufblies und seine grüne Farbe zurückbekam.

«Ein Auron ist ein Siegel, das Havok seinen wichtigsten Dienern verleiht», erklärte Erwin nun an Talrik gewandt. «Diese Steine werden aus den Felsmassiven in den Weiten der Wüste geborgen, geschliffen und mit einem magischen Zeichen versehen. Nur die Handwerker der südlichen Völker, welche Havok dem Stammesoberhaupt unterstellt sind, beherrschen die Kunst, die Steine fachgerecht zu schleifen. Wie du gesehen hast, verlieren die Steine in den falschen Händen sofort ihre Farbe und beginnen einen Zerfallsprozess, welcher nur dadurch aufzuhalten ist, dass der rechtmäßige Besitzer den Stein wieder in die Hand nimmt. Bei jedem anderen würde sich dieser Prozess verstärken, bis der Stein in Sand und Staub zerfällt. Dann ist er unwiderruflich verloren.» Talrik, bei welchem das Interesse schon lange geweckt war, musterte den Fremden nun ebenfalls etwas genauer und beobachtete, wie er sich die Kette wieder um den Hals band.

«Da das nun geklärt wäre, kann ich mich auch vorstellen. Ich bin Barko aus der Adelsfamilie Bo. Ich bin der jüngste Sohn und überbringe nur die besten Grüße unserer Stammesoberhäupter. Mein Herr Havok hat mich losgeschickt, um eine Nachricht an den Stamm der Grimboors zu überbringen.»

«Ein Bo also», wiederholte Erwin nachdenklich. «Und warum hat Havok uns Grimboor diese Nachricht nicht einfach per

Funk übermittelt? Es wäre um einiges einfacher und vor allem schneller gewesen.»

«Das wäre es», bestätigte Barko und nahm den Topf vom Feuer. «Doch wurden all unsere Kommunikationsmittel zerstört. Wir mussten unser Lager aufgeben und weiter in den Westen ziehen.»

Der Nomade wartete kurz, doch als außer Heloises verständnislosem Blick keine Antwort kam, fuhr er fort mit seiner Erzählung. «Wir wurden vor ein paar Monden von riesigen Kreaturen angegriffen, welche den Berichten der Nordnomaden ähneln. Steinwesen, groß wie zwei Männer. Sie haben unsere Barrikaden einfach überrannt und sind in unser Lager eingedrungen. Es war bereits früher Morgen und die Truppen waren schon bereit für einen Marsch ins umliegende Gelände. Das heißt, alle Geschütze waren besetzt und unsere Piloten ausgerüstet.»

«Und dann? Was war passiert? Wie viele waren es?»

«Es waren fünf dieser Kreaturen», antwortete Barko niedergeschmettert. Sein Gesichtsausdruck verhärtete sich «Man stelle sich das mal vor! Nur fünf dieser Wesen haben unser gesamtes Lager überrannt und vernichtet, obwohl wir Kampfbereit waren! Sie wuchsen stellenweise einfach aus dem Sand und Fels empor und trotzten unseren Waffen. Nur eines dieser Wesen konnten wir beim Überfall vernichten. Dafür haben die anderen vier nur noch mehr herumgewütet. All unsere Verteidigungsanlagen wurden demoliert und ausgeschlachtet, bis kaum noch ein funktionsfähiges System stand. Erst am späten Nachmittag sind sie wieder abgezogen. Wir wissen noch nicht warum, doch vermuten wir, dass es eine Machtdemonstration war. Denn sie haben weder etwas geplündert noch unser Gebiet besetzt.»

«Und wo ist euer Stamm jetzt?», fragte Gabor leise. «Wie viele haben überlebt?»

«Havok ist mit den verbliebenen Männern auf den Weg in den Westen zu den dortigen Stämmen aufgebrochen, um bei ihnen Zuflucht zu finden. Ich hingegen wurde geschickt, um euch zu unterrichten.»

«Dann ist das Ganze also doch noch ernster als gedacht.» Gabor blickte mit Stirnrunzeln in den flackernden Schein des Feuers. «Wir werden gleich morgen aufbrechen. Wir müssten so schnell wie möglich eure Nachricht überbringen. Sie könnte Leben retten. Willkommen bei uns Barko.»

Die Gesichtszüge des Nomaden entspannten sich ein wenig und er lehnte sich erschöpft zurück

Q U O N O

Das Schiff, das ihnen entgegenkam, schien aufgeblasen wie ein Kugelfisch im dunklen Meer. Rund um seinen Rumpf waren dutzende Geschütze verteilt, die nun noch immer drohend in die Richtung zeigten, aus der das kleine Raumschiff von Marius, Brega, Corwin und Jack geflogen kam. Auf der Seite war der Hangar weit geöffnet und der Energieschild um das Schiff herum riss kurz auf, um dem kleinen Schiff Durchlass zu gewähren.

Langsam glitten sie hinein und die Tore schlossen sich wieder hinter ihnen. Der Raum war noch leer, als sie ausstiegen, doch sogleich zischte eine Türe auf und ein dutzend grau gekleideter Männer stürmten in den Raum und fächerten sich um sie herum auf. Ein schallendes Lachen durchbrach sogleich die angespannte Stimmung. «Brega, Jack!», rief eine Stimme von weiter hinten. «Wie schön euch zu sehen!»

Der Mann mit der herzlichen Stimme war kräftig gebaut, besaß mausgraue Haare und eine Uniform, welche darauf schließen ließ, dass es sich um den Anführer handeln musste. Lächelnd kam er auf sie zu und umarmte Jack.

«Quono», entgegnete dieser ebenfalls freudig. «Welch eine Überraschung!»

Nach einer herzlichen Begrüssung der anderen Anwesenden und einer Vorstellung von Quono als den Kriegsstrategen des Hohen Rates, wurden sie in einen großen Raum geführt und verköstigt, noch bevor Marius überhaupt eine Frage stellen konnte.

Satt und unterdessen deutlich wohler lehnte sich Marius zurück und wartete bis auch die anderen ihr Mahl beendet hatten. Eins musste man den Köchen hier sowie auf Núdans Schiff lassen: Das Essen war einfach so was von köstlich. Wenn er es da mit den Mittagsessen im Internat verglich... unwillkürlich musste er an die Erde denken. Vor ein paar Tagen, als er noch da lebte, wusste noch niemand von anderen Lebensformen im All. Man dachte, die Erde sei der einzige bewohnte Planet überhaupt und wenn es doch irgendwo etwas gab, dann höchstens Mikrobakterien oder Einzeller. Stattdessen jedoch herrschte hier ein reges Netzwerk von bewohnten Planeten. Man konnte von einer Galaxie zur anderen reisen ohne viel Zeit zu verlieren. Und die Erde schien dabei noch der einzige Planet zu sein, welcher nicht in dieses Netzwerk eingegliedert war. Außer vielleicht ein paar einzelnen Personen, die davon wussten, wie Sandor, was aber immer noch nicht sicher war. Selbst wenn, dann hätte dies für ihn keinen Sinn ergeben.

Der betörende Duft von Brathuhn und Kartoffeln hing noch immer in der Luft und lenkte ihn immer wieder ab, als Marius versuchte sich zu erinnern, wem dieses Bild da an der Wand glich. An der Saalwand hingen insgesamt zehn Portraits von Männern und Frauen in Uniformen und Marius' Blick blieb auf einem dieser Bilder hängen.

«Es wird Zeit über das Geschäftliche zu reden», riss ihn Quono aus seinen Gedanken. «Wir werden demnächst an unserem Ziel ankommen, doch bevor ich euch - obwohl ich Jack und Brega kenne - verraten kann, warum ich hier bin, muss ich erst wissen, ob die anderen beiden auch vertrauenswürdig sind.» Er wandte sich an Brega und deutete auf Marius und Corwin.

«Das sind sie», versicherte Jack sofort. «Corwin ist unser Pilot und steht schon viele Jahre in den Diensten von Núdan, auf ihn ist immer Verlass.»

«Und in den anderen solltet Ihr eh Vertrauen haben», meinte Brega spitz und winkte mit dem Dessertlöffel zu Marius. «Auf ihm liegt die ganze Hoffnung der Rebellen und des freien Volkes, das Keyathuz noch nicht unterworfen hat. Das ist Marius, der Auserwählte. Wenn Ihr jemandem vertrauen solltet, dann einzig ihm.»

«Sieh an, sieh an», entgegnete Quono leicht belustigt. «Dann sind die Gerüchte also wahr und wir haben einen Erdling unter uns.»

Marius zuckte nur mit den Schultern. Was sollte er auch entgegnen.

«Was hattet ihr da draußen vor, und warum war dieser Slug-Jäger hinter euch her?»

«Wir waren auf dem Weg von Calandra nach Kadaan, wo Núdan auf uns warten wollte, damit wir wieder an Bord kommen können», erzählte Jack. «Wir sind Calthyn nicht direkt angeflogen, da wir von einer Blockade durch Keyathuz Schiffe erfuhren. Deshalb wollten wir auf Kadaan einen Zwischenhalt einlegen, um dann Calthyn von der Rückseite anzufliegen und in der Einöde des Planeten zu landen.»

Quono forderte ihn mit einer Geste auf, weiterzusprechen.

«Wir waren auf dem Weg nach Kadaan, als wir ein Wrack im All treiben sahen. Es sah komplett verlassen aus. Als wir jedoch da nachschauen wollten, wer oder was das Schiff so zugerichtet hatte, stellte sich der ganze Koloss als ein einziges Nest voll Slugs heraus. Wir konnten durch ein rechtzeitiges Eingreifen von Corwin fliehen. Zwei Jäger konnten wir bereits vernichten als dann Ihr dazwischengekommen seid.»

Quono musterte sie alle und Brega kramte die Blackbox unter seinem Mantel hervor. «Diese konnten wir noch sicherstellen. Ich übergebe sie euch.»

Quono nahm sie dankend entgegen.

«Wie es scheint, haben wir das gleiche Ziel», sprach er dann. «Nur mit einem anderen Grund. Eurer ist derjenige, wieder auf das Schiff zu kommen und meiner, das Schiff zu retten.»

«Wie meint ihr das?», fragte Corwin irritiert. «Was meint ihr mit das Schiff retten?»

«Es ist kein Zufall, dass wir hier sind» fuhr Quono fort. «Wir waren auf Rettungsmission als wir euch gefunden haben. Wir haben einen Notruf erhalten, welchen ich nur auf ein Schiff zurückverfolgen kann, auch wenn ich es sehr bedaure, doch muss es sich um Fawn handeln. Der Notruf war an den Hohen Rat persönlich gerichtet und nur wenige Menschen besitzen die Macht, eine Nachricht auf dieser Ebene zu versenden, daher wurde auch gleich eine kleine Armee losgeschickt. Ich bin ihr Anführer.»

Jack sprang auf. «Ein Notruf von Fawn?» Er stieß die Schüsseln vor ihm um, so aufgebracht beugte er sich über den Tisch. «Das kann nicht sein.»

«Wir haben nur euer Schiff gesehen?», fragte Corwin irritiert, welcher im Angesicht dieser Nachrichten ebenfalls ein bisschen nervös schien. «Wo ist der Rest der Unterstützung?»

Es wurde still im Saal, als Quono zu erzählen begann. «Wir kennen diese Blockade von Keyathuz' Häschern bereits und hatten unsere Schiffe bereits losgeschickt, um sie zu zerschlagen. Das war der Grund, warum wir bereits kampfbereit unterwegs waren», begann er. «Wir haben dann den Notruf von Fawn erhalten. Es schien, als wären sie in der Region von Kadaan in einen zweiten Hinterhalt geraten. Meine Schiffe sind bereits dahin unterwegs. Ihr hattet Glück, dass Fawn uns ebenfalls einen Korridor in eure Richtung übermittelt hatte mit dem Hilferuf, auch euch zu suchen.»

Marius lief es kalt den Rücken hinunter. Er war nur kurze Zeit auf der Fawn gewesen, doch waren ihm die Leute dort bereits ans Herz gewachsen. Er hoffte, dass die Lage nicht so schlimm war, wie es sich für ihn anhörte.

«Vor wie langer Zeit habt ihr den Notruf erhalten?», fragte Jack.

«Das war vor etwa sechs Stunden», antwortete Quono nach einem Blick auf die Uhr. «Wir sind direkt losgeflogen. Unsere Schiffe sollten demnächst auf Kadaan eintreffen.»

Jack überlegte. Wenn sie innerhalb der nächsten Stunden auf Kadaan ankamen, würde vielleicht noch etwas von Fawn übrig sein. Denn trotz des defekten Triebwerkes besaß Fawn einen außerordentlichen Schildgenerator und mehrere recht eindrucksvolle Bordgeschütze, mit welchen sich das Schiff wehren konnte. Trotzdem blieb noch ein großes Restrisiko, denn gegen eine zu große Übermacht konnten selbst Núdan und Joe nichts ausrichten. Auf einmal stieß ihm das Essen säuerlich auf.

«Habt Ihr einen Bericht, was die Streitmacht der Gegner anbelangt?», fragte er nachdenklich.

«Keine genauen Angaben», gab Quono zu. «Der Hilferuf war sehr knapp. Wir werden in gut einer Stunde bei Kadaan eintreffen, das heißt, dass wir jederzeit auf gegnerische Schiffe stoßen könnten. Jack, ich überlasse die Entscheidung euch, ob ihr uns hier auf dem Schiff oder in eurem eigenen Jäger beistehen wollt. Wir können zusätzliche Feuerkraft benötigen»

Jack nickte bedächtig. «Ich schlage vor, dass wir uns aufteilen. Marius und ich bleiben hier an Bord, während ihr zwei, Corwin und Brega mit unserem Jäger hinausgeht und zusammen mit Quonos Schwadronen unsere Flanken schützt.»

Corwin und Brega nickten, worauf ihnen Quono ein kurzes Briefing gab und sie dann abschwirrten. Er selber tauschte noch ein paar Worte mit Jack und machte sich dann ebenfalls auf, um seinen Platz auf der Brücke einzunehmen. Zurück blieben Jack und Marius, welche in Kürze abgeholt werden sollten. Eine bedrückende Stille legte sich über sie, als sie so dasaßen. Marius versank in seinen Gedanken und ließ den Blick abermals über die Portraits an der Wand schweifen, bis sein Auge wieder auf dem Portrait vom alten, weißhaarigen Mann hängen blieb.

«Kennst du diesen Firs?», fragte Marius Jack nach einer Weile und deutete auf das Bild an der Wand. «Ich habe das Gefühl, dass er mir bekannt vorkommt.»

«Er war ein strategisch hoch begabter Kriegsführer des Hohen Rates, welcher stets das Beste für das freie Volk und die Rebellen wollte und daher auch ziemlich beliebt war», erzählte Jack und musterte das Bild an der Wand nun ebenfalls. «Ich habe ihn nie so gut gekannt, da ich damals noch in der Ausbildung als Pilot in der Rekrutierungsgruppe auf meinem Heimatplaneten war.»

Schweigend warteten sie nun nebeneinander, jeder seinen eigenen Gedanken nachgehend. Die Minuten strichen langsam vorüber und vor dem großen Fenster zog die dunkle Finsternis und weit entfernte Planeten als schwach glühende Punkte vorüber.

Es herrschte nun ein reges Treiben auf den Gängen, als Marius und Jack endlich von einem Bediensteten abgeholt und zu Quono auf die Brücke gebracht wurden.

«Ich denke, es ist besser, wenn ihr beide hier bei mir auf der Brücke seid, sodass ich euch immer auf dem Laufenden halten kann», meinte Quono mit einer freundlichen Aufforderung auf zwei der Sessel hinter sich, von wo sie einen hervorragenden Blick auf das geschäftige Treiben an den Konsolen hatten und gleichzeitig durch die große Fensterfront nach draußen sehen konnten.

Neugierig über all das hier setzte sich Marius auf einen der Sessel und begutachtete die Instrumente und Bildschirme vor ihm auf dem Tisch. Alles hier auf diesem Schiff schien in einer speziellen Art von Eleganz geschaffen zu sein.

198

«Wie lange noch, bis wir auf Kadaan eintreffen?», wollte Jack wissen.

Der Kriegsstratege deutete auf einen der Bildschirme. «Noch vier Minuten, dann sind wir in der direkten Umlaufbahn des Planeten.»

Jack warf einen Blick auf den Bildschirm und verglich dann die Koordinaten des Planeten mit den ihrigen. «Ich saß zwar erst selten am Schaltpult eines schweren Schlachtkreuzers, doch reichen meine Kenntnisse durchaus aus, um zu erkennen, dass hier weit und breit niemand außer unserem und zwei weiteren Schiffen eurer Flotten sind.»

Quono drückte mehrere Knöpf neben dem Bildschirm. Doch das Ergebnis war immer dasselbe. Drei grüne Punkte pulsierten auf der Fläche und etwas weiter entfernt sah man den Umriss von Kadaan mit den dazugehörigen Koordinaten. Quono warf Jack einen langen Blick zu und Marius spürte, dass hier etwas nicht stimmte.

«Nehmt sofort Kontakt mit unserem Flaggschiff, der Borweg, auf!», befahl er. «Statusabfrage und kommandiert sie sofort hier hin.»

«Negativ Sir», antwortete der Angesprochene nach mehreren Sekunden. «Ich kann das Schiff nicht erreichen, entweder befindet es sich außerhalb unserer Reichweite oder unsere Kommunikationsstrahlen sind blockiert. Sie antworten nicht.»

Quono haderte nicht lange. «Alle freie Energie in die Schildgeneratoren.»

Augenblicklich erfüllte ein Summen den Raum und im hinteren Teil begann eine gigantische Lichtsäule zu pulsieren.

«Die Borweg», erklärte er an Jack und Marius gewandt. «ist unser Flaggschiff unter dem Kommando von Kommandant Elias. Sie hätten bereits seit zehn Minuten in der Umlaufbahn von Kadaan sein und dort bereits in die Geschehnisse eingreifen oder sonst über Funk mit uns Kontakt aufnehmen sollen. Doch weder das eine noch das andere ist eingetreten», erklärte ihnen Quono hastig die Situation. «Und da wir bis jetzt auch noch keinen feindlichen Truppen begegnet sind, vermute ich, dass sie noch irgendwo dort draußen aufgehalten werden ohne uns kontaktieren zu können.»

«Und was ist mit Núdans Schiff», fragte Jack verunsichert. «Seht ihr eine Spur von ihnen?»

«Nein», sprach der Kriegsstratege vorsichtig. «Wir empfangen keine Signatur von ihnen.»

«Wir haben auf der Oberfläche ein Wrack festgestellt», unterbrach einer der Offiziere und schaltete seine Daten auf den Hauptbildschirm. «Nur können wir noch nicht genau feststellen ob noch Personen an Bord sind oder nicht. Ich denke wir sollten einen Trupp da hinunterschicken.» Ein stark herangezoomtes Bild erschien vor ihnen.

Das Blut schien Jack in den Adern zu gefrieren und sein Verstand weigerte sich, das Bild zu akzeptieren. Er kannte dieses Schiff; nur eines besaß diese auffallende, leicht rundliche Form. Sie waren zu spät gekommen. Es war ihr Schiff. Fawn.

WEITERREISE DURCH DIE WÜSTE

Es war noch dunkel in der Höhle und das Feuer glühte nur schwach, so dass Talrik einen Moment brauchte, um etwas zu erkennen. Seine Gefährten schliefen noch um ihn herum. Er konnte nicht mehr schlafen, zu viele Emotionen und Gedanken schwirrten ihm noch durch den Kopf. Er stand leise auf und schlich sich nach draußen. Die Luft war angenehm kühl, der Sturm hatte sich gelegt.

Er atmete zweimal mit geschlossenen Augen tief ein und aus. Die kühle Luft half ihm sich zu beruhigen. Er öffnete die Augen und blickte hoch in die klare Sternennacht. *Irgendwo da draußen ist die Erde,* dacht er sich, *so klein und unscheinbar wie jeder einzelne dieser Punkte. Werden wir jemals wieder dorthin zurückkehren und unseren Freunden von dieser Reise erzählen können?*

Er stand eine Weile da und ließ seine Gedanken fließen, als sein Blick auf einmal von etwas eingefangen wurde. Es war zuerst nur ein schwaches Blinken, das dann jedoch schnell wuchs und näherkam. Wie angewurzelt blieb er stehen und ein kalter Schauer lief ihm den Rücken hinunter, als er es erkannte. Es war die gleiche blaue Lichtkugel, die sie bereits auf der Erde im Moor gesehen hatten. Sie schwebte auf einmal einige Meter vor ihm und pulsierte leicht. Sie hatte etwas seltsam Lebendiges und gleichzeitig Vertrautes. Er streckte die Hand aus, doch die Kugel wich zurück und schwebte stattdessen langsam in Richtung der Höhle. Talrik war gebannt von ihrem Anblick und lief ihr nach ohne den Blick abzuwenden. Er hatte keine Furcht mehr. Der Anblick schien stattdessen eine Geborgenheit in ihm auszulösen. Die Kugel hatte etwas Magisches an sich und zog ihn mit sich, so dass er ihr gebannt, einen Schritt um den anderen hinterher ging.

Die Kugel schwebte vor ihm hinab in die Höhle zu seinen Gefährten und erleuchtete sie in einem schwachen Blau. Sie schliefen und schienen das Licht nicht zu bemerken. Er wollte aufschreien, sie warnen, doch seine Stimme versagte. Die Kugel glitt langsam auf Heloise zu, verharrte über ihr und erlosch dann schlagartig.

Ein Grunzen ließ Talrik herumfahren, doch es war nur Gabor, der sich im Schlaf umdrehte. Keiner von ihnen schien etwas mitbekommen zu haben. Talrik rieb sich die Augen und sah sich ungläubig um. *Hatte er sich das soeben nur eingebildet?* Er wartete ab, doch die Kugel erschien nicht mehr.

Der nächste Morgen kam schnell und Talrik schreckte hoch, als Gabor ihn mit dem Fuß kickte. «Aufwachen du Langschläfer!», grunzte er und streckte ihm eine Schüssel voll Brei hin. «Wir müssen beizeiten weiter.»

Gabor und die anderen waren bereits aufgestanden und fleißig am Zusammenpacken. Talrik setzte sich benommen auf und fragte sich, ob er das alles letzte Nacht nur geträumt hatte. Er schlang sein Frühstück hinunter und gesellte sich dann zu den anderen, die mittlerweile bereits draußen warteten. «Guten Morgen», begrüßte ihn Heloise und schaute ihn fragen an. «Du siehst ziemlich mitgenommen aus. Nicht gut geschlafen auf dem harten Boden?»
«Ach passt schon», entgegnete Talrik. Er entschied sich, nicht zu erzählen was er letzte Nacht gesehen hatte. Vielleicht war es ja nur ein Traum.
Gabor und Erwin waren bereits daran, die Sturmschäden zu begutachten und den Staub aus den Triebwerken zu wischen. Von Barko war keine Spur zu sehen. Er sei bereits wieder aufgebrochen, teilte ihm Heloise mit und hob nur die Schultern als Talrik nachfragte, wohin er gegangen war. «Das hat er nicht gesagt», meinte sie. «Aber er hat das hier für dich dagelassen.» Sie reichte ihm das Lederband, das Barko gestern trug. Der Auron war stark vertrocknet und kaum zu erkennen. Als Talrik ihn jedoch entgegen nahm begann er wieder grün zu leuchten und aufzublühen.
«Seltsam» murmelte Heloise. «Er meinte noch, du wirst seinen Zweck im rechten Moment erkennen.»
Bei Talrik hinterließ dies nur noch mehr Fragen. Da Barko aber bereits weg war, blieb ihm nichts anderes übrig als das Lederband umzubinden und Gabor und Erwin beim Reinigen der Triebwerke zu helfen. Der Sand war durch den Sturm in jede Ritze eingedrungen, doch mit vereinten Kräften hatten sie ihn rasch von ihren Fluggeräten runtergeputzt.

Es dauerte nicht lange und da waren sie auch schon wieder unterwegs. Erwin flog bereits hoch oben voraus, um ihnen als zusätzliches Auge aus der Luft zu dienen.

Langsam entschwand der Felskreis hinter ihnen und zurück blieb das Wüstenbild, wie sie es schon am gestrigen Tag gesehen hatten. Sand, Sand und noch mehr Sand, unterbrochen von einzelnen Geröllstreifen, schienen die Dünen endlos und der grüne Horizont kaum näher zu kommen.

Nach einer Weile begann der Funk zu piepsen, bis Gabor auf einen der darauf angebrachten Knöpfe drückte.

«Gabor bitte kommen», meldete sich eine Stimme. «Hier ist eine Durchsage von Soge, hörst du mich?»

«Soge ist ein Kollege von mir im großen Wald», erklärte Gabor zu Talrik gelehnt, bevor er antwortete. «Ja, Gabor hier.»

«Gut, ich sende dir gleich ein paar Daten rüber»

Gabor tippte etwas herum und sofort erschien ein Hologramm zwischen ihm und Heloise. Talrik fragte sich, wie Gabor es schaffte, trotz seines langen Felles die Knöpfe so flink zu bedienen.

«Das sind die neusten Wetterprognosen», erklang Soge, als der Bildschirm aufleuchtete und mehrere verschiedene Linien sichtbar wurden. «Es nähern sich bereits wieder mehrere Schlechtwetterfronten, wenn ich dich wäre, würde ich aufs Gas drücken und rechtzeitig wieder zurück auf den Boden kommen.»

«Wie stark sind diese Winde?», hakte Gabor nach und studierte die Wetterkarte. «Sind es nur Winde, oder bringen sie noch Gewitter mit?»

«Vorwiegend sind es nur starke Winde», erklärte Soge zögernd. «Ich kann das nicht so genau bestimmen, es könnte sich auch ein bisschen Regen oder Hagel dazu mischen.»

Gabor studierte die Karte und blickte dann skeptisch nach hinten zum Horizont, wo sich nichts regte. Dieser Sturm konnte aber ebenso schnell über sie herfallen wie der Gestrige. Er stellte eine Verbindung mit Erwins Scooter her und schickte ihm die Karte, um auch ihn zu informieren.

«Wo befindest du dich im Moment Soge?», fragte Gabor. «Wir werden in ein paar Stunden bei einem unserer Vorposten Zwischenhalt machen, um die brütende Hitze und den Sturm abzuwarten und dann erst wieder so gegen Abend weiterfliegen.»

«Ich befinde mich zurzeit nicht weit vor dem großen Wald, ich werde mich bald wieder in den Schutz der Bäume zurückziehen», antwortete Soge. «Wo willst du hin, nachdem du angekommen bist? Mak ließ verlauten, dass er einen erneuten Angriff auf die Minen planen will.»

«Du musst ihn davon abhalten», befahl Gabor. «Es ist momentan zu gefährlich und zudem müssen wir unsere Einsatzkräfte schonen!»

«Ich weiß genau so gut wie du, wie gefährlich diese Überfälle sind», entgegnete Soge. «Aber das hat uns noch nie abgehalten. Wir zeigen diesen Bastarden wer hier der Stärkere ist.»

«Nicht mehr», hielt ihm Gabor entgegen. «Wir haben hier einen Boten der Nomadenstämme unter Havoks Führung getroffen. Seine Nachricht ist von höchster Wichtigkeit! Lass Mak die Truppen sammeln, aber setzt sie zur Verteidigung des Waldes ein! Nicht zum Angriff.»

«Und warum bitte sehr sollten wir das tun?», fragte Soge, welcher wohl nicht genau zu kapieren schien, worum es ging. «Unsere Grenzen sind bereits mit einer Armee von Geschützen gesichert, seit Keyathuz die Macht in den Dunklen Galaxien übernommen hat.»

«Meinst du etwa, das hatte Havok nicht?», meinte Gabor empört. «Er besaß eine der stärksten Festungen der Nomaden, trotzdem wurde er einfach überrannt und musste fliehen. Der Bote wurde losgeschickt, als Havok zu den verbündeten Zwergen aufbrach, um bei ihnen Zuflucht zu suchen.»

Soge schien kurz zu zögern, denn die Leitung war still und Talrik, welcher gespannt zuhörte, befürchtete schon, dass die Verbindung unterbrochen wurde.

«Meinst du das jetzt ernst?», fragte Soge nach einer Weile. «Havok wurde überrumpelt? Wie viele waren es, die ihn überfallen haben?»

«Es waren nur fünf. Es sind diese Wesen, von denen auch schon die nördlichen Stämme berichtet haben, welche sie aber nur aus der Ferne gesehen haben. Einen von ihnen konnten sie durch Zufall erlegen.»

«Wenn das stimmt... Wie sollen wir uns dann dagegen wehren?» Soge schien es nun zu begreifen. «Wenn es selbst die Nomaden nicht geschafft haben?»

«Sie wurden von ihnen überrascht, wir wissen nun Bescheid und können uns vorbereiten», sagte Gabor bestimmt. «Geh zu Mak und erkläre ihm die Lage. Wir werden es ihm, sobald wir da sind, genauer erklären, doch sollten sie bereits vorbereitet sein. Sag ihnen, sie sollen die Wachen verstärken und zudem Hilfsgüter an Havok senden.»

Soge gab sich geschlagen. «Einverstanden, ich werde ihn davon unterrichten und versuche Mak von seinem Vorhaben abzubringen. Er ist zwar manchmal etwas stur, aber ganz sicher nicht dumm.»

«Danke, wir sehen uns später.»

Nachdem die Verbindung wieder unterbrochen war, herrschte im Gleiter kurz Ruhe, bis Erwin sich meldete.

«Ich habe das Gespräch mitgehört», sprach er. «Wenn Mak wirklich die Truppen sammeln will, um die Minen zu überfallen könnte das böse enden, wenn ihm die Kreaturen auf dem Weg begegnen würden.»

«Da hoffen wir mal das Beste und dass es Soge gelingt, ihn davon abzuhalten», murrte Gabor. Anschließend herrschte wieder Ruhe im Gleiter.

Jeder von ihnen ahnte, dass die Nomaden nicht die einzigen Opfer der Steinwesen bleiben würden, wenn sie nicht rechtzeitig im Wald ankamen.

Die Sonne stieg in die Höhe und hatte schon fast ihren Zenit erreicht, als weit entfernt endlich der erste Vorposten der Grimboors sichtbar wurde. Und dahinter lag noch immer ein rechtes Stück trockene Wüste, bevor sich dann am Horizont ein breiter, grünen Streifen abzeichnete.

Das war also das Reich der Grimboors.

LANDUNG AUF KADAAN

«Team C in den Hangarraum», befahl Quono über Lautsprecher- «Bereitet die Transporter für einen Abstieg auf die Oberfläche vor.»

Marius lief es kalt den Rücken hinab. Er wollte nicht wahrhaben, dass ihre Freunde eventuell dort unten lagen. Das Merkwürdige an dem Bild war jedoch, dass das Schiff noch fast intakt schien. Keine Ahnung also, weshalb es da unten lag. Jack vermutete, dass es sich um eine Notlandung handelte, doch konnten sie dies so gut wie ausschließen, da sonst Bodengefährte oder andere Spuren einer Evakuation zu sehen gewesen wären.

«Ihr glaubt also, dass sich da unten noch Überlebende befinden könnten?» Marius hatte sich langsam aus seiner Erstarrung gelöst.

«Die Chancen sind gering», gestand Quono. «Doch müssen wir nachsehen, ob noch irgendjemand da ist, der unsere Hilfe benötigt. Wir können die Hoffnung nicht aufgeben, dass es Überlebende gibt.»

Marius erschauderte. Ihm wurde erst jetzt bewusst, dass Núdan und all die Leute, die er in den letzten Tagen dort an Bord getroffen hatte, eventuell nicht mehr da waren. *Was ist, wenn sich dort unten noch gegnerische Truppen aufhlten aufhielten?* Ihm saßen die Geschehnisse von ihrem letzten Wrackbesuch noch in den Knochen.

Quono und Jack schienen die Bedenken nicht zu teilen. Vor allem Jack saß wie auf Nadeln. Das da unten war für die letzten Jahre sein Zuhause gewesen!

«Wir lassen die Drohnen ausschwärmen. Sie sichern die Umgebung und decken uns ab», versicherte Quono. «Gegnerische Schiffe hätten wir bereits erkannt, falls noch welche hier wären.».

Jack hatte noch immer seinen Kampfstab umgebunden. Auf diesen verzichtete er nur ungern und Marius war froh ihn dabei zu haben, seit er gesehen hatte, wozu Jack mit seiner Magie imstande war.

«Ich nehme an, ihr wollt mit dem Spähtrupp mitgehen Jack?», fragte er diesen, wobei die Antwort schon klar war. «Eure Freunde werden vermutlich bereits im Hangar warten. Wir sollten uns jetzt auf den Weg machen. Unterhalten können wir uns unterwegs.»

Er erklärte ihnen seinen Plan, wie er sie etwas entfernt absetzen würden, damit sie sich mit Bodengefährten annähern konnten. Sobald die Drohnen die Umgebung gesichert hatten, würden sie sich zeitgleich mit zwei Flugstaffeln annähern, von welchen Späher im Bereich der Kommandobrücke abspringen würden.

Kleinere Grüppchen von schwarz und grau gekleideten Männern und Frauen kamen ihnen entgegen oder überholten sie. Nirgendwo erblickte Marius Bedienstete oder dergleichen. Hier wimmelte es nur noch von Soldaten. Erst jetzt, wo er dieses Schiff genauer betrachtete, fiel ihm auf, dass es viel eher einem Kriegsschiff ähnelte als Fawn. Hier war alles für den Krieg ausgelegt. Es hatte zwar die nötigsten Annehmlichkeiten, doch überall hingen riesige Waffenschränke und die Gänge führten alle auf dem direktesten Weg zum Kommandoraum oder zum Hangar, während das Schiff von Núdan viel einladender und bewohnter schien. Hier hingegen hatte die Funktionalität Vorrang.

Corwin und Brega wartete tatsächlich bereits im Hangar auf sie und Marius war froh, sie dabei zu haben. Für ihn waren diese Gesichter der einzige Halt, den er in dieser chaotischen Welt hier hatte. Er fühlte sich mehr als fehl am Platz.

«Da seid ihr ja endlich», brummte Brega als sie näherkamen. Die Unzufriedenheit war ihm deutlich anzusehen. Er strich sich nervös durch den Bart.

Die zwei Transporter, die auf sie warteten, waren etwas größer als ihr Jäger. Sie besaßen eine röhrenförmige Struktur mit einer geöffneten Ladeklappe am hinteren Teil, durch welche Soldaten eilig Säcke und Kisten voller Waffen und Ausrüstungsgegenstände einluden. Eilig halfen sie mit und stiegen dann ein. Keiner wollte noch länger hier oben verbringen. Es vermochte niemand den Gedanken auszusprechen, aber ihnen allen schauderte es zugleich davor, welcher Anblick sie dort unten erwarten könnte.

Das Wrack befand sich außer Sichtweite von ihnen hinter mehreren Dünen. Quono hatte eine felsige Anhöhe in der

Nähe des Wracks für die Landung ausgewählt. Der Transporter verlangsamte seinen Flug und schwebte vorsichtig eine Runde über die natürliche Plattform. Der Sand stob von den Felsen auf und hüllte sie in eine trübe Wolke.

Leicht rumpelnd setzten sie auf dem Boden auf während das andere Schiff wachsam über ihnen schwebte. Leise zischend öffnete sich die hintere Ladeklappe und sogleich sprangen vier bewaffnete Soldaten hinaus und verschwanden im umliegenden Gelände. Marius wartete währenddessen ungeduldig die weiteren Befehle ab und blieb auf seinem Platz sitzen.

«Plattform gesichert. Wiederhole, Plattform gesichert», ertönte es kurz darauf aus dem Lautsprecher.

Nun öffnete sich das Cockpit und Quono kam heraus. Zielstrebig schritt er zu dem ihm am nächsten stehenden Soldaten und wechselte ein paar Worte mit ihm. Was sie besprachen konnte Marius über die Geräusche der immer noch laufenden Turbinen nicht verstehen. Jedenfalls schien der Kriegsstratege zufrieden und marschierte zur hinteren Ladeluke. «Beginnt mit dem Ausladen. Wir starten unsere Expedition von hier aus.»

Marius erhob sich und schritt zusammen mit den Soldaten, Jack, Corwin und Brega aus dem Innenraum des kleinen Schiffes hinaus. Die insgesamt noch acht Soldaten begannen nach einem strengen Ablauf die Ausrüstungsgegenstände auszuladen. Die anderen vier behielten noch immer die Umgebung im Visier.

«Wir werden aufbrechen, sobald die Bodengefährte ausgeladen sind», meinte Quono und stellte einen Koffer neben ihnen auf den Boden. Die Schlösser sprangen nacheinander auf und er hob vorsichtig den Deckel ab. Ein schwarzes Tuch lag noch darüber, welches er sorgfältig zur Seite legte. Marius konnte dem Ugron, welcher daneben stand die Freude richtig ansehen, als er die verschiedenen Plasmawerfer darin liegen sah. Alle fein säuberlich übereinander gestapelt lagen da die gut unterarmgroßen Waffen. Nacheinander verteilte Quono die Waffen an die Vier.

Für Marius schien die Waffe sonderbar schwer und er hoffte, dass sie sie nicht benötigen würden.

Die Soldaten hatten nun damit begonnen, die panzerähnlichen Gefährte auszuladen. Langsam fuhren die Gefährte die Laderampe herunter und präsentierten sich im strahlenden Licht der Mittagssonne, welche sich im aufgewirbelten Sand brach. Sie waren gedrungen und schmiegten sich in an den Boden. Von der Form her ähnelten sie langgezogenen SUVs mit einem verstärkten Überrollbügel darüber und einem massiven Geschütz im hinteren Bereich. Pro Fahrzeug gab es Sitzgelegenheit für insgesamt zehn Personen inklusive des Fahrers und zwei Schützen. Quono gab letzte Anweisungen und stieg dann wieder in den Transporter. Er wollte die Lage von oben her beurteilen.

Das Dröhnen der Triebwerke durchbrach die Stille in der Einöde auf Kadaan wie das Brüllen eines gigantischen Raubtieres. Die beiden Panzergefährte rasten über die Sandkuppen und rissen weite Sandfontänen hinter sich her. Es waren die idealen Gefährte für dieses Gelände. Marius konnte dem Soldaten die Freude vom Gesicht ablesen, als er weiter aufs Gaspedal drückte und die brachiale Power des

Motors ausnutzte. Für einen Moment vergass er, dass sie hier auf ein Wrack zusteuerten. Über ihnen rauschten die Drohnen dahin, welche das Gebiet in einem großen Radius gescannt hatten.

Anmutig sprangen die beiden Fahrzeuge über die Dünen hinweg und federten leicht am Boden auf. Der Soldat, welcher den Steuerknüppel bediente, blickte noch ein letztes Mal auf den vorderen Bildschirm, bevor er den linken Steuerknüppel herumriss und die Bremse durchtrat. Der Wagen kam schlitternd auf einer kleinen Erhebung zu stehen.

«Damit könnte ich mich wohl auch anfreunden», gestand Jack grinsend und schwang sich über den Rand des Gefährtes. Doch das Grinsen gefror ihm direkt als er über das Heck hinwegsah. Dort lag es, noch immer gigantisch und imposant inmitten der staubigen Landschaft. Eine bedrückende Aura hing mit einem verbrannten Geruch in der Luft. Das gut einen Kilometer lange Wrack lag ausgekohlt, tief in den Sand eingegraben da. Von hier aus erschien es Marius noch größer als von Innen.

Scheinbar waren die Schilde noch vor dem Eintritt in die Atmosphäre ausgefallen, denn die Außenhülle war mit langen, schwarzen Striemen versehen. Ganze Felder von Schutzplatten hatten sich verbogen und wurden von der Oberfläche abgesprengt. Die Triebwerke lagen abgebrochen und zersplittert ein paar hundert Meter weiter entfernt tief vergraben im Sand. Rauch stieg aus ihnen empor.

Unter dem hinteren, etwas aufragenden Teil des Schiffes wuselten kleine, schwarze Punkte herum.

Der Fahrer stand mit erkalteter Mine neben ihnen und presste sich ein Fernrohr ans Auge.

«Könnt Ihr was erkennen?», fragte Jack ernst.

«Einheimische», grunzte dieser missbilligend. «Scheint, als wären sie gerade erst angekommen. Ziemlich leichtfertig von ihnen, einfach so ein vom Himmel stürzendes Wrack ohne Ausrüstung zu untersuchen.»

«Was ist mit Kampftruppen? Könnt ihr jemanden von Núdans Gefolgschaft erkennen?» Jacks Stimme klang fast ein wenig flehend.

«Nein, kann sein, dass sich welche auf der Rückseite befinden, doch auf unserer Seite sind nur Einheimische der Bekleidung nach und die Spuren, die zum Schiff hin und wieder wegführen, stammen nur von ihnen.»

Er seufzte und übergab das Fernrohr an einen anderen Soldaten. Unterdessen war auch das zweite Gefährt etwas weiter hinten zum Stehen gekommen

«Alpha eins an Quono», Sprach der Truppführer in den Funk. «Es scheint, als müssten wir die Situation nochmals überdenken, die Einheimischen sind bereits eingetroffen.»

«Wir sehen sie von oben», quittierte Quono. «Feindliche Truppen wurden von den Drohnen keine erkannt. Wir fahren wie gehabt vor, doch drosselt das Tempo wegen den Zivilisten.»

«Verstanden.» Der Truppführer, Gregor stand auf seinem Namensschild, blickte noch einmal durch das Fernrohr zum Wrack hinüber und bedeutete ihnen dann wieder einzusteigen. Die Einheimischen schienen sie noch nicht bemerkt zu haben.

Nur widerstrebend löste Jack den Blick vom Schiff. Es schmerzten ihn. Nicht nur dem ungewissen Verbleib seiner Freunde wegen, sondern auch weil er so viele Erinnerungen mit diesem Schiff verband. Er schnaubte, stieg dann aber wieder ein. Wer auch immer das war… Er würde sie büßen lassen.

Sie warteten in ihren Gefährten, bis der Sturmtrupp in den Transportern über sie hinwegschoss und mit röhrenden Triebwerken auf das Wrack zuhielt. Die Einheimischen mussten das ohrenbetäubende Kreischen jetzt auch gehört haben, denn sie rannten eilig davon oder suchten Schutz im Schatten des Wracks.

Noch bevor die letzten Einheimischen Zeit hatten, sich davonzumachen, war der erste Transporter schon über Núdans Schiff. Je vier Transportkapseln lösten sich von der Unterseite und setzten mit Hilfe integrierter Triebwerke auf der Hülle des Schiffes auf. Die Transporter hingegen flogen noch immer mit unverminderter Geschwindigkeit weiter, teilten sich und verschwanden hinter den nächsten Dünen. Was danach geschah, konnte Marius nicht mehr erkennen, da Gregor über Funk einen Befehl von Quono erhielt. Sofort setzte sich sein Gefährt in Bewegung und sie rollten langsam die Düne hinab auf den Koloss zu.

«Schützen, haltet euch bereit und beobachtet die Umgebung.» Als die beiden Panzergefährte die Ebene erreicht hatten ergriff nun auch der letzte Einheimische die Flucht. Gregor war froh darüber, denn sie wären nur im Weg, falls sich noch gegnerische Truppen hier aufhielten. Doch es lag bloß eine trügerische Ruhe über dem Wrack. Es schien alles zu ruhig zu sein. Selbst von den Spezialeinheiten aus den Transportkapseln war nichts zu hören. Sie mussten wohl direkt nach der Landung durch die aufgerissene Bordpanzerung gestiegen sein. Für Marius wahrlich kein allzu verlockender Gedanke, sich in ein abgestürztes Wrack zu begeben. Der Schock vom Überfall der Slugs auf sie saß ihm noch in den Knochen. Dies hier überließ er lieber den Profis.

Ihre Fahrzeuge kamen in einer stickigen Staubwolke zu stehen. Mit der gleichen Disziplin, mit der die Soldaten schon bei der Landung des Transporters die Gegend durchkämmt hatten, sprangen auch jetzt wieder je sechs von ihnen aus dem jeweiligen Gefährt und rollten auf dem sandigen Boden ab. Ihre Laserwaffen lagen entsichert in ihren Händen, die Läufe auf die Überreste des Schiffes und die umliegenden Hügel gerichtet, doch außer dem entfernten Kreischen der davonrennenden Einheimischen war nichts zu hören, geschweige denn zu sehen. Langsam stiegen nun auch die restlichen Soldaten aus und mit ihnen Marius und Jack. Corwin und Brega befanden sich ganz vorne zwischen den Soldaten. Corwin hatte seine bewährte Meteoritenfaust dabei. Er schien nur allzu bereit zu sein, sie einzusetzen. In den Händen der vordersten Soldaten leuchteten blaue Energieschilder, die ihnen auf dieser kargen Ebene Schutz boten.

Gespannt verfolgte Marius, wie nun Gregor selbst sich neben die Soldaten stellte und ein kleines Objekt hervorzog, um damit auf die Außenhülle des Schiffsteiles über ihnen zu zielen. Er kontrollierte noch kurz die ermittelten Koordinaten und gab dann einem der Männer ein Zeichen, worauf der seine Waffe, ein längliches Rohr, welches entfernt Corwins Meteoritenfaust ähnelte, hervorzog.

«Ein Schuss auf diese Koordinate», befahl Gregor ihm und hielt ihm das kleine Display hin.

Der Angesprochenen betrachtete kurz die Oberfläche des Schiffes, welche auf dieser Seite nicht so stark beschädigt war, bevor er dann die Waffe hob und den Abzug betätigte. Erst schien gar nichts zu passieren, bevor sich dann die Luft vor der Schusswaffe zu verdichten begann und ein gewaltiger, grüner Laserstrahl hinausschoss. Tosend zerbrach er an der Panzerung des Schiffes und leckte gierig über den verstärkten Rumpf. Die vordersten Soldaten hoben schützend ihre Schilde über den Kopf, als faustgroße, geschmolzene Stahltropfen hinabfielen und sich zischend vor ihnen in den Sand gruben.

Den Kopf in den Nacken gelegt, bedeutete Gregor Marius zurückzubleiben, als dieser sich reflexartig bewegen wollte.

Grauer Qualm stieg von der Panzerung auf und im Zentrum des Strahls begann sich ein roter Punkt zu bilden. Zischend durchbrannte eine rote Flamme die Verkleidung des Schiffes und fraß sich den Rändern entlang.

Ein säuerlicher Geruch lag in der Luft während sich das Loch auszudehnen begann. Die meisten Stoffe der Schutzhülle wurden gleich von der Flamme verbrannt und aufgelöst. Nur noch kleine, vereinzelte Teile fielen herunter.

«Das ist der Exitpoint für unsere Spezialeinheiten», erklärte Gregor, die Augen immer noch starr auf die größer werdende Öffnung gerichtet. «Sie sind von oben durch die beschädigte Außenhülle eingedrungen, um das Wrack nach Überlebenden zu durchsuchen und zur Brücke vorzudringen. Das hier ist ihr Fluchtweg, falls erforderlich.»

«Was, wenn es sich hierbei auch nur um eine Falle handelt?», fragte Marius unsicher mit einem Blick hinauf. «Sollten sie überfallen werden, haben wir keine Chance, um ihnen rechtzeitig zu Hilfe zu eilen. Man müsste ihnen bloß den Weg abschneiden und den Zugang zu dieser Notöffnung hier blockieren und sie säßen wie die Mäuse in der Falle, denn ich denke nicht, dass die Standardausgänge nach so einem Absturz noch fachgerecht funktionieren.»

Für ihn schien es nur allzu irrwitzig, dass sie das Schicksal gleich wieder herausfordern wollten.

«Das ist unser Standardprozedere», entgegnete Gregor trocken und sprach dann in den Funk: «Exitpoint gesichert. Wiederhole Exitpoint gesichert, wir warten auf weitere Anweisungen.»

«Verstanden», kam die Antwort von Quono. «Haltet die Stellung, Team eins ist unterwegs.» Und Marius frage sich, wie oft so etwas wohl vorkommt, dass Gregor es *Standardprozedere* nennt.

VORPOSTEN

Wie ein grüner Klecks erschien die Festungsanlage der Grimboor unter ihnen in den Weiten der Wüste. Einzelne Oasen lagen davor, versprengt in der Wüste. Es schien, als hätte jemand den Horizont grün angemalt und dabei mit der Farbe gekleckert.

Gabor stieß einen erleichterten Seufzer aus und drosselte die Geschwindigkeit, bis sie nur noch langsam durch die Luft glitten. Sie hatten es ohne weitere Unterbrechungen geschafft und die angekündigten Stürme waren abgeflaut. Nun flogen sie über die ersten Baumwipfel hinweg und Talrik lehnte sich gespannt zur Seite, um nach unten zu schauen. Der Wald tat sich auf und offenbarte einen betonierten, ringförmigen Turm mit etwa der gleichen Höhe wie die höchsten Bäume. In der Mitte des Ringes befand sich ein sich in der Sonne reflektierendes eisernes Gitter mit Glasplatten ausgekleidet.

Sie näherten sich dem majestätischen Turm und Talrik erkannte diverse kleinere Gebäude, welche sich rundherum im Schatten der Bäume duckten und einen Kreis bildeten.

Verwundert betrachtete Talrik die massive, aber doch elegante Form des bergfriedähnlichen Gebildes, von welchem nur ebenjene vergitterte Plattform knapp über die Baumwipfel hinausreichte. «Hast du nicht erwähnt, dass ihr eure Siedlungen in Baumhäusern baut? Diese Ansammlung hier scheint das genaue Gegenteil zu sein.»

«Wir haben auch nicht die gleiche Vorstellung von Baumhäusern wie die meisten Erdlinge, aber doch, dieses hier sind bestimmt keine», pflichtete ihm Gabor bei. «Das hier sind unsere Vorposten. Sie schützen die Waldgrenzen. Für unsere Siedlungen mit heimischen Baumethoden brauchen wir größere und massivere Bäume, so wie sie erst ein paar Kilometer hinter der Waldgrenze vorkommen. Der Wald dort ist viel älter und mächtiger.»

Talrik nickte und schaute wieder zum Fenster hinaus. Auf der erhöhten Landeplattform oben auf dem Turm befand sich am Rande ein niedriges Gebäude, welches wohl zum Aufzugschacht gehörte. Talrik konnte sich ein Grinsen kaum verkneifen, als die Türen des Aufbaus aufglitten und vier Grimboors, welche auf die Entfernung nur wie weiße Punkte schienen, hinausgeeilt kamen. Die mit ihrem Fell perfekt kontrastierenden, knallgrünen Uniformen passten gut in ihre Umgebung. Zwei der Grimboors schwenkten leuchtende Stäbe und deuteten ihnen den Landeplatz an, während die anderen zwei sich noch im Hintergrund hielten.

Gabor zog eine weite Schlaufe über das kleine Wäldchen setzte dann sanft auf dem Turm auf. Erwin landete gleich daneben.

Der nur schwach erkennbare Schutzschild des Gleiters fiel in sich zusammen und das Heulen der Turbinen flachte zu einem Summen ab, bevor es dann ganz verstummte. Per Knopfdruck öffnete Gabor die Abdeckung des Cockpits und schob mit einem Lächeln den Steuerknüppel zur Seite. Er schien sichtlich zufrieden, hier zu sein. Eilig stieg er aus, um sofort mit Erwin zusammen zu den anderen vier Grimboors zu eilen und sie herzlich zu begrüssen. Obwohl alle sechs Grimboors ein langes, weißlich graues Fell besaßen, konnte sie Talrik ziemlich gut unterscheiden. Heloise und Talrik warteten respektvoll ab, bis Gabor wieder lachend zu ihnen kam. «Gute Neuigkeiten», meinte er. «Grimboor Sneeuf befindet sich auch bereits hier in der Station, er ist etwas eher von seinem Transportflug zurückgekehrt und hat von Soge erfahren, dass wir ein paar Neuigkeiten bringen, so dass er beschlossen hatte, uns entgegenzukommen.»

Talrik fiel ein Stein vom Herzen als er das hörte und begrüßte nun ebenfalls die beiden Grimboor, die ihnen den Parkplatz zugewiesen hatten. Die anderen zwei, welche sich vorher schon im Hintergrund gehalten hatten, verschwanden wieder. Er vermutete, dass es sich um zwei Personen des Wachteams gehandelt hatte.

Nachdem die Begrüßungen abgeschlossen waren, marschierten die vier Grimboors vorneweg, während Talrik und Heloise ihnen folgten. Sie führten sie auf das kleine Gebäude auf dem Dach zu, welches sich nicht wie Talrik gehofft hatte als ein Aufzugschacht entpuppte, sondern als eine enge, gewundene Treppe.

Talrik war überrascht, als ihnen im Turm nebst ein paar anderen Grimboors sogar noch mehrere Menschen entgegenkamen, welche ihnen freundlich zunickten, sie sonst aber nicht weiter beachteten.

«Hier in der Station und in unseren Siedlungen befinden sich auch Menschen, nicht nur Grimboors», erklärte Gabor auf Talriks fragenden Blick hin. «Gut ein Viertel der Bevölkerung in unseren Siedlungen sind Menschen. Manchmal kannst du hier bei uns auch ein paar Ugrons antreffen, doch bleiben die außerhalb von Kriegszeiten meist in ihren eigenen Dörfern und Städten.»

«Wohin sind wir unterwegs?»

«Wir bringen euch zu Sneeuf, er wartet auf euch in seiner Hütte», antwortete einer ihrer Begleiter «Er ist erst vor Kurzem hier eingetroffen, trotzdem möchte er so bald als möglich mit euch sprechen, wenn euch das keine Umstände bereitet.»

Talrik verneinte. Er wollte so bald als möglich diesen Sneeuf treffen und sich wieder auf den Weg zurück machen. Er hoffte, dass Sneeuf ihn bald wieder zu Marius bringen konnte. Die Treppe vollführte noch eine letzte Wendung, bevor sie auf einmal in einen großen Innenhof traten. Talrik und auch Heloise, welche noch nie hier gewesen war, blickten erstaunt auf, als sie in den Innenhof des Turmes traten. Rund um sie herum leuchteten die Wände im einfallenden Licht der Sonne. Sie befanden sich im Inneren des Gebäudes, wo sich ein einziger, riesiger Schacht befand, der sich von ganz unten bis ganz nach oben erstreckte, trotzdem leuchtete die Sonne bis auf den Grund hinab. Weit oben befand sich das verglaste Gitter, auf dem sie vor einer Weile gelandet waren. Selbst hier im Innenhof des Turmes standen mehrere kleine Bäume, die den Weg durch den Innenhof säumten. Entlang des Kiesweges, über den sie nun schritten, standen in Ausbuchtungen vereinzelt elegant geformte Marmortische mit bequemen Sesseln, in welchen hie und da ein Mensch oder Grimboor saß, sich unterhielt oder sonst beschäftigt waren, ohne besonders auf die Neuankömmlinge zu achten.

«Ab hier lassen wir euch alleine», meinte einer ihrer Führer, als sie den Turm verlassen und ein schmuckes Gebäude unter einem großen Baum erreicht hatten. Ihre beiden Begleiter verabschiedeten sich mit einem Kopfnicken und wandten sich dann um, um den gleichen Weg wieder zurückzugehen.

Heloise zuckte die Schultern und wandte sich dem Haus zu. «Ich habe gar nicht gewusst, dass Sneeuf hier so angesehen ist, dass sie ihm gleich ein eigenes Wohngebäude zur Verfügung stellen. Scheint, als sei er sehr oft zu Besuch hier.»

«Stimmt!», meldete sich eine dritte, ebenfalls nach Grimboor klingende Stimme hinter ihnen. «Mindestens einmal im Monat. Wenn nicht wegen der Geschäfte, dann wegen des guten Weinlagers! Seid willkommen!»

Die Stimme gehörte einem Grimboor mit etwas größerer Statur als diejenige von Gabor und Erwin. Eilig kam er den Kiesweg entlang marschiert. Sein Fell jedoch war mausgrau. Er selbst trug einen weiten, weißen Mantel, dessen Saum am Boden nachschleifte.

«Gabor und Erwin! Schön euch wieder zu sehen.»

Nacheinander ging er zu allen hin und schüttelte ihnen eifrig die Hände. Als er bei Talrik angelangt war, hielt er inne. «Ihr müsst Talrik sein, einer der Erdlinge. Die Gerüchte sind also wahr.» Er runzelte die Stirn, als könnte er nicht glauben, wer da vor ihm stand und reichte dann aber auch ihm die Hand. «Kommt erst einmal rein in die gute Stube, Freunde sollte man nicht vor der Türe warten lassen.»

Er bedeutete ihnen mitzukommen, wandte sich um und führte sie um das Haus herum in einen liebevoll angelegten Garten. Die Äste des großen Baumes reichten wie ein Kleid weit hinab und boten auch hier angenehmen Schatten, sodass sich die drei nicht bitten lassen mussten und sich auf den einladenden Sesseln niederließen. Talrik setzte sich mit einem tiefen Seufzer, legte den Kopf in den Nacken und schloss die Augen, um dem Zwitschern der Vögel über ihm zu lauschen. *Sonderbar, wie die Vögel überall so anders und trotzdem gleich vertraut klingen,* dachte er sich.

DAS WAPPEN

Sein Gesicht glich einer steinernen Maske, sodass Arsultar nicht erkennen konnte, was Keyathuz von dem Bild in seinem Bildschirm hielt. Er hatte ihm die Aufzeichnungen am frühen Morgen überbracht, seither starrte Keyathuz ununterbrochen auf die Scheibe. Selbst seinen täglichen Ergötzungsgang bei den Sklaven und Gefangenen hatte er ausfallen lassen.
«Was hat das zu bedeuten Herr?», fragte Arsultar, welcher ebenfalls das Bild betrachtete.
Es zeigte einen Ort nicht weit entfernt von hier, einen Ort, welcher Keyathuz sehr wohl bekannt war, doch lief da etwas ab was er selbst eigentlich hätte tun wollen.
«Ich weiß es nicht», gab Keyathuz zähneknirschend zu, seine kahlen Finger krallten sich vor Neid in den Rand der Tischplatte, während er weitersprach. «Jemand muss mir bei meinen Plänen dazwischengekommen sein.»
Die leicht verschwommenen Aufnahmen zeigten eine tobende Schlacht in den Weiten vor Kadaan.

Mindestens sechs Kampfschiffe großen Kalibers flogen da draußen herum, in ihrer Mitte das unter starkem Beschuss stehend Schiff der Rebellen.

Er selbst hatte vorgehabt, dieses Schiff dem Grund und Boden gleich zu machen, doch war ihm jemand zuvorgekommen und hatte das Schiff dieser Bastarde noch vor seiner Blockade angegriffen. Ob es sich um eine Machtdemonstration handelte oder ob es einfach nur ein Trupp Piraten war, das konnte Keyathuz nicht ausmachen. Sie trugen keine Flagge, doch für Piraten waren diese übermächtigen Schiffe äußerst ungewöhnlich und zu überzählig.

«Wir wissen nicht, wem diese fremden Schiffe unterstellt sind», meldete sich einer der diensthabenden Offiziere.

«Was heißt das, ihr wisst nicht wer DAFÜR verantwortlich ist?», schrie Keyathuz und schlug auf den Bildschirm ein. «Niemand veranstaltet solch ein Feuerwerk, ohne dass ich das mitbekomme!»

«Tut mir leid, Sir.» Der Offizier duckte sich und presste sich so weit wie möglich in das Sitzpolster des Sessels. «Wir konnten nicht ausfindig machen, wem diese Schiffe gehören, wir versuchen…»

«Machen! Ich will wissen, wer das war und weshalb das ohne mein Wissen geschehen konnte!» Bei den letzten Worten zischte er wie eine Schlange, so dass der Offizier erschrocken noch weiter zurückwich.

Arsultar stand grinsend hinter Keyathuz, den Blick hämisch auf den Offizier gerichtet. *Bald gibt es noch einen von euch verdammten Idioten weniger*, dachte er sich. Die meisten Soldaten hier waren Klone oder einfache Menschen mit einem schwarzen Glauben, oder ebenjene, die sich einfach dem

Herrn aus Angst oder Hoffnung auf große Karriere angeschlossen hatten. Eigentlich konnte dieser arme Schlucker hier gar nichts für sein Schicksal. Denn wenn er nur ein paar Sonnensysteme weiter weg gelebt hätte, außerhalb von Keyathuz Machtgebiet, hätte er zu einem anständigen, bedeutenden Mann werden können. Jetzt jedoch hatte er den unfreiwilligen Platz als Opfer und Schuldträger eingenommen, wenn sich einer von Keyathuz Wünschen als unerfüllbar erwies. Selbst Arsultar hatte dies schon manchmal ausgenutzt, wenn es ihm nicht gelang, den Herrn zu besänftigen.

«Findet heraus, wer dafür verantwortlich ist.» Keyathuz Augen blitzten wie die eines Reptils unter seiner Kapuze hervor. Mit jedem Schritt, den Keyathuz um seinen Stuhl schlich wurde dem Offizier unbehaglicher in seiner Haut.

«Aber Sir», entgegnete der Offizier heiser, sich innerlich schon tot am Boden liegend sehend. «Wir verfügen nur über diese Aufzeichnungen. Wir haben sie unzählige Male analysiert, doch konnten wir in unserer Datenbank keine Übereinstimmung mit diesen Raumschiffen finden. Es ist, als würden sie gar nicht existieren. Wir wissen nicht einmal, wohin sie wieder verschwunden sind.»

«Durchsucht alle Aufzeichnungen. Alles existiert irgendwo.», zischte Keyathuz unwirsch, bevor er sich dann auf einmal grinsend an den Kontrolltisch lehnte. «Außer ihr vielleicht bald nicht mehr, falls ihr mir keine Resultate liefert ...»

Der Mann schluckte hörbar.

«Sonst, hätte ich noch die niedlichen kleinen Krowchas, sie würden sich freuen, mal ein bisschen Gesellschaft zu bekommen», vervollständigte Arsultar Keyathuz Satz und lachte hämisch.

Das Gesicht des Offiziers wurde noch eine Spur bleicher und Arsultar hätte schwören können, dass der Mann, wenn ihn die Sitzpolster nicht gehalten hätten, einfach zusammengebrochen wäre.

Die Krowchas, wie man seine Mischlinge aus Hai und Alligator nannte, waren eine der ersten Genmutationen aus seinem Labor. Man erzählte von ihnen, dass wenn man sie anblickte, man den Tod selbst betrachtete. Keiner, der ihnen vorgeworfen wurde soll jemals entkommen sein. Diese widrigen Kreaturen waren Genverwandte der Krallenmenschen, welche wenigstens noch ein bisschen menschlich aussahen.

Keyathuz verwendete diese Viecher als Wächter bei den Sumpfkolonien, da sie sich in diesen Bedingungen perfekt bewegen konnten und abschreckender wirkten als jedes Lasergeschütz oder Kampfdruiden.

Keyathuz entspannte sich unterdessen etwas. Seine scharfen Augen hatten etwas in der Aufzeichnung entdeckt. Er warf dem Offizier noch einen verächtlichen Blick zu, bevor er sich an den zweiten Steuermann, einen etwas selbstsichereren Soldaten als der erste Offizier, wandte. Dieser blickte vom Kontrollpult auf, als Keyathuz herantrat und ignorierte den Offizier, der zitternd links neben ihm zusammengesunken war einfach. «Wir ziehen uns zurück», befahl er ihm. «Die gesamte Flotte zurück zu unserem Heimatplaneten.»

Ein selbstzufriedenes Grinsen huschte jetzt über sein Gesicht, als er sich wieder zur Fensterfront umdrehte, um die vorbeiziehenden Schlachtschiffe seiner Armee zu betrachteten. Die Eiseskälte in seiner Stimme ließ die Anwesenden immer noch ihre Köpfe gesenkt halten, nur Arsultar erkannte, dass sich die Stimmung seines Herrs geändert hatte.

Der Offizier gehorchte und gab die Koordinaten widerspruchslos ein um den Hypersprung vorzubereiten. Keyathuz blickte zufrieden auf den Mann hinab. Wenigstens einer, den man gebrauchen konnte. Er gab Arsultar, der immer noch an seinem Platz verweilte, einen Wink und bedeutete ihm mitzukommen. Der Offizier zuckte unmerklich zusammen als Keyathuz erneut hinter ihm durch zu der Aufzugtür marschierte.

«Was habt ihr erkannt, Herr?», fragte Arsultar.

«Ich weiß es nicht mit Sicherheit», gestand Keyathuz und wartete bis sich die Türen des Aufzugs geschlossen hatten und sie in die Tiefe glitten. «Seit ich diese Armee das letzte Mal gesehen habe sind viele Jahre vergangen und damals war ich noch jung. Das Universum war ein anderes. Doch es könnte sein, dass dies das Zeichen ist auf das wir so lange gewartet haben.»

Keyathuz kannte das Schiff sehr wohl, welches er auf den Aufnahmen erblickt hat, doch konnte er nicht sicher sein, ob ihn sein Gedächtnis nicht auf einmal täuschte und ob es vielleicht nur seine tiefsten Wünsche waren, die ihm das Bild vorgaukelten. Bis dahin wollte er noch kein Gerücht unter seinen Untertanen streuen, doch da war ein Schiff, das sich im Hintergrund hielt und das hatte er zweifelsohne erkannt.

Arsultar keuchte, er verstand sofort. «Ihr meint es ist möglich, dass…»

«Unmöglich, dass er dem Exil entkommen ist», unterbrach ihn Keyathuz zischend. «Aber das Kommandoschiff ähnelt dem des großen Herrschers.»

«Und falls doch… seht Ihr es als möglich an, dass er aus dem Jenseits entfliehen konnte, trotz der massiven Barrieren?» Es klang eher nach einer Feststellung als nach einer Frage. Der Aufzug war unterdessen in Fahrt gekommen und glitt langsam hinunter.

«Er besitzt viele Künste, die er uns nie verraten hat und wer weiß, was er noch in seiner Abwesenheit dazu gelernt hat.»

Arsultar konnte nur hoffen, dass er es endlich nach all den Jahren geschafft hatte, seine Macht wiederzufinden und dem Jenseits zu entfliehen. Wenn er tatsächlich zurück war, bräuchte Keyathuz den Auserwählten und sein jämmerliches Amulett nicht mehr. Er hätte dann selbst einen Mitspieler, welcher die Machtverhältnisse definitiv zu ihren Gunsten auslegen würde. Keyathuz bereitete sich schon lange auf diesen Zeitpunkt vor wenn er endlich zurückkommen würde und mit ihm die vergessene dunkle Macht.

Der Aufzug war unten angekommen und die Türen öffneten sich ebenso geräuschlos wie sie sich vorher schon geschlossen hatten. Keyathuz trat hinaus in den Gang und blieb auf einmal stehen. Eine tiefe, wohlige Kälte erfüllte ihn und er spürte, wie die Dunkelheit sich ausbreitete. Die Last fiel von ihm ab und er konnte fühlen, dass sich das Blatt nun endlich zu seinen Gunsten wenden würde.

«Falls er es wirklich ist, sollten wir dann nicht den Kontakt suchen?», fragte Arsultar auf einmal.

«Das wird nicht von Nöten sein, denn wenn es sich tatsächlich um ihn handelt, wird er uns aufsuchen, wenn er es für richtig hält», erwiderte Keyathuz und er grinste hämisch. Er wusste, dass er sich diesmal nicht täuschte. Der dunkle Herrscher war zurück. Er spürte es. «Lass uns seine Ankunft vorbereiten.»

NEUE FRAGEN

«Sie kommen!», rief einer der Soldaten und deutete nach oben, worauf vier der Männer nach vorne traten und ihre Waffen hoben.

Allzu genaue Einzelheiten konnte Marius im Schatten des Wracks nicht ausmachen. Er konnte nur ungefähr erkennen, dass sich in den Läufen harpunenartige Gegenstände befinden mussten, da sich aus den Rohrstücken kleine Metalldorne herausbogen und einen recht bedrohlichen Eindruck vermittelten. Mit einem Zischen schossen sie in die Höhe und bohrten sich in die Außenhülle des Schiffs. Dünne Seile hingen an ihren Enden.

Die Soldaten steckten ihre Waffen in den Sand und traten zur Gruppe zurück. Automatisch falteten sich die Läufe auseinander, gruben sich in den Boden und zogen die Seile straff.

Erst passierte eine Weile nichts. Nur der Wind trug von irgendwo das Geschrei der Einheimischen hinüber. Es verstrichen ein paar Sekunden, bevor Schritte im Gang weit über ihnen hörbar wurden. Wie schwarze Schatten sprangen zwei Männer der Spezialeinheit aus der Öffnung und sausten die Seile hinunter. Marius zuckte zurück als sie schwer auf dem Boden aufschlugen, doch den Männern schien es nichts auszumachen. Sie kauerten kurz da, bevor sie sich langsam erhoben. Der Sand war immer noch aufgewirbelt, so heftig war ihr Aufprall.

«Konntet ihr was herausfinden, Kollegen?», rief ihnen Gregor zu. Er stand noch etwas weiter hinten und kam mit großen Schritten näher. «Wo sind die anderen?»

Ohne auf die Frage zu achten schritten die beiden Elitekämpfer los. Den Blick stur auf Gregor gerichtet. Etwas seltsam Mechanisches, beinahe Unmenschliches haftete an ihrem Gang, doch mochte dies vielleicht auch von ihrer eisernen Disziplin herrühren.

«Wo sind die anderen?», fragte Gregor abermals und nun mit etwas Nachdruck. Er war mittlerweile stehen geblieben und blickte die beiden Männer streng an. Offenbar missfiel es ihm, dass die beiden ohne jegliche Begrüßung hier auftauchten. Noch immer öffnete keiner von ihnen den Mund, um seine Frage zu beantworten, sondern sie schritten einfach weiter durch den Sand. Etwas stimmte hier nicht. Einem von Gregors Soldaten schien dies auch aufzufallen und er stellte sich ihnen in den Weg. Die beiden Männer warfen ihn mit einem einzigen Hieb um, ohne auch nur mit den Wimpern zu zucken.

Nun schien das Unbehagen auch auf die anderen Soldaten überzugreifen. Sofort zischten ihre Schilde auf und sie formatierten sich vor Gregor.

«Letzte Aufforderung», befahl dieser schneidend. «Wo sind die anderen und was ist geschehen?»

Statt einer Antwort zog einer der Männer in einer fließenden Bewegung eine Waffe aus der Innentasche seiner Uniform und betätigte sie noch bevor einer der Soldaten reagieren konnte. Ein brodelnder, weißer Strahl schoss aus dem Gerät. Vermutlich hatte Gregor sein Überleben nur den Reflexen einer seiner Leibwachen zu verdanken, welcher blitzschnell einen Energieschild hochriss. Der Arm des Schildträgers wurde zurückgeschlagen und der Leibwächter selbst geriet merklich ins Stolpern, als der Strahl gleißend an dem Energiefeld zerbrach und verpuffte.

Gleichzeitig riss sich der zweite Elitesoldat die Laserwaffen vom Rücken und feuerte los. Die Soldaten, die zuvorderst standen und sichtlich überrumpelt waren, hatten keine Chance. Schreiend fielen drei von ihnen zu Boden und versuchten noch im Todeskampf, ihren Hauptmann zu beschützen. Auch die hinteren Männer, welche sich vom anfänglichen Schock erholt hatten, aktivierten nun ihre Schilde und bildeten einen geschlossenen Wall um Gregor, Marius und Jack. Corwin und Brega duckten sich neben den anderen Schützen hinter den Schilden und feuerten nun ihre Magazine leer.

Doch es war, als wäre der Teufel selbst in die Männer gefahren. Ihre Augen glühten förmlich und ihre Gesichter waren eine starre Maske des Todes. Unbeeindruckt von den Projektilen, die sie trafen, schritten sie weiter dem Schildwall entgegen. Die Panik stand den Soldaten ins Gesicht geschrieben als sie sahen, wie ihre ehemaligen Kollegen selbst die Plasmageschosse einfach absorbierten ohne sichtlichen

Schaden zu nehmen. Die tödlichen Laserstrahlen hingegen verflochten sich in einem Netz ausglühender Strahlen über ihren Körpern. Nur ab und an kam einer der Männer kurz ins Stolpern als mehrere Geschosse zur gleichen Zeit auftrafen. Ihre Gesichter hatten sich mittlerweile in diabolische Grimassen verzogen und die Augen waren nicht mehr länger menschlich sondern glühten als zwei dunkle, glühende Kohlen in den Augenhöhlen. Ihre Waffen kreisten um sie herum und entluden ihre Energie immerfort auf die Verteidiger zu.

Keiner der Soldaten sprach. Schild an Schild knieten sie da und antworteten auf das Feuer der beiden Wesen. Es waren keine Menschen mehr. Es waren Kreaturen des Bösen. Ein verbrannter Geruch lag in der Luft.

«Was sind das?», flüsterte Gregor heiser und blickte seinen Todesbringern entgegen. Durch die mannshohen, blauen Energieschilder hindurch wirkten sie noch gefährlicher, wie sie da im Gleichschritt nebeneinander auf ihn zu kamen. Jack rammte seinen Stab in den Boden und murmelte etwas, das Marius nicht verstand. Ein gleißendes Licht umgab ihn und formte sich dann zu einem weiteren Schutzwall vor ihnen. Corwin, welcher sein Magazin unterdessen leer geschossen hatte, griff zu seiner Meteoritenfaust und verfluchte sich, dass er nicht schon eher auf diesen Gedanken gekommen war. Schwer atmend lud er die Waffe auf und legte sich hin.

Das Rohr vibrierte und entlud sich dann mit einem gewaltigen, glühenden Strahl. Ein Knirschen ertönte, als das erste der beiden Wesen in der Brust getroffen wurde und ächzend zurücktaumelte. Der anhaltende Strahl umfing seinen Körper wie gierige Flammen. Doch der Triumph hielt nicht lange. Anstatt in den Sand zu sinken und zu verkohlen, raffte es sich wieder auf und schien nun mit nur noch größerer Kraft weiter zu stampfen.

Schritt für Schritt kämpfte er gegen den glühenden Strahl an, welcher einfach an seinem Körper zerbrach und sich an seinem Ende in schwachen, sich windenden Strahlen auflöste. Mittlerweile war alles Menschliche aus ihren Antlitzen gewichen.

Corwin stand der Schweiß auf der Stirn und die Hände, die die Meteoritenfaust hielten, zitterten. Er hatte den Regler der Energiezufuhr auf Stufe vier gestellt, so dass nicht wie üblicherweise eine Todeskugel aus dem Lauf schoss, sondern sich der ganze Energiespeicher stetig entlud, bis er leer war. Der Nachteil war, dass er sich so nicht selbst wieder aufladen konnte, sondern sich entlud, bis er auf den letzten Tropfen leer war. Und genau dieser Augenblick schien immer näher zu kommen, denn der zitternde Strahl wurde allmählich schwächer und das Wesen wehrte den Strahl nicht mehr länger ab, sondern sog ihn auf und schien dadurch noch stärker zu werden. Noch ein letztes Mal flackerten die Flammen auf, dann erloschen sie. Corwins Glück war wohl, dass das Wesen es nicht auf ihn, sondern auf jemand anderen abgesehen hatte. Was auch immer mit ihnen geschehen war, sie schienen einer inneren, fremden Stimme zu folgen. Schritt um Schritt kämpfen sie sich den Geschossen trotzend auf Gregor zu. Einer von ihnen schlug beiläufig einen Energieschild mitsamt dahinter kniendem Soldaten weg, als wäre er Nichts. Ihre Waffen hatten sie unterdessen leer geschossen und benutzten sie als Schlagstöcke, um ab und an ein Geschoss abzuwehren. Sie hatten die vorderste Reihe der Soldaten, die den Kommandanten abschirmten, fast erreicht.

Marius fragte sich, wie Brega es selbst in dieser Situation schaffen konnte, die Ruhe zu bewahren. Der Zwerg kniete, die Waffe im Anschlag, neben ihm und gab gezielte Schüsse auf die beiden feindlichen Männer ab. Dennoch, selbst er zuckte zusammen als zwei hohe, giftige Töne die Luft zerbrachen und grelle Bänder durch die Luft zischten.

Marius meinte die Kälte zu spüren, die von den Geschossen ausging. Sie schlugen auf den zwei Wesen auf und umschlangen sie mit einem gleißenden Licht. Wie lebende Schlangen wanden sie sich um sie herum und drückten sie zu Boden. Energiefesseln. Eine der effektivsten Methoden, einen Gegner flachzulegen. Verunsichert blieben Gregors Soldaten hinter ihren Schilden knien und linsten auf die beiden Männer. Jack in ihrer Mitte mit Schweißperlen auf dem Gesicht. Er hatte die Schlangen beschworen und schien sie mit äußerster Anstrengung zu bändigen.

«Gregor!», schrie eine Stimme von oben. Weitere Männer der Spezialeinheit glitten das Seil hinunter und eilten zu ihnen. Die Hände erhoben, um zu signalisieren, dass sie keine Gefahr darstellen. «Weg hier, sofort!»

Gregor zögerte nicht und rief seine Männer sofort zurück zu den Panzerfahrzeugen. Jack unterdessen hielt die zwei Wesen mit seiner Magie in Schach. Erst als der letzte eingestiegen war, stieß er nochmal einen Schrei aus und rannte zu ihnen. Sofort heulten die Triebwerke auf und sie rasten davon.

«Was ist mit meinen Männern passiert?», schrie Gregor über den Lärm hinweg und schüttelte einen der Elitesoldaten.

«Was war da drinnen los? Was ist mit diesen Männern geschehen?»

«Zuerst weg hier», schrie der Mann über den Lärm hinweg. Torkan war sein Name. Die Panik war ihm anzusehen und er brauchte einen Moment, um sich zu beruhigen. Er drehte sich um und blickte über den aufstiebenden Sand hinweg zum Wrack. Marius sah gerade noch, wie ein heller Strahl in den Himmel schoss, gefolgt von einem bestialischen Fauchen. Ein ohrenbetäubendes Knirschen ertönte, als würden massive Eisenbalken unter den Füßen eines Riesen zerbersten.

Der Himmel glühte auf und ein infernalisches Flackern zuckte über den Boden. Marius meinte die bestialische Kraft zu spüren, die von dem Ort ausging. Eine brodelnde Feuersäule begann sich im Kern des Schiffes auszubreiten. Die schweren Panzerplatten wurden von der Druckwelle losgerissen und verschwanden kurz darauf in dem emporlodernden Feuerball. Alles schien vor Marius' Augen wie in Zeitlupe abzulaufen. Innert Sekundenbruchteilen erreichte die Druckwelle den Rand des Schiffes und fegte über den sandigen Boden hinweg. Die dürren, vereinzelten Bäume in der Wüste wurden wie Streichhölzer umgeknickt. Das ganze Wrack war in einen Ball aus gigantischer Hitze und Feuer gehüllt. Die Soldaten schrien auf und einer riss impulsiv sein Energieschild hoch, als die Druckwelle sie erreichte und dichte Sand- und Staubwolken über sie hinweg donnerten, doch was konnten sie schon ausrichten gegen jemanden, der eine solch gewaltige Explosion auszulösen vermochte. «Weg hier!», schrie Gregor unnötigerweise. Der Soldat am Steuer drückte bereits das Gaspedal zum Anschlag durch und sie flogen nur so über die Dünen hinweg. Sie waren zum Glück bereits genug weit entfernt, sodass die Explosion sie nicht stärker erwischte. Wären sie noch einen Moment länger dort aufgehalten worden, sähe die Lage jetzt wohl anders aus.

Einmal mehr waren Quonos starke Nerven gefordert. Er, der Kriegsstratege, war nicht mehr Herr der Lage. Etwas Fremdes war in diese Welt eingedrungen und machte seinen und den Platz des Hohen Rates streitig. Es lag jedoch noch etwas anderes in der Luft. Quono hatte mittlerweile ein Gespür dafür. Es war kein Angriff. Viel mehr schien es, als wolle jemand die Spuren verwischen und vernichten, was noch übrig war. Irgendjemand wollte nicht, dass sie da herumschnüffelten.

Der Transporter wurde heftig durchgerüttelt und der Pilot neben ihm hatte alle Hände voll zu tun, das Schlingern des Schiffes unter Kontrolle zu bringen. Mit einer gewissenhaften Ruhe, die Quono so an seinen Soldaten schätzte, bediente der Pilot den Steuerknüppel und kämpfte gegen den Sturm an. Wie kleine, schwarze Gummibällchen hüpften ihnen die zwei Panzer über die Dünen entgegen. Hinter ihnen die implodierende Feuerkugel.

«Tiefer fliegen und im Schutz der nächsten Düne landen», befahl er dem Piloten. «Öffnet die Ladeluken und deaktiviert die hinteren Schilde. Gregor soll mit seinen Soldaten gleich direkt hineinfahren können. Wir sollten so bald als möglich von hier verschwinden.»

Der Transporter setzte holpernd auf und die Laderampen öffneten sich für die herannahenden Panzer. Erst knapp vor der Luke bremsten sie und rollten dann hintereinander in den freigeräumten Ladebereich.

Die Luke schloss sich sogleich und die Transporter schossen wieder in die Höhe. Quono blickte nervös zurück und versuchte sich nichts anmerken zu lassen, als er die erschrockenen Gesichter seiner Soldaten sah. Hoffentlich hatten sie zumindest Spuren auf dem Schiff finden können, um das hier zu erklären. Er brauchte Antworten.

Es wehten noch immer kleinere Windstöße über die Einöde und der Transporter erzitterte, als sie davonrasten. Es herrschte eine sonderbare Stille im Laderaum. Die Soldaten saßen noch immer in ihren Gefährten und stiegen erst langsam und behäbig aus. Jacks tiefe Trauer griff nun auch auf Marius über. Sie konnten jetzt einfach noch hoffen, dass Núdan und ihre Soldaten gegen ihre Prinzipien verstoßen hatten und geflohen waren, bevor das Schiff abgestürzt war. Sie alle verharrten in Schweigen, bis sie die Atmosphäre des Planeten verlassen hatten. Jack war wieder in sich zusammengesunken und Marius konnte ihm ansehen, wie viel Energie ihn die Magie kostete. Er war noch immer geschwächt gewesen von den letzten Tagen.

Erst als sie die unruhige Atmosphäre verlassen hatten und sich ihr Flug stabilisierte, öffneten sie die Sicherheitsgurte und Quono kam aus dem Cockpit nach hinten. Was er dachte, konnte Marius nicht erkennen. Er verbarg seine Gefühle wie immer hinter einer stolzen, beherrschten Mine. Trotzdem verriet sein nervös auf der Wand tippende Zeigefinger, dass er unsicherer war, als er zugeben wollte. Nachdem sie endlich aus dem Panzerfahrzeug ausgestiegen waren, winkte er Torkan, Gregor und Marius zu sich. Marius fragte sich zwar, was er mit dieser Sache zu tun hatte, denn er war weder ein Hauptmann, Bote, noch wusste er über die Geschehnisse hier Bescheid, trotzdem folgte er ihnen.

Quono führte sie in den vorderen Teil des Transporters. Er hatte noch die ganze Zeit über kein Wort gesprochen, selbst jetzt, als sie durch die Türe der Trennwand zum Cockpit getreten waren, schwieg er noch immer. Er bedeutete ihnen mit einer Geste, sich zu setzen.

«Ich denke, Ihr erzählt erst mal, was Ihr an Bord entdeckt habt, Torkan», forderte sie Quono nun auf. «Was genau ist da drin abgelaufen?»

«Nun…», begann der Elitesoldat. «Wir sind wie geplant von den Transportern abgesprungen. Als wir dann auf der Oberfläche des Wracks gelandet sind, konnten wir erst nichts Verdächtiges entdecken. Wir arbeiteten uns über die Außenhülle vor bis ins Zentrum des Schiffes, wo wir durch eine Öffnung, die beim Eintritt in die Atmosphäre entstanden ist, hinunter auf das Oberste Deck gestiegen waren.»

«Habt ihr Spuren von der Besatzung gefunden?»

«Nein, abgesehen von ein paar zerstörten feindlichen Kampfdronen konnten wir nichts feststellen. Außerdem rührten ihre Zerstörungsursachen vom Eintritt in die Atmosphäre oder dem Aufprall und nicht von Feuerwaffen her. Aufgrund ihrer geringen Zahl vermuten wir keine Invasion, sondern eher, dass sie gezielt zurückgelassen wurden um den Absturz durchzuführen. Vermutlich hätte das Schiff aufgrund seiner intakten Schildgeneratoren in der Atmosphäre verglühen sollen.»

Torkan wartete kurz, ob Quono einen Kommentar abgeben wollte. Als er dies nicht tat, fuhr er fort. «Wir waren sechzehn Männer in meiner Truppe. Vier waren oben auf der Oberfläche des Wracks geblieben, um die Situation zu überblicken, doch das ist nebensächlich. Jedenfalls, als wir durch die Korridore marschierten, gelangten wir vor einen schmaleren Gang. Drei von uns gingen vor, um die Lage zu kontrollieren.

Wir warteten bereits über die vereinbarten zwei Minuten, als zwei von ihnen endlich zurückkamen. Wir fragten sie nach einem Lagebericht, doch sie antworteten nicht. Stattdessen schlugen sie uns unvermittelt mit einer ungeheuren Kraft zu Boden und marschierten davon. Als wir ihnen folgen wollten, zogen sie ihre Waffen und eröffneten das Feuer auf uns. Wir hatten schwere Laser und Plasmawaffen bei uns, doch sie schienen die Geschosse einfach zu absorbieren, als hätten sie ein weit evolutioniertes Immunsystem gegen sie entwickelt.»

«Was ist mit ihnen passiert?»

«Wenn wir das nur wüssten» Torkan schüttelte den Kopf, als wollte er das Geschehene nicht wahrhaben. «Das waren nicht mehr unsere Kollegen. Sie schienen besessen zu sein von einer fremden Macht. Als wir das sahen, zogen wir uns zurück und folgten ihnen mit großem Abstand. Es schien, als wüssten sie genau, wohin sie wollen. Den Rest kennt ihr…»

«Sir, wir erhalten eine Nachricht von unserem Schiff», unterbrach ihn der Pilot. Er deutete auf den Empfänger. «Kargo will mit uns Kontakt aufnehmen»

Quono bedeutete Torkan kurz mit seiner Erzählung innezuhalten und wandte sich dann an den Piloten. «Öffnet den Kanal und stellt ihn durch.»

Der Pilot war einen Blick auf das Kontrollpanel und gab einen Code ein, worauf ein Hologramm von Kargo, dem stellvertretenden Offizier erschien.

«Quono», begrüßte dieser den Kriegsstrategen und nickte den anderen hinter ihm zu. «Schön euch alle wohlbehalten wiederzusehen.»

«Habt Ihr Neuigkeiten Kargo?», fuhr ihm Quono dazwischen. «Gab es eine Anomalie im All?»

«Wir haben eine starke Erschütterung festgestellt und eine Explosion auf der Oberfläche registriert, jedoch keine feindliche Aktivität im All. Sollen wir weitere Spähschiffe aussenden?»

«Nein», lehnte Quono ab. «Es würde uns nur noch weiter aufhalten. Wir müssen so schnell wie möglich auf Calthyn zurückkehren und den Hohen Rat über die Geschehnisse informieren. Es hat nun oberste Priorität, dass wir den Auserwählten in Sicherheit bringen. Es sind bereits zwei unserer Schiffe zerstört oder verschollen. Unser Flaggschiff ist unauffindbar und Núdans Besatzung ist verschwunden.»

«Apropos Flaggschiff», erinnerte sich Kargo. «Das ist auch ein Grund, weshalb ich Euch störe; Wir haben hier an Bord einen stark verschlüsselten Funkspruch erhalten. Unsere Männer sind gerade dabei, ihn zu knacken. Bis in ein paar Minuten, wenn eure Transporter gelandet sind, sollten wir es geschafft haben. Wir vermuten, dass es eine Nachricht vom Flaggschiff von Kommandant Elias ist.»

«Kommandant Elias?», fragte Quono erstaunt. «Also leben sie immerhin noch. Wir werden gleich an Bord eintreffen. Öffnet den Hangar und fahrt die Schilde nieder, damit wir an Bord kommen können. Versammelt die Offiziere und formatiert die Flotte. Wir werden gleich aufbrechen.»

«Verstanden», quittierte Kargo. Das Hologramm verneigte sich noch einmal und erlosch dann.

«Also lebt der Hauptmann noch», seufzte Quono erleichtert und blickte noch eine Weile auf den Fleck, wo eben noch Kargos Gesicht gewesen war. Schließlich wandte er sich um und bedeutete Torkan mit seinem Bericht fortzufahren und den Rest der Geschehnisse zu berichten. Währenddessen hatten sie ihre Flotte wieder erreicht. Zu Quonos Schiff hatten sich noch mindestens zehn weitere Schiffe hinzugesellt, welche vorher an der Blockade beschäftigt waren und diese zerschlagen hatten. Ein Großteil der Flotte inklusive des Flaggschiffs fehlte jedoch.

Sie glitten in den Hangar und die Luken schlossen sich hinter ihnen. Es regte sich etwas Hoffnung in ihnen, als Kargo dem Transporter bereits entgegeneilte und sich eine leichte Zufriedenheit auf seinem Gesicht zeigte. Offenbar hatten sie es geschafft, die Nachricht zu entschlüsseln. Hoffentlich wieder einmal eine gute Mitteilung, denn sollte es sich um einen Hilferuf von ihrem Flaggschiff handeln, hätten sie echt ein Problem, da ihre Flotte bereits stark angeschlagen war. Doch wie sagte man so schön? Nie die Hoffnung verlieren!

Erschöpft hockte Marius in seinem Sessel und lauschte nur mit einem Ohr dem Geschwafel der Kommandanten. Quono überbrachte ihnen ein Update der Lage und gab die nächsten

Befehle durch. Sie werden sich demnächst wieder auf den Weg nach Calthyn machen. Die Nachricht, die sie von ihrem Flaggschiff erreicht hatte, war kurz, doch genügend. Da stand lediglich geschrieben, dass ihr Schiff noch unversehrt war und sie nicht verfolgt wurden. Es gab noch einen zweiten Teil der Nachricht, welcher jedoch nicht entschlüsselt werden konnte, weil die Explosion auf der Planetenoberfläche eine solche Strahlung absonderte, dass der Funkspruch verzerrt wurde. Dass dies passieren konnte, musste das Schiff irgendwo auf der anderen Seite des Planeten sein und sich mit einem starken Tarnschild umgeben haben, welcher die Stärke der Impulse sehr geschwächt hatte. Zudem musste es wohl sehr weit entfernt liegen. Zu weit entfernt, um es zu suchen, weil sie sonst wieder ein paar Tage verlieren würden und die Gefahr wuchs, dass es einen erneuten Angriff gab, für den sie nicht gewappnet waren.

Müde stand Marius auf und ging ein paar Schritte auf und ab. Sein Schädel pochte und er versuchte all das Geschehene der letzten Tage zu verarbeiten. Sein Blick blieb abermals auf dem Portrait von Firs hängen, das ihm bereits kürzlich aufgefallen war. Er kam ihm sonderbar vertraut vor, doch konnte er das Bild nicht zuordnen. *Wer bist du nur? Fragte er sich, und was zur Hölle mache ich eigentlich hier?*

Er griff nach dem Amulett seiner Tante, das er noch immer unter dem Hemd trug. Es strahlte in seiner Hand wieder eine angenehme Wärme aus und beruhigte ihn. Dieser kleine Gegenstand war das Einzige, was er von der Erde noch hatte. Es erdete und beruhigte ihn.

«Wir finden sie», murrte Brega neben ihm. Marius schreckte
auf, er hatte den Zwerg nicht bemerkt. «Núdan und Joe sind
hartnäckig, die sind nicht so einfach unterzukriegen.»
Marius hoffte, dass er recht behalten würde und sein Herz
pochte wieder stärker, als er an Núdan dachte.
«Und Talrik, dieser Dickschädel», fuhr Brega fort. «Der wird
seinen Weg finden. Mach dir keine Sorgen.»
«Es ist für mich einfach immer noch so unbegreiflich», begann
Marius. «Ich wünschte mir, ich hätte dieses Licht dazumal
nicht gesehen und wäre ihm nicht gefolgt, dann wären Talrik
und ich jetzt vermutlich zuhause in Sicherheit und all das hier
wäre vielleicht nie geschehen.»
«Was für ein Licht?», horchte Brega auf. Der Zwerg zog eine
Augenbraue hoch und musterte Marius, welcher beiläufig das
Amulett losließ. Er wollte nicht, dass es jemand anderes zu
Gesicht bekam. Es war sein persönlicher Gegenstand, der ihm
Kraft spendete.
«Bevor wir von euch entführt wurden», wiederholte Marius.
«Da war dieses blinkende Licht. Eine blaue Kugel, die ich
bereits Tage zuvor gesehen habe.»
Brega sah ihn nur an und ließ ihn weiterreden.
«Warum habt ihr uns ausgerechnet in dieses Moor gelockt
und uns dort niedergeschlagen? Ihr hättet uns genauso…»
«Was für ein Moor?», unterbrach ihn Brega immer noch
verwundert.
«Wir sind dieser Kugel gefolgt, und auf den Platz im Moor
gestoßen, mit der Kuppel und dem Kellerraum.»
«Wir haben weder etwas mit einer blauen Kugel noch mit
einem Moor zu tun», grunzte Brega. «Wir haben euch auf den
Gängen eures Internats aufgelauert.» Und Brega erzählte ihm

nun, wie er und Brûs den ganzen Tag in ihrem Zimmer auf die beiden gewartet haben. Dort sollten sie sie über ihre Bestimmung aufklären und zu Núdan begleiten. Sie wussten von ihren Agenten, wo sie die beiden am ungestörtesten treffen könnten. Als Marius und Talrik jedoch bis in die späten Abendstunden nicht zurückgekehrt waren, hatten sie sich auf die Suche gemacht und wollten bereits aufgeben, als sie die beiden endlich im Garten des Internatsgebäudes aufgefunden hatten, wo sie aufgeregt am Diskutieren waren.

«Ihr Erdlinge könnt euch gehörig erschrecken», grinste er. «Wir wollten mit euch sprechen, doch ihr seid erschrocken und habt etwas von Krallenmenschen geschrien. Um nicht noch mehr Aufsehen zu erregen, blieb uns nichts anderes übrig, als euch niederzuschlagen. Ihr wolltet euch nicht beruhigen.»

Ist das verwunderlich beim Anblick dieser bärtigen Zwerge? Doch Marius sprach es nicht aus, es hätte ihm nur einen Seitenhieb eingebracht. Doch die Gedanken drehten sich in seinem Kopf.

«Wann sagst du, war das?»

«Die Sonne war bereits untergegangen», sagte Brega. «Wir waren knapp dran und mussten zurück aufs Schiff.»

«Das kann nicht sein», flüsterte Marius und setzte sich. «Und das blaue Licht? War Jack bei euch? Hat er seine Magie eingesetzt?»

«Kein Licht, nur Brûs und ich.»

Sonderbar, dachte sich Marius, er musste Talrik so schnell wie möglich wieder finden. Er war davon ausgegangen, dass sie im Keller unter dem Modersumpf entführt worden waren, doch scheinbar waren da noch mehrere Stunden dazwischen verstrichen, die in seinem Gedächtnis ausgelöscht waren.

Vielleicht eine Gehirnerschütterung als Folge des harten Schlags. Sein Hinterkopf schmerzte noch immer, wenn er zurückdachte.

Brega schien nicht zu verstehen, worauf er hinauswollte und warf Marius noch einen schrägen Blick zu, bevor er sich auch wieder hinsetzte und sich den Gesprächen der Offiziere zuwandte.

Was hat es mit diesem Licht auf sich? Und was haben sie an diesem Platz gefunden? Marius Gedanken kreisten und so vergingen die nächsten Stunden wie im Fluge und ohne weiter Zwischenfälle. Sie waren auf Kurs, um Calthyn am nächsten Tag zu erreichen.

CALTHYN

Es war erst drei Uhr in der Früh, trotzdem war schon das gesamte Schiff in Aufruhr. Soldaten eilten die Gänge hinauf und hinunter, Bedienstete zogen schwebende Materialwägen hinter sich her und die Männer im Kommandoraum führten eifrig Befehle aus.

Das Gedränge war dicht, aber trotzdem geordnet, so dass Marius sich im Eiltempo durch den Strom in Richtung des Hangars treiben lassen konnte. Jack eilte nur ein paar Schritte vor ihm zwischen den Soldaten hindurch. Sie hatten nicht viel geschlafen, doch weckte sie die Euphorie, dass sie bald an ihrem Ziel ankommen würden. Marius hatte sich am gestrigen Abend noch lange den Kopf zerbrochen, aber egal wie sehr er sich anstrengte, er konnte keine weitere Erinnerung hervorrufen an das, was an ihrem letzten Tag auf der Erde geschah. Er entschied sich deshalb, das Thema ruhen zu lassen, bis er Talrik wieder gefunden hatte. Vielleicht wusste dieser noch mehr. Stattdessen fokussierte er sich wieder auf die Geschehnisse hier vor Ort. Obwohl er erst knapp eine Woche im All verbracht hatte, schien Marius dies alles hier so vertraut, als würde er in diese Welt gehören. Alles schien hier viel geordneter abzulaufen. Sobald auf der Erde große Menschenmengen zusammenkamen, gab es Chaos und Stau. Hier draußen war es anders. Für die Männer und Frauen hier an Bord war solch eine Landung Routine. Die meisten verbrachten wohl schon längere Zeit hier auf dem Schiff, denn sie lachten und scherzten miteinander. Marius fühlte sich einfach wohl hier bei diesen Menschen, vor allem wenn er daran dachte, dass ihm vielleicht eine Spezialausbildung und ein Auftrag zugeteilt würde, während seine Schulkollegen in stickigen Zimmern Französisch und Mathematik büffeln mussten. Für sie war er im Moment einfach verschwunden. Ziemlich sicher hatten sie keine Ahnung, was er hier gerade Verrücktes erlebte.

Durchsagen hallten über ihnen aus den Lautsprechern und rissen ihn aus seinen Gedanken. Er schüttelte seinen Kopf und hastete Jack weiter hinterher.

Erst als sie den Vorraum des Hangars erreichten, ging Jack zu einem angenehmeren Schritttempo über. Marius kam keuchend neben ihm zu stehen. «Du hast mir gesagt, dass wir nicht lange Zeit haben, doch dass wir gleich so rennen müssen?» Er atmete noch ein, zweimal schwer und rückte dann seinen Mantel zurecht. Quono hatte drauf bestanden, dass er und Jack diese Umhänge anzogen. Er meinte, dass es mehr Eindruck verschaffte wenn sie in der Kluft der Krieger erschienen. Es waren dunkle, mit weißem Faden durchwobene Stoffe. Sie lagen angenehm leicht auf den Schultern.

«Egal wie schnell man ist, die Zeit ist einem immer ein Ticken voraus, wie mein Großvater bereits zu sagen pflegte», entgegnete Jack und gab ihm einen Klaps auf die Schulter. Sie durchquerten den Vorraum und traten dann durch einen Nebeneingang in den Hangar, wo die Transporter bereits eilig beladen und aufgetankt wurden. Ihr Shuttle stand etwas abseits und wurde von zwei Wachleuten flankiert. Der Schlachtkreuzer selbst war zu groß, um auf der Oberfläche zu landen, zudem war er auch nicht dafür gebaut worden, um zu landen, stattdessen nutzten sie dafür die kleineren Schiffe, sowie die Taxishuttles, die vom jeweiligen Planeten geschickt wurden.

Marius und Jack gehörten zusammen mit Quono und ein paar anderen Führungsleuten zu den Ersten, die nach unten fliegen durften. Corwin und Brega halfen noch beim Entladen des Schiffes mit.

Jack nickte den beiden Wachleuten kurz zu und schritt dann die Rampe hinauf in das luxuriös ausgestattete Shuttle. Lange Fenster an den Seiten erlaubten beinahe einen Rundumblick.

«Guten Morgen ihr beiden», begrüßte sie Quono. Die Offiziere, die schon gestern bei der Besprechung anwesend waren, standen auch jetzt hier. Selbst die Kommandanten der anderen Schiffen aus der Flotte waren auf dieses Schiff hier übergewechselt, um mit ihnen zur Oberfläche zu fliegen. Es waren zwölf große Schlachtkreuzer und sieben Bomber, die sich hier mit ihnen eingefunden hatten. Die restlichen Schiffe hatten die Flotte verlassen und waren unterwegs zu den benachbarten Schiffswerften, um gewartet zu werden.

«Nehmt gleich eure Plätze ein, wir werden in Kürze starten.»

Er wies ihnen zwei Plätze zu, vergewisserte sich, dass sie bereit waren, und wandte sich dann wieder den anderen Kommandanten zu, um mit ihnen eifrig weiter zu diskutieren.

Es verging kaum noch eine weitere Minute, bis das Shuttle endgültig bereit war und die Triebwerke gezündet wurden. Langsam glitten sie aus dem Hangar hinaus. Sie waren winzig, wenn Marius nun zurückblickte und das riesige Schiff betrachtete. Unglaublich, dass Menschenhände so etwas bauen konnten. Und dann auch gleich ganze Flotten davon. Langsam verschwand das Schiff hinter ihnen und sie näherten sich der Oberfläche. Die Sonne schien zeitgleich über den Horizont und beleuchtete ihnen einen umwerfenden Anblick auf die Stadt, die unter ihnen lag. Sie erstreckte sich von einem Horizont zum anderen. Riesige Hochhäuser standen dicht beieinander und bildeten eine zweite, mehrere hundert Meter über dem Boden liegende Plattform mit ihren Dächern. Hie und da durchbrachen noch höhere Bauten die morgendliche Dämmerung. Soweit Marius das erkennen konnte, gab es auf dem Boden keine Straßen, sondern wogen da tief unten grell grüne Baumkronen hin und her. Die Häuser waren so angeordnet, dass selbst die untersten Stockwerke ein bisschen der morgendlichen Sonnen zu Gesicht bekamen und überall sprangen bewachsene Balkone hervor. Das Grün spross erstaunlich kräftig zwischen den Bauten. Die Hochhäuser waren organisch angeordnet und wuchsen zur Stadtmitte hin in ihrer Höhe an, so dass es im Gesamtbild wie ein Berg aus Stahl, Glas und Beton schien, der von einem dichten Urwald überwachsen wurde. Dazwischen glitten ganze Kolonnen von Shuttles, Gleiter, Jäger und Scooter dahin. Sie schienen alle einer unsichtbaren Luftstraße zu folgen. Es war ein unglaubliches Schauspiel, das sich ihnen da bot. Doch etwas überragte all dies noch um einiges und zog den Blick auf sich. Im Zentrum der Stadt erhob sich ein gigantischer ovaler Bau. Die im Licht der aufgehenden Sonne reflektierenden Fenster waren in mehreren Strängen um das Gebäude herumgewickelt, so dass es aussah, als hätte es jemand an beiden Enden gepackt und auf einer Seite gedreht. Sanft hoben sich Terrassen und Gehwege von der Struktur ab. Umschlungen wurde das Ganze von einer einzigen, riesigen, ringförmigen Terrasse im oberen Teil des Gebäudes. Die Terrasse war so groß, dass kleine Raumschiffe darauf landen konnten. Es herrscht ein reges Treiben, das dem Tanz um einen Bienenstock glich. Es war einfach ein Anblick, den Marius so noch nicht gesehen hatte. Er ertappte sich selbst, wie er am Fenster klebte und wie ein kleiner Schuljunge hinausschaute.

«Das ist das Regierungsgebäude des freien Volkes. Dies hier ist das Herz unseres Imperiums», erklärte Jack mit einer gewissen Ehrfurcht in der Stimme. «Ich war schon dutzende Male während meiner Ausbildung dort drinnen, doch noch immer beeindruckt mich der Anblick bis aufs Innerste. Drei Generationen lang hat der Bau gedauert.»

«Und von da regiert der Hohe Rat?», fragte Marius beeindruckt. Er konnte seinen Blick nicht von dem Gebäude und der Stadt rings herum nehmen. Sie waren mittlerweile tiefer hinuntergekommen und hatten sich in den Verkehr eingegliedert, so dass man das leise Surren der Triebwerke um sie herum vernehmen konnte.

«Im obersten Bereich ist der hohe Rat untergebracht. Er ist die eigentliche Führungskraft des Imperiums. Im Rest des Gebäudes residieren die Verwalter der einzelnen Provinzen und Vertreter jeder Galaxie.»

Das Shuttle flog eine weite Runde um das Gebäude herum, bevor es auf der Rückseite zur Landung ansetzte. Der Pilot musste wohl über Funk Anweisungen erhalten haben, denn er flog zielstrebig auf eines der markierten Landefelder zu, vier Transporter, welche ihnen vom Hauptschiff gefolgt waren, im Schlepptau. Die Transporter flankierten sie, als sie auf der Plattform aufsetzten. Erwartungsvoll stand Marius auf und wartete, bis Quono und die anderen Hauptmänner an ihm vorbei waren, erst dann folgte er ihnen. Frische, kühle Luft erfüllte seine Lungen, als er hinaus auf die Plattform trat. Hier draußen war der Verkehrslärm etwas lauter aber immer noch ertragbar. Keineswegs laut, sondern es war eher ein sanftes Schnurren, welches aus der Tiefe hinauf tönte.

Obwohl es hier erst so gegen sieben Uhr war, flogen schon viele der Einwohner umher. Sie alle gingen wohl ihrer Arbeit nach, zum Einzukaufen, oder sonst wo hin. Keiner ahnte, dass momentan der Auserwählte, auf den sie so lange gewartet hatten, hier oben stand und auf sie alle hinabschaute. Er selber wusste noch nicht einmal, welche Rolle er noch spielen würde.

Gierig sog Marius die frische Luft ein und trat an das Geländer, das die Plattform umgab. Ein leichter Wind zog von unten herauf und zerzauste ihm das Haar. Trotz der frischen Luft war es angenehm warm hier. Es hing sogar ein leichter Lavendelduft in der Luft, welcher von den Pflanzen unter ihm ausging. Sie umspannten die Plattform wie einen lila Kranz und versprühten ein dezent mediterranes Flair.

«Beeindruckend, nicht wahr?», stellte Jack fest und lehnte sich neben ihm ans Geländer, um in die Tiefe zu blicken. «Seit ich im Dienst bin habe ich nicht mehr so viel Zeit wie früher, doch während meiner Ausbildung habe ich Stunden hier oder ganz oben auf der Kuppel verbracht, wo mir die ganze Stadt zu Füßen lag.»

Marius blickte sich neugierig um und blickte hoch zur Kuppel. *Wer wohl dort oben sitzt?* Er drehte sich wieder um und schaute auf die Häuserringe unter ihm hinab. Es steckte eine spezielle Symmetrie in ihnen. Perfekt nach dem Reissbrett eines eifrigen Architekten gebaut, denn obwohl alle Häuser verschiedene Höhen und Formen hatten, war ihr Baustil ein und derselbe. Verschieden im Einzelnen aber im Gesamten stellten sie eine harmonische Struktur dar. Zwischen den Hochhäusern schlängelten sich weite Spalten, durch welche der Verkehr hindurchfloss. Unter einem besonders breiten Verkehrsweg, welcher jedoch nur spärlich befahren war, leuchtete das helle Blau eines Flusses, auf welchem gemächlich einige Bote dahinzogen. Die Sonne hing noch tief über all dem und tauchte die Szenerie in ein warmes Licht.

Als er die ersten Eindrücke verarbeitet hatte, wandte er sich an Jack: «Was geschieht jetzt?»

«Wir werden erst den Morgen hier verbringen und dich ankommen lassen. Am Nachmittag dann wirst du dem Hohen Rat vorgestellt, der über dich bestimmt. Sie entscheiden dann, ob und wo du ausgebildet wirst», erklärte Jack.

«Du wirst mich doch begleiten Jack?», frage Marius, der sich auf einmal etwas einsam fühlte, in dieser für ihn doch fremden Welt hier.

«Deine Lehrer werden die größten Meister sein, doch wenn ich Glück habe, kann auch ich einen Teil deiner Ausbildung übernehmen», versicherte Jack und legte ihm freundschaftlich eine Hand auf die Schulter. «Lass uns das Gespräch mit dem Hohen Rat abwarten. Es ist noch vieles ungewiss und wir sollten uns nicht die Köpfe zerbrechen über etwas, das wir nicht beeinflussen können.»

«Was denkst du, wie lange diese Ausbildung dauern wird?» Marius wandte nun den Blick von der Stadt ab und sah Jack an. Zum ersten Mal schien ihm richtig bewusst zu werden auf was er sich hier eingelassen hatte.

«Wie gesagt, das erfahre ich auch erst bei dem heutigen Gespräch. Das wird dann der Rat bestimmen. Ich selbst kann dir nichts sagen.» Er nickte in Richtung des großen Haupttores, wo ihr Empfang bereits wartete. «Aber nun geh schon, du wirst erwartet.»

Marius seufzte. Schließlich raffte er sich auf und marschierte hinüber zu dem Empfangskomitee.

Quono wartete bereits geduldig auf ihn. Bei ihm standen vier Wachen, die man ihnen als Empfang geschickt hatte. Sie waren weiss gekleidet und wirkten eher, als wären sie Statuen, so perfekt saßen ihre Uniformen. Sie nickten Marius zu als er sich zu ihnen gesellte, blieben aber stumm. Als Quono ihnen einen Wink erteilte, wandten sie sich um und schritten im Gleichschritt voran, dem Eingangsportal entgegen.

«Ich werde vorgehen, um dem Hohen Rat Bericht zu erstatten», meinte Quono, bevor sie in das Gebäude eintraten. «Sobald ich fertig berichtet habe, wird man dir jemanden schicken, der dich abholt. Du wirst in der Zwischenzeit in deine Wohnräume geführt, welche du die nächsten Tage nutzen kannst», erklärte Quono. «Einer der Wachen bringt dich hin. So in etwa vier bis fünf Stunden wirst du von jemanden abgeholt.»

Damit wandte sich Quono um und schritt mit drei der Wachen davon. Marius ließ die Stadt nochmals auf sich wirken, bevor er sich zum letzten Wachmann umwandte, welcher bereits auf ihn wartete.

ABREISE

Die Vögel zwitscherten bereits in den Bäumen als Talrik unter ihnen den Kiesweg entlang spazierte. Er genoss die Ruhe auf diesem Planeten. Es gab sehr wohl auch hektische Plätze, doch überall fand man mindestens einen ruhigen Fleck zum Entspannen. Er versuchte, noch so viel Energie wie möglich in sich aufzusaugen, denn schon bald hieß es wieder von diesem Ort Abschied zu nehmen und sich auf die Suche nach Núdan und Marius zu machen. Vielleicht wussten sie ja bereits, wo er war, doch war dies eher unwahrscheinlich.
Sneeuf meinte, dass er Kontakt mit einem der Schiffe des Hohen Rates aufgenommen hätte, welches ihn abholen würde.
Die Blätter schimmerten im morgendlichen Tau. Talrik war alleine unterwegs, da Heloise und Gabor sich bereits verabschiedet hatten und nun zum Hauptstamm der Grimboors unterwegs waren. Sie hatten sich gestern Abend noch lange mit Sneeuf unterhalten und die Geschehnisse bei den Nomaden diskutiert. Die sonderbaren Steinwesen

schienen ihnen tatsächlich größere Probleme zu bereiten und ihre Priorität war nun, einen weiteren Überfall auf die Minen zu unterbinden, bis dass sie wussten um was es sich hier handelte.Während Marius eher jemand war, der viele Leute um sich herum wollte und bei dem immer etwas los sein musste, war Talrik eher ein Mensch, der gerne auch mal für sich allein war. Er genoss die morgendliche Ruhe.

Sneeuf hatte ihm nach dem gestrigen Gespräch erklärt, wo sein Transporter lag. Es war eine Lichtung am äußeren Ende der Oase.

«Guten Morgen»», begrüßte ihn Sneeuf als er auf die Lichtung hinaustrat. Der haarige, kleine Kerl war gerade aus dem Transporter gesprungen und winkte Talrik zu sich. «Wie sieht's aus, bist du bereit für den Start?»

«Ebenfalls einen guten Morgen an dich.» Talrik blickte den Transporter prüfend von allen Seiten an. «Von mir aus kann es losgehen, auch wenn es schade ist diesen herrlichen Ort hier zu verlassen, so freue ich mich doch zu meinen Freunden zurückzukehren!»

«Gut, dann wollen wir mal.» Sneeuf stieg auf den Pilotensitz und öffnete per Knopfdruck die Beifahrertür auf der anderen Seite. «Steig ein.»

Kaum war Talrik eingestiegen, senkte sich die Türe auch schon wieder automatisch von oben herab und schloss sich.

«Ich habe bereits Kontakt aufgenommen mit dem Schiff, das dich abholen sollt. Es ist auf dem Weg zu uns und wird in der oberen Umlaufbahn dieses Planeten warten», erklärte Sneeuf und schloss auch seine Türe. «Ich werde dich bis dahin begleiten. Sobald du auf dem Schiff bist, unterstehst du den Befehlen des anwesenden Ranghöchsten.»

«Na dann los», forderte ihn Talrik erleichtert auf. «Von mir aus können wir starten, ich bin bereit.»

Der Flug von der Planetenoberfläche hinaus ins All, war hier kaum mehr als ein Katzensprung. Was auf der Erde mit erheblichen Risikofaktoren und großen Kosten verbunden war, geschah hier jeden Tag mehrmals. Egal ob auf Scorba oder einem der anderen Planeten. Es war, als hätte jemand einen Lebensraum voller fortgeschrittener Technologie geschaffen, jedem Planeten eine Rolle zugeteilt und dabei schlicht und einfach die Erde vergessen. So jedenfalls kam es Talrik vor, als ihm abermals vor Augen geführt wurde, was hier draußen alles geschah.

«Heloise meinte, dass du Transportreisen zu benachbarten Planeten unternimmst», begann Talrik in der Hoffnung all das hier etwas besser zu verstehen. «Wie viele Planeten gibt es denn hier in der Nähe, die besiedelt sind? Ich meine, unsere Forscher durchsuchen schon seit langem das All und haben bisher noch kein Leben gefunden, während es hier geradezu in jedem Winkel zu gedeihen scheint.»

Sneeuf schien erst eine Weile nachzudenken. «Kommt drauf an, was du unter nah verstehst. Es gibt vier Planeten, mit welchen ich Handel betreibe, die alle so etwa eine Tagesreise mit Normalantrieb entfernt sind. In euren Verhältnissen gemessen, liegen die bereits zu weit entfernt, als dass ihr sie überhaupt untersuchen könntet. Mit herkömmlichen Teleskopen, wie man sie auf der Erde gebraucht, wären sie nur unscharf zu erkennen. Diese bewohnbaren Planeten sind mehr oder weniger gleichmässig über das All verteilt und mit einem weiten Verbindungsnetz durchspannt.»

«Und was ist mit den anderen Planeten, die hier herum schweben?»

«Nun, da gibt es auch verschiedene. Sie sind in drei Gruppen unterteilt. Die Erste beinhaltet die herkömmlichen Planeten, die alle Bedingungen für ein gutes Leben erfüllen und auch noch in der Kolonialphase sind. Die meisten von ihnen besitzen zwei oder drei stationäre Raumhäfen, die bereits funktionstüchtig sind.» Sneeuf schaltete kurz die Atmosphärentriebwerke aus und wechselte auf den Hauptantrieb. «Um sie herum beginnt der Abbau von Rohstoffen und deren Verarbeitung, während langsam Städte für die Einwanderer gebaut werden. Ich beliefere zum Beispiel die Nachbarplaneten mit Baumaterialien, um eine neue Kolonie für zukünftige Siedler aufzubauen.

Die zweite Gruppe beinhaltet alle Planeten, auf denen keine normalen Siedlungen stehen, da sie entweder zu wenige Rohstoffe oder eine zu dünne Atmosphäre besitzen, als dass man sie umwandeln könnte. Sie werden meist als Militärstützpunkte oder als Raststätten für Fernreisende genutzt.

Die dritte und kleinste Gruppe ist ein Verband von sogenannten freien Planeten. Ein Teil von ihnen erfüllt die Voraussetzungen für das Leben, sie wurden jedoch noch von keiner Regierung angenommen. Sie werden Firmen oder Privatleuten zur Verfügung gestellt, um darauf Minen oder andere Dinge zu errichten. Häufig sind sie von Urstämmen bewohnt, die dort ihre eigenen Reiche geschaffen haben.»

Talrik runzelte die Stirn und blickte den Grimboor fassungslos an. «Aber warum weiß dann die Erde nichts davon? Warum meint man auf unserem Planeten immer noch, wir seien das einzige Leben in unserer Galaxie? Es scheint mir, als wäre unser Planet der Einzige, der hier nicht mitspielen darf und der bewusst in seiner Blase gelassen wird.»

«Das hat mehrere Gründe, die du nicht unbedingt verstehen musst. Es gibt sehr wohl Personen, einflussreiche Personen, auf der Erde, die von all dem hier wissen und auch mit uns zusammenarbeiten, doch halten sie sich vorerst noch im Verborgenen. Die Erde ist einfach noch nicht bereit, um sich diesem Verband anzuschließen. Wenn unsere Aufzeichnungen stimmen, hat die Erde noch eine ziemlich wichtige Rolle in diesem Spiel inne, doch ist der Zeitpunkt zur Offenbarung noch nicht gekommen. Erst wenn der Rat es für richtig hält, wird sie eingeweiht, doch bis dahin muss man sie zu ihrem eigenen Wohle noch im Unwissen treiben lassen. Du ahnst nicht, wie wichtig sie noch sein wird.»

Talrik hörte ihm aufmerksam zu, aber es machte für ihn noch keinen Sinn. Trotzdem beschloss er, das Thema ruhen zu lassen. «Gut, ich glaub dir jetzt, auch wenn ich es noch immer nicht ganz verstehen kann.»

«Keine Sorge, das musst du auch nicht», grinste Sneeuf und verpasste ihm einen Stoß in die Seite. «Du wirst noch genug Zeit haben, um das hier zu verstehen. Für mich ist es genau so sonderbar, dass ein Erdling hier herumschwirrt.»

Talrik schnitt nur eine Grimasse und blickte dann durch das Fenster hinaus in die Leere. Weit und breit kein Schiff in Sicht, das sie abholen könnte. «Wer wird mich abholen kommen?»

«Ich weiß nicht genau, wer uns erwarten wird», meinte Sneeuf mit einem Seitenblick zu Talrik. «Ich habe gestern bereits mit dem Schiff kommuniziert, als sie noch weiter entfernt waren. Der Kommandant meinte, dass er zwar einen Auftrag zu erledigen habe, aber eine wichtige Person an Bord habe, welche darauf bestand, dass du aufgenommen wirst. Hauptsache jedoch ist, dass ein größeres Schiff da ist, denn wäre es das nicht, müssten wir mit unserem Transporter bis zum nächstbesten Raumhafen fliegen, um dort ein größeres Schiff zu chartern. Mein kleiner Transporter hier ist für kurze Strecken von einem Planeten zum anderen gedacht. Und wenn ich dich nach Calthyn bringen sollte, bräuchten wir zu viel Zeit. Zeit, die wir nicht haben.»

Talrik lehnte sich entspannt zurück und genoss das weiche Sitzpolster. Er malte sich aus, wie Heloise und Gabor sich unterdessen durch die Wüste zu dem Grimboordorf durchschlugen, um es vor der drohenden Gefahr zu warnen. Dagegen schien seine Aufgabe noch harmloser und einfacher, als sie schon war. Einfach nach Calthyn gelangen und dort auf Marius und die anderen zu warten. Ebenfalls blieben seine Gedanken kurz an dem sonderbaren Nomaden hängen. Er wurde den Gedanken nicht los, dass er etwas zu verbergen hatte.

«Hier, ich erhalte ein Signal von dem Schiff, es ist gerade aus dem Hyperraum gesprungen und liegt gleich vor uns.» Die Radaranlage zeigte nun einen blinkenden Punkt an, unter welchem direkt die Koordinaten und Anflugpunkte standen. «Wir nähern uns von der Seite. Das Schiff sollte jeden Augenblick in unser Blickfeld gelangen.»

Und tatsächlich erschien kaum ein paar Sekunden später vor ihnen ein majestätischer Kreuzer mit geöffneter Hangarluke. Es war nicht ganz so groß wie Núdans Schiff, trotzdem war sein Erscheinungsbild ziemlich imposant.

Sneeuf staunte nicht schlecht, als er den Schiffstyp erkannte. «Ein Schiff der Calthynischen Flotte.» Er verminderte die Energiezufuhr zu den Triebwerken und öffnete den Kommunikationskanal.

Es summte kurz, bis Sneeuf die Verbindung zu dem Schiff hergestellt hatte und ihm eine Computerstimme Anweisungen erteilte, so dass er den kleinen Transporter zielsicher auf die Hangaröffnung zu und hineinsteuern konnte.

«Dann wollen wir mal sehen, wer dich so dringend sehen möchte, dass sie direkt mit einem ganzen Kreuzer hier auftauchen», brummte der Grimboor anerkennend und deaktivierte die Triebwerke, sobald sie die künstliche Gravitation erfasste und in den Hangar hineinzog. Talrik erhaschte nur einen kurzen Blick auf die Hangarhalle bevor ihm ein anderer Transporter den Blick versperrte. Die Halle schien vollkommen überstellt zu sein. Sie hatten gerade noch genug Platz zum Landen und mussten sich zwischen den anderen Schiffen hindurchquetschen zum Aussteigen.

«Entschuldigt die Umstände, aber seid willkommen an Board!» Sie wurden von einem freundlichen Mann begrüsst.

«Ihr befindet euch hier auf einem Schiff der zweiten Flotte. Ich bin Elias, Kommandant der Calthynischen Flotte.»

Sneeuf und Talrik nickten ihm danken zu. «Wir sind froh an Bord zu sein. Ein Glück, dass ihr hier in der Nähe wart!»

«Wir sind durch…», er überlegte kurz, wie er es ausdrücken sollte. «…sagen wir durch einen unangenehmen Zufall hier. Unser Schiff war in einem Militäreinsatz unterwegs, weshalb hier alles ein bisschen voll ist und wir euch deshalb nicht den gewohnten Luxus bieten können.»

«Keine Sorge», winkte Sneeuf ab. «Wir sind froh, dass überhaupt ein Schiff in der Nähe ist, das uns aufnimmt.»

«Das sind wir auch.» Elias deutete auf den Weg, den er gekommen war. «Wenn ihr mir folgen möchtet, ihr werdet erwartet.»

Der Mann winkte zwei Bedienstete heran und bedeutete ihnen, sich um den Transporter der beiden Gäste zu kümmern und führte sie dann aus der Hangarhalle hinaus.

EIN MOMENT DER RUHE

Der zuvor wortkarge Soldat führte Marius von der Landeplattform in das Ratsgebäude hinein und wurde auf einmal redselig. Er führte ihn durch verschiedene Säle und Hallen und begann über die Geschichte dieses Ortes zu erzählen.

Der Boden bestand in den Hallen aus schwarzem und weißem Marmor, doch wirkte es keinesfalls protzig. Vermutlich lag es an all dem Grün, das selbst hier drinnen überall aus den Wänden zu wachsen schien. Große Pflanzen zierten Ecken der Räume und schufen ein herrlich erfrischendes Bild. Die Tische und Bänke an den Wänden waren nur spärlich besetzt. Der Trubel würden erst in etwa einer Stunde beginnen wenn der erste Rat seine Sitzung abhielt, wie Fabio, der Soldat, erklärte. Während sie einen weiteren Saal durchquerten, erläuterte er Marius gerade die Rangordnung der verschiedenen Staatsdiener.

«Welchem Rang gehört eigentlich Núdan an?», fragte Marius auf einmal, als sein Führer endlich mal ruhig war. «Ich meine, wem untersteht sie?»

«Es gibt nicht viele, die über ihr stehen. Sie ist sehr außergewöhnlich für ihr Alter und ihr Wort hat großes Gewicht», sprach der Soldat und Marius meinte einen Hauch von Ehrfurcht über sein Gesicht huschen zu sehen. «Núdan gehört dem Ring der Rebellen an. Sie ist die jüngste Anführerin in dieser Organisation, doch hat sie schon einen der höchsten Ränge inne.»

«Was ist das für ein Ring?», fragte Marius neugierig. «Wie viele gehören ihm an?»

«Er wurde vor langer, langer Zeit gegründet», begann Fabio. «Am Anfang war die Freie Republik unter der Führung des Hohen Rates. Der Rat war dazumal noch klein und ohne allzu großen Einfluss. Schnell wuchs jedoch die Anzahl der Völker, die Anschluss suchten und sich gegen die Diktatoren, die sie knechteten, wehren wollten. Die Konflikte nahmen zu und immer mehr Gebiete erforderten unseren Schutz. Anfangs ging es noch gut, doch nach einer Weile war der Rat überfordert, alle Gebiete zu schützen und die Armeen zu koordinieren. Als dann ihre Angriffe und Organisationen immer chaotischer wurden, beschlossen sie etwas Neues auszuprobieren. Sie teilten die Gebiete auf und der Hohe Rat vereinte unter sich eine Vielzahl kleinerer Armeen. Diese hatten eine Handlungsermächtigung und ihre eigenen Zuständigkeitsbereiche.

Dieser Verbund von Armeen wurde der Ring der Macht genannt, da sie ein starkes Bollwerk gegen die Diktatoren und dunklen Herrscher waren, welche das Herz unserer Galaxie bedrohten. Heute wird dieser Zusammenschluss Ring der Rebellen genannt, da sich ihnen immer mehr Aufständische anschlossen. Diese Leute, zu denen auch Núdan gehört, können frei handeln und unternehmen, was sie wollen. Sie müssen nur den Hauptbefehlen des Rates gehorchen, sowie dem Kodex folgen, sich gegenseitig zu schützen. Wie sie diese jedoch ausführen, ist ihre Sache.»

«Und wie viele dieser Oberhäupter im Ring der Rebellen gibt es heute?»

«Ihre Zahl war einmal größer. Doch seit einer vernichtenden Niederlage gegen Keyathuz, welcher dazumal erst an die Macht kam, sind es nur noch zehn Armeen. Dafür wirkungsvollere als eh und je. Nicht umsonst werden sie bei den freien Völkern für ihre Taten verehrt und gefeiert.»

Fabio blieb nun stehen und gab Marius einen kurzen Moment zum Verschnaufen, bevor er die nächste Flügeltür aufstieß und auf einen riesigen Balkon hinaustrat, der ringförmig einen Innenhof im Gebäude umschloss. Erst jetzt erkannte Marius, dass das Gebäude wie eine Eierschale aufgebaut war und im Innern einen riesigen lichtdurchfluteten Raum beherbergte. Doch das war es nicht, was Marius erstaunen ließ. In der Mitte des Gebäudes fiel eine mächtige Wassersäule in die Tiefe, welche sich weit unten tosend in vier Wasserstränge aufteile, die aus dem Gebäude hinausflossen. Die Wassersäule selbst war so mächtig in ihrem Durchmesser, dass darin ein ganzes Haus platz gehabt hätte. Die Quelle hingegen war irgendwo hoch oben im Nichts.

«Dieser Strang Wasser ist das Zentrum unserer Macht und das Wahrzeichen der Rebellen und der freien Völker, welche sich gegen die Diktatoren wehren. Solange das Wasser fließt, fließen auch der Mut und der Kampfgeist durch unsere Adern.» Marius bekam eine Gänsehaut beim Anblick der riesigen Wassersäule und er blieb ehrfürchtig stehen. Er konnte nicht erkennen, woher die Unmengen an Wasser kamen. Fabio ließ die unwirkliche Szenerie kurz auf Marius wirken, bevor er fortfuhr.

«Du hast nun die Wahl, ich kann dir deine Räume zuweisen und du kannst ein paar Stunden ruhen, bis du abgeholt wirst», meinte er. «Oder aber ich bringe dich auf den Flugplatz. Ich habe erfahren, dass du ein begeisterter Scooterflieger bist?»

Natürlich war klar, was Marius wählen würde, und so führte ihn sein Begleiter grinsend zum nächsten Aufzug und aus dem Gebäude hinaus. Sie waren nun weit unten in der Stadt, inmitten der Grünanalgen, die Marius von oben erblickt hatte. Prächtig leuchtende Rosenbüsche säumten den Weg und sorgten zusammen mit dem Lavendel für einen herrlichen Duft. Große Bäume sorgten auch hier für einen angenehmen Schatten und das rauschende Wasser ließ in Marius ein Heimatgefühl aufkommen. Früher spielten er und seine Kollegen oft am Dorfbach oder schwammen im See.

Beim Vorbeilaufen grüßte Fabio mit einem knappen Wink eine Gruppe schwarz-grün gekleideter Männer, die alle mehr oder weniger gleich alt wie Marius waren.

«Das sind Piloten im zweiten Lehrjahr», erklärte er. «Sie haben in verschiedenen Teilen unseres Planetensystems ihre Grundausbildung absolviert und sind beim letzten Auswahlverfahren dazu berufen worden, ihren Lehrgang hier weiterzuführen. Sie werden von den Großmeistern unterrichtet und in die Kampfkunst unterwiesen bis sie genug gelernt haben, um sich der Hauptarmee anzuschließen. Einen Teil deiner Ausbildung wirst du mit ihnen zusammen absolvieren.»

Marius nickte nur beiläufig, er hörte ihm nicht mehr genau zu, da seine Gedanken abschweiften. Das Rauschen des Wassers hatte ihn erinnert, wie willkürlich all das hier war. Noch vor ein paar Wochen war er bloß ein Junge auf der Erde, dessen einzige Sorge die Schule war und nun sollte er hier ein Spezialtraining absolvieren. Wie es wohl seinen Kollegen auf der Erde ging? Seiner Oma? Wusste jemand was geschehen war? Aber naja, trotz allem war er nicht abgeneigt, was die Sonderausbildung anging. Doch vielleicht würde er morgen, nach fast einer Woche des Geduldens, endlich erfahren, was hier vor sich ging und warum er hier war und nicht wie es sein sollte, auf der Erde in seinem Schulzimmer.

Reumütig musste er zurück an seine Schule denken. Wenn seine Zeitrechnung stimmte, mussten auf seinem Heimatplaneten bald die Scooter-Wettkämpfe beginnen, an welchen er und Talrik diesmal nicht teilnehmen konnten. Er war wohl viele Milliarden Kilometer von seinem Zuhause entfernt. Und von Talrik hatte er erst recht keine Ahnung, wo dieser steckte.

Fabio führte ihn direkt auf das Flugfeld und Marius war überrascht, dass der Platz und die beiden Hangars viel zu klein schienen für die Transporter und Jäger, die hier herumflogen.

Fabio schien seinen Gedanken zu erraten. «Wir haben mehrere Flugplätze hier in der Stadt. Der allgemeine Flugplatz, auch für die etwas größeren Schiffe, liegt weiter draußen. Um zu ihm zu gelangen, müssten wir mit einem der Shuttles hinfliegen.

Dieser hier ist extra für die angehenden Piloten erschaffen worden, die hier einen Teil ihrer Übungsflüge absolvieren. Er ist hauptsächlich für Scooter und kleinere Jäger gedacht. Deshalb ist hier alles etwas kleiner. In dem von hier aus rechts gelegenem Hangar liegen die Trainingsfluggeräte. Sie sind extra für die Flugstunden umgebaut worden, so dass der Lehrmeister jederzeit vom Boden her die Instrumente des Piloten überwachen und notfalls eingreifen kann. Dieser Teil ist nur für den Unterricht gedacht. Für Freizeitflüge haben wir den Hangar auf der linken Seite. Die Jäger, Scooter und kleineren Shuttles, die darin liegen sind für jeden Bürger frei verfügbar, sofern er einen gültigen Flugschein besitzt.»

«Ich besitze aber keinen Flugschein», warf Marius enttäuscht ein.

Fabio lachte lauthals. «Du glaubst doch nicht allen Ernstes, dass die Person, auf die der Rat so viel setzt, eine extra Bewilligung braucht? Dir stehen während deines Aufenthaltes hier alle der kleineren Schiffe zur Verfügung!»

Sie hatten das Flugfeld mittlerweile erreicht und schritten nun auf das graue Hangargebäude zu. Eine der Rolltüren stand offen, durch welche gerade ein kleines Jagdschiff gezogen wurde. Die meisten hier trugen ihre zivilen Kleider, nur wenige der hier versammelten Piloten trugen eine spezielle Uniform.

Marius ließ seinen Blick umherschweifen und sog all die Eindrücke begierig in sich auf. Weiße Stablampen tauchten die gut dreihundert Meter lange Halle in helles Licht. Der Hangar war ziemlich kahl eingerichtet. Außer einem abgegrenzten Bereich, hinter den Marius nicht blicken konnte, befand sich in der Seite eine Umkleidekabine samt Helmständer.

Doch trotzdem schien die Halle keineswegs leer, denn die blank polierten Schiffe erfüllten den Hangar mit einem anmutigen Glanz. Flügelspitze an Flügelspitze standen da in zwei Reihen dutzende Scooter, jeder sorgfältig auf ein eigenes, kleines Podest gestellt, Jäger für ein und zwei Personen und Transporter, der jeder für sich allein bestimmt ein Vermögen wert war. Marius Augen glänzten, als er auf die erste Reihe zuschritt und staunend über den Rumpf einer der Scooter strich. «Und du sagst, die sind für alle Bürger frei zugänglich?»

«Natürlich!», grinste Fabio. «Es soll ein Anreiz speziell auch für jüngere Piloten sein, ihre Fähigkeiten zu trainieren und sie motivieren den Fliegerverbänden beizutreten. Vermutlich nicht uneigennützig, wenn man bedenkt wie viele Piloten unsere Truppen benötigen.»

«Wow.» Marius blickte abermals staunend über die kleine Flotte. Fabio ließ ihm schlussendlich doch nicht ganz freie Wahl, sondern führte ihn zu einem schnittigen Scooter, der seinem auf der Erde gar nicht so unähnlich war. Die Steuerung sei sehr intuitiv versicherte er ihm.

Mit zwei schnellen Griffen aktivierte Fabio die Gravitationsheber des Scooters, so dass dieser in die Höhe schwebte und nun gut einem halben Meter über dem Boden schwebte. Unterdessen hatten sich noch andere Piloten in der Halle eingefunden und waren mit der Auswahl ihrer Fluggeräte beschäftigt.

Der Himmel über ihnen war noch immer klar und wolkenlos, als sie den Scooter hinaus auf das Startfeld schoben. Mit dem Betätigen eines auf der Seite angebrachten Knopfes öffnete Fabio die Abdeckung des Scooters und langte nach einem dünnen Rucksack, der darunter lag. «Zieh ihn an, es ist ein Fallschirm, welcher sich im Notfall automatisch öffnet.», erklärte er. Anscheinend wollte er doch kein Risiko eingehen, so hatte er ja immerhin *den Auserwählten* des Hohen Rates vor sich.

Gehorsam schnallte ihn sich Marius über das T-Shirt und blickte gegen die noch milde Sonne, welche erst knapp über die höchsten Gebäude linste. Geschickt zog er sich auf den Scooter und ergriff die beiden Handgriffe. Lächelnd strich er mit der einen Hand über die Schalttafeln. Es schien ihm alles auf eine Weise bekannt, nur eben, dass die Knöpfe hier etwas anders angeordnet waren und der Scooter deutlich satter in der Luft lag als er es kannte. Er zog noch die dünnen Handschuhe an, die ihm gereicht wurden und blickte den jungen Wachmann dann fragend an, bis dieser auffordernd nickte.

Marius ließ die Triebwerke aufheulen und raste los. Er war überrascht, wie leistungsstark, aber trotzdem leise der Scooter war. Nach dem ersten Anfangsbrüllen war kaum mehr als ein leises Surren zu hören. Trotzdem pfiff das Gefährt wie der Blitz knapp über den asphaltierten Boden und schien von der Gravitation völlig unbeeindruckt, als Marius den Schub noch weiter erhöhte und das kleine Fluggerät senkrecht in die Höhe zog. Er duckte sich tief hinter das niedrige Scheibchen und fühlte sich wieder direkt in sein Element hineinversetzt. Immer weiter raste er in die Höhe hinauf. *Jetzt wollen wir mal sehen, was die Kiste hier draufhat,* dachte sich Marius grinsend und kontrollierte den Höhenmesser. *Genug hoch.* Er verminderte den Antrieb auf ein Minimum und ließ sich nach hinten fallen. Er schien kurz in der Luft zu schweben, bevor er sich ganz überdrehte und nun senkrecht der offenen Rasenfläche unter sich entgegenraste. Die kleine Scheibe schütze ihn zwar größtenteils vor dem Wind, trotzdem spürte er die kalte Luft, durch welche sich der Scooter rasend schnell hindurch schnitt. Die Zahlen auf der Anzeige sanken immer schneller und erreichten bald die Zweihundertmetergrenze, worauf Marius einen Schalter an einen Handgriff umlegte, die Triebwerke wieder aufdröhnen ließ und den Scooter hinaufzog. Gehorsam und viel leichter als sein eigener reagierte der Scooter und schwenkte wieder in eine horizontale Fluglage ein. Er verzog anerkennend den Mund und ließ seinen Blick über die wenigen Anzeigen gleiten. *Noch alles im grünen Bereich.* Grinsend lehnte er sich nach links und riss das Gefährt abermals in einer engen Rolle in die Tiefe. Mehrmals drehte er sich um die eigene Achse, bevor er den Scooter wieder auffing und seinen Flug stabilisierte. Mit aufheulenden Triebwerken schoss er über den Flugplatz hinaus und hielt auf einen der dichten Wasserstränge zu. Er glitt tief unten im Schatten der Hochhäuser hindurch und hielt sich vor dem dichter werdenden Verkehr über ihm fern. Er hatte keine Ahnung, wie die Verkehrsregeln hier lauteten und wollte diese lieber nicht ausprobieren. Stattdessen genoss er die frische Brise, die ihm um die Nase wehte und betrachtete die grünen Blätterdächer, die sich zwischen den mächtigen Bauten hindurchschlängelten.

Eine dünne Gischt sprühte auf als er seinen Scooter herumzog und knapp über den Wellenkämmen hinwegfegte. Er lebte im Moment und vergass für einen Augenblick warum er hier war. Die frische Brise und die feine Wassergischt im Gesicht schenkten ihm ein Gefühl der Ruhe und Sicherheit. Kaum hatte er die Mitte des Stroms erreicht, tauchte die Sonne über den Hochhäusern auf und brach sich in glänzendem Licht auf der Wasseroberfläche als wolle sie alldem hier noch das Sahnehäubchen aufsetzen. Marius musste unwillkürlich laut heraus lachen als er realisierte wie irrsinnig dieser Moment doch gerade war. Wenn jeder Tag so bedenkenlos würde, konnte er wirklich Gefallen daran finden. Die in der ferne blinkende Energiekugel sah er diesmal nicht. Marius blickte sich zwar einmal um als er meinte etwas gesehen zu haben, ihr Schein wurde jedoch von der Reflexion der aufgehenden Sonne überdeckt und so verschwand sie unentdeckt im sprudelnden Wasserstrom.

DER HOHE RAT

Marius lief bereits unruhig in seinem Raum auf und ab. Es war ein wunderschönes Zimmer mit einem herrlichen Blick auf die Stadt, doch er war langsam aber sicher zu aufgeregt, um den Ausblick zu genießen. Der kurze Ausflug mit Fabio hatte ihm geholfen, all das hier für einen Moment zu vergessen und in der Hektik etwas Ruhe zu finden. Kaum wurde er danach in seinen Räumlichkeiten wieder allein gelassen, begannen seine Gedanken zu kreisen. Bald, nach beinahe einer Woche mit den unglaublichsten Erlebnissen, würde er jetzt vielleicht endlich erfahren was hier vor sich ging und was seine Aufgabe wäre. Er hoffte, dass sie endlich seine Fragen beantworten und etwas Licht in die Geschehnisse bringen konnten. Und vielleicht hatten sie auch Neuigkeiten zu Núdan oder Talrik.

Er hörte bereits Stimmengewirr draußen auf dem Gang näherkommen. Noch bevor jemand anklopfen konnte, riss er die Tür auf und blickte in das erstaunte Gesicht von…Sandor!

Genauso überrumpelt wie er, brach dieser in schallendes Gelächter aus. «Du solltest dein Gesicht sehen!»

Er lachte und umarmte Marius herzhaft. «Haben sie dich gut versorgt?»

Marius war baff und brachte kein Wort heraus, so dass Sandor die Initiative ergriff und in sein Zimmer platzte. «Du hast ja noch nicht einmal dein Essen angerührt!» Er zeigte empört auf das Tableau mit Essen, das Marius zur Überbrückung der Wartezeit gebracht worden war. .

Dieser hatte sich langsam gesammelt und schaute Sandor immer noch verdutzt an. «Was machst du denn hier?», brachte er endlich heraus.

«Du glaubst doch nicht, dass du zufällig hier bist?», lachte Sandor und griff sich einen Apfel von Marius' Essen. Er setzte sich auf die Fensterbank und musterte Marius. «Es scheint, als wäre ich dir eine Erklärung schuldig.»

«In der Tat! Wie kommst du hier hin?»

«Erinnerst du dich, als ich vor ein paar Jahren neu zu euch in die Stadt gezogen bin?», begann er. «Ich war da nicht ganz ehrlich zu dir. Meine Familie ist nicht wegen dem Job meiner Eltern hergezogen, sondern Núdan hatte mich auf die Erde geschickt.»

«Núdan?», fragte Marius erstaunt. Er konnte es immer noch nicht fassen, wer da vor ihm stand. «Um mich zu finden? Dann wusstest du von all dem hier Bescheid?»

«Nicht ganz», grinste Sandor und hob entschuldigend die Hände. «Ich wusste nicht, dass du, Marius, derjenige bist, den sie gesucht haben. Meine Aufgabe war eine andere. Erst als die Zwerge dich entführt haben, erkannte ich, dass du von großer Wichtigkeit bist.»

«Und warum bist du nicht mit uns mitgekommen, sondern tauchst erst jetzt hier auf?» In Marius stieg eine Empörung auf als er realisierte, dass Sandor ihn vielleicht die ganze Zeit ausspioniert hatte, ohne ihm etwas zu sagen. Und warum tauchte er erst jetzt auf?

«Ich sollte eigentlich nicht hier sein. Ich wurde von Núdan als Agent bei euch eingeschleust und sollte meine Stellung halten. Ich ahnte jedoch, dass es nicht mehr lange dauern würde bis die Prophezeiung beginnt und sie den Auserwählten finden werden. Ich habe mein eigenes Netzwerk gebeten ihre Augen offen zu halten. Ich wusste, wo ihr etwa hinfliegen würdet.»

«Mél?»

«Ganz genau», grinste er. «Es ist hilfreich, seine eigenen Informanten zu haben und ich wollte ein Auge auf euch halten.»

«Das hat nicht so gut funktioniert», grunzte Marius. «Talrik wurde unterwegs verschleppt und ich habe keine Ahnung, wo er ist.»

«Kein Sorge», meine Sandor. «Er ist in guten Händen. Ich konnte dafür sorgen, dass er Keyathuz Händen entkommen konnte.»

Marius fiel ein Stein vom Herzen. «Und was geschieht jetzt? Was tun wir hier?»

«Das liegt momentan in der Hand des Hohen Rates.»

«Führst du mich dort hin?»

«Ich kann nicht», entgegnete Sandor auf einmal. Er stand auf als er von draußen Schritte hörte. «Ich bin hier eigentlich nicht gerne gesehen, es war ein ziemliches Ding, um hier hineinzukommen.»

«Was meinst du damit?»

«Erzähle ich dir ein andermal», flüsterte Sandor und lauschte an der Türe ob die Schritte näherkommen oder vorbei gehen. «Ich muss wieder los. Ich werde zu gegebener Zeit wieder zu euch stoßen, doch bis dahin… gib Acht Marius! *Vertraue niemandem außer Núdans engsten Leuten!*»

Ein greller Blitz erleuchtete den Raum, dann war Sandor verschwunden. Marius schrak auf und schnappte nach Luft. Der Raum vor ihm war plötzlich leer. Die Tür noch zu, doch Sandor war weg. *Was war denn das?*

Es verging noch einen Moment bis es wieder an der Tür klopfte und Jack an der Türe stand, mit ihm kam ein Diener herein, der das Geschirr von Marius abräumte. «Du siehst ja aus, als hättest du ein Gespenst gesehen?»

«Das habe ich», flüsterte Marius und blickte das Tablett an, das der Diener soeben abräumte. Der Apfel, den Sandor angebissen hatte, lag unangetastet darauf. Keine Bissspuren. Nichts deutete darauf hin, dass hier gerade noch eine andere Person im Raum war.

«Ist dir jemand auf dem Gang entgegengekommen?», frage Marius Jack.

«Nein, niemand», entgegnete dieser und schaute den Bediensteten an. Dieser schüttelte den Kopf und meinte er sei die letzte Stunde vor der Zimmertüre gesessen.

Marius schüttelte den Kopf. «Er war hier, ich habe gerade noch mit ihm gesprochen.», murmelte er.

«Manchmal spielt uns der Kopf einen Streich», grinste Jack. «Es ist viel geschehen in den letzten Tagen, das braucht Zeit zum Verarbeiten. Wir alle haben in stressigen Situationen schon Gespenster gesehen.»

Marius widersprach nicht, doch er war sich sicher, dass er sich das nicht nur eingebildet hatte. «Sag mal Jack, kannst du dich mit deiner Magie auch teleportieren? Ich meine, kannst du von einem Moment auf den anderen von einem Ort verschwinden?»

«Nein», lachte Jack noch immer. «diese Macht ist schon lange ausgestorben. Niemand besitzt mehr diese Fähigkeit.»

Dabei beließ er es und bedeutete Marius ihm zu folgen. Sie waren knapp dran, der Hohe Rat wartete auf sie. Marius seufzte und folgte ihm. Es hatte keinen Sinn, er war der Einzige, der Sandor gesehen hatte und er hatte keinen Beweis dafür. Vielleicht war es nur Einbildung. Er folgte Jack, der ihn zielstrebig durch die Gänge führte und ihm zu erklären begann auf wen er gleich treffen würde:

«Du wirst gleich auf den hohen Rat treffen. Zwei davon sind Zwerge und sechs Menschen. Diese acht Mitglieder sind die mächtigsten in dieser Galaxie, also vergiss alles andere und fokussiere dich darauf. Ich werde dich nur hinbegleiten und werde dann anderweitig erwartet.»

«An wen von ihnen soll ich mich wenden?» Marius war etwas unbehaglich zumute, als er daran dachte, dass er gleich den mächtigsten Leuten dieser Galaxie gegenübertreten würde.

«Du wirst von Amalgard empfangen. Sie ist die Vorsitzende und diejenige, welche dich in deine Aufgabe einweisen wird. Sie ist die Oberste und Mächtigste von ihnen allen, also gebühre ihr auch den nötigen Respekt. Du erkennst sie an dem blauen Kleid, das Sie bevorzugt trägt. Die anderen werden hauptsächlich als Zuhörer da sein und anschließend über dich abstimmen.»

«Über mich abstimmen? Was meinst du damit?»

«Sie werden entscheiden, ob du würdig und deiner Aufgabe gewachsen bist.» Sie hatten das Ende des Ganges mittlerweile erreicht und stiegen eine weitere Treppe hinauf. Immer weiter führte Sie der Weg nach oben zur Mitte der Kuppel hin. Mittlerweile mussten sie bald das Dach erreicht haben. Die massiven Wände wichen lichtdurchfluteten Fensterfronten und es herrschte ein geschäftigeres Treiben. Marius fiel auf, dass hier nun viel mehr Frauen unterwegs waren. Sie alle schienen zielstrebig zu wissen, wohin sie wollten. Marius hingegen hatte längst wieder die Orientierung verloren und folgte Jack.

Von hier war es nicht zu erahnen, dass das Gebäude innen hohl war und einen solch mächtigen Wasserfall beherbergte. Sowieso zog es den Blick hier nach draußen auf die Stadt. Sie war so mächtig und trotzdem schön, dass sie mit nichts auf der Erde zu vergleichen war. Weit unten sah man die Landeplattform, die um das Bauwerk herumführte, auf der sie am frühen Morgen gelandet waren. Die Menschen darauf waren winzig klein.

Sie gingen immer weiter nach oben, bis sie zuoberst in dem kuppelförmigen Gebäude waren. Irgendwo unter ihnen musste die massive Wassersäule entspringen, die Marius bei seinem Rundgang mit Fabio gesehen hatte, doch der tosende Wasserfall war hier nur als leises Rauschen im Hintergrund zu hören, so dass es ein Unwissender auch schnell überhören konnte.

«Hier oben sind die Sitzungsräume des Hohen Rates», erklärte Jack, als sie in einen zentralen Empfangssaal eintraten. Der ganze Boden war mit einem kirschroten Teppich überzogen, über welchen eilig ein paar Männer und

Frauen verschiedenen Dienstgrades hin und her eilten. Und jetzt sah Marius auch wieder die ersehnten Aufzugsschächte. Seine Beine schmerzten schon vom vielen Laufen. Eine Gruppe junger Leute stieg daraus und grüßte die beiden mit einem freundlichen Nicken. Marius fühlte sich hier irgendwie fehl am Platz. Das hier war für die *wirklich Mächtigen* gedacht, nicht für einen unbedeutenden Schüler wie er es war. Aber abgeneigt war er trotzdem nicht, dass er mal eine wichtige Rolle spielen konnte.

Jack führte ihn vor die mächtigste aller Türen. Ein Zeichen, das einen weißen, liegenden Löwen zeigte, war darauf eingraviert.

«Der Hohe Rat ist bereits versammelt. Ich werde einen Saal weiter erwartet. Ich werde dich nach dem Gespräch wieder hier draußen abholen kommen», verabschiedete sich Jack und drückte auf den Schalter neben der Tür. Er klopfte Marius noch einmal aufmunternd auf die Schulter, bevor er davonmarschierte.

«Komm herein Marius», ertönte eine Stimme hinter ihm. Er atmete nochmals tief durch und trat dann durch die geöffnete Tür.

Es war bereits das dritte Mal an diesem Morgen, dass sich Marius verwundert umblickte. Es war ein geräumiger, runder Raum, dessen eine Wandseite ganz aus Glas bestand und einen atemberaubenden Blick auf die ihnen zu Füßen liegende Stadt offenbarte. Ein schmaler Balkon befand sich vor der Glaswand und eine überdachte Treppe führte auf den etwas weiter unten liegenden Ring hinunter, der die ganze obere Kuppel umgab. Der Teppich war hier nicht mehr rot, sondern erstrahlte in einem hellen, cremefarbigen Weiß. Doch das war es nicht, was ihn so verwunderte. Denn anstatt, dass die acht Mitglieder jeder im Anzug mit einer Ledermappe vor sich an einem schlichten Tisch saßen und Notizen machten, wie er sich solche Leute vorgestellt hatte, herrschte hier eine eher entspannte und gemütliche Atmosphäre.

Ein äußerst bequem aussehender Ring aus großen braunen Sesseln füllte den halben Raum aus. Ein Holztisch in der Mitte diente als Ablagefläche für die Tablets und ein paar Drinks. Alle der acht Mitglieder, drei Frauen, drei Männer, ein zwei Ugrons, saßen mit einem Lächeln da und blickten ihn erwartungsvoll an. Naja, so lächelnd wie ein Zwerg eben aussehen konnte, anscheinend hatten sie immer einen grimmigen Blick drauf. Nur einer von ihnen schien sich wohl eher für sein Brathähnchen zu interessieren. Es war ein ziemlich wohlgenährter Mann gegen die fünfzig. Er schien genau das Gegenteil der anderen Mitglieder zu verkörpern. Er wirkte feist und träge. Sechan, stand vorne auf seinem Namensschild.

Marius wusste nicht recht, was er tun sollte, als sich acht Augenpaare auf ihn richteten. Etwas starr und unsicher verneigte er sich deshalb einfach.

«Nicht so scheu Marius. Tritt ruhig etwas näher», forderte ihn die großgewachsene Brünette auf und deutete auf den freien Sessel. «Sei gegrüßt hier auf Calthyn.»

Gehorsam nahm Marius den ihm zugewiesenen Platz ein und ließ sich in die Polster sinken.

«Ich hoffe, dich hat die Reise nicht abgeschreckt, wir haben von den Umständen gehört.» Das musste Amalgard sein, die Vorsitzende des Rates, von der Jack erzählt hatte. Ihr blaues Kleid strahlte im Sonnenlicht.

«Es war alles etwas überraschend auf mich zugekommen», meinte Marius verlegen und blickte in die Runde. «Vielen Dank für die Einladung. Es ist mir eine Ehre hier zu sein, doch verstehe ich noch so vieles nicht.»

«Verstehen wirst du, sobald du uns angehört hast und wir dir alles erklärt haben. Doch zuerst muss ich dir erläutern, wie es überhaupt zu all dem hier gekommen ist.»

Marius nickte und richtete seinen Blick starr auf die Vorsitzende des Hohen Rates. Endlich war die Zeit gekommen, wo er mehr erfahren würde.

ÜBERRASCHUNG

Nach einer kurzen Strecke zu Fuß blieb ihr Begleiter stehen und drehte sich nach Talrik und Sneeuf um. «Ich würde mich persönlich um euch kümmern, doch man hat mich gebeten, Talrik sofort nach seiner Ankunft hierher zu bringen, einer von Núdans Männern wartet dort drin dringend auf euch», lächelte er zufrieden. «Wir werden später noch genug Zeit haben, um uns zu unterhalten.»

«Nun gut, dann ist es auch an mir, mich wieder zu verabschieden», meinte Sneeuf und hob entschuldigend die Arme, als er sah, dass Talrik protestieren wollte. «Ich muss wieder zurück, um meine Geschäfte zu erledigen. Ich weiß, dass du hier in guten Händen bist. Richte Núdan liebe Grüße von mir aus.»

«Ich weiß nicht, wie ich dir danken soll.» Talrik umarmte ihn zum Abschied. «Ich bin in deiner und Heloises Schuld für das, was ihr für mich getan habt. Wenn es sich ergibt, werde ich wieder zu euch kommen. Gebt auch auf euch Acht!»

Sneeuf nickte zufrieden und warf dann Elias einen strengen Blick zu. «Passt auf diesen Jungen auf.» Dann wandte er sich um und ließ Talrik mit einem Grinsen zurück. *Lustige Kreaturen, diese Grimboors.* Dann öffnete ihm Elias die Tür und er trat ein.

«Talrik! Gut, dass du endlich kommst», ertönte eine nur allzu bekannte Stimme aus dem anderen Ende des Raumes. «Wurde auch langsam Zeit.»

«Ivor!», staunte Talrik erfreut. «Was machst du denn hier? Was ist passiert, während ich auf Scorba war? Ist Marius auch hier?»

«Leider etwas nicht allzu erfreuliches», seufzte Ivor und Talrik sah die tiefen Schatten in seinem Gesicht. Er sah müde aus, als er weitererzählte. «Marius hat es zwar bis nach Calthyn geschafft, doch wurden wir getrennt. Hat dir schon jemand etwas erzählt?»

«Nein, ich habe zwar einiges über die Grimboors erfahren, doch von den Geschehnissen hier draußen bin ich völlig abgeschnitten.»

«Du hattest Glück, dass die Grimboors und die Leute auf Scorba dir zu Hilfe geeilt sind, sonst säßest du nun ziemlich in der Klemme. Die Sonde, mit der du abgeworfen wurdest, war eigentlich für die Minen auf dem Planeten gedacht. Wenn du da gelandet wärst, hätten wir größere Probleme gehabt, dich wieder herauszuholen. Einer unserer Agenten hat es geschafft, das Schiff deines Entführers zu orten und euch unentdeckt zu folgen. Er konnte dich nicht befreien, aber immerhin die Kapsel sabotieren, damit sie nicht in den Minen landete. Das war aber auch fast das Einzige, was gut verlaufen ist, denn wir sind nicht umsonst hier auf diesem Schiff.»

«Wer ist wir?»

«Wir alle. Die gesamte Mannschaft von Núdan. All ihre Bediensteten und Soldaten. Die eine Hälfte ist auf diesem Schiff, die andere auf einem zweiten Frachter hier in der Nähe.»

«Und was ist mit eurem Schiff? Wo ist das?», wollte Talrik wissen und erst jetzt fiel ihm auf, dass ihm die Techniker im Hangar bekannt vorgekommen waren.

«Das liegt in Einzelteilen auf Kadaan, wo es zurzeit wohl gerade von ein paar Banditen ausgeschlachtet wird. Kurze Zeit, nachdem du entführt wurdest, gerieten wir in einen Hinterhalt. Mehrere feindliche Schiffe sind uns aufgelauert und haben uns angegriffen», presste Ivor zwischen zusammengebissenen Zähnen hervor. «Wären wir in vollem Besitz unserer Kräfte gewesen, hätten sie uns wohl nicht so leicht erwischt, doch war unser Schiff bereits stark geschwächt. Zwei unserer Triebwerke, davon eines für den Hyperraum zuständig, waren bereits ausgeschaltet, als wir auf sie stießen. Wir müssen einen Saboteur in unseren Reihen gehabt haben, sonst hätten sie uns auch nicht so leicht gefunden. Wir haben uns so lange wie möglich versucht zu halten, doch war es kein fairer Kampf. Sie erwischten uns in einer unglücklichen Lage und nahmen uns sofort unter Beschuss. Nachdem unsere Hauptschilde unter dem Dauerbeschuss kollabiert sind, stellten sie das Feuer ein und begannen unser Schiff zu scannen. Wir hatten keine Chance, uns dagegen zu wehren oder ihnen etwas entgegenzusetzen.»

Allmählich dämmerte Talrik, welch Drama er verpasst hatte, während er sich auf Scorba an den Schönheiten der Wüste erfreut hatte. Er musste sich setzen.

«Normalerweise hätte nach dem Scannen das Entern unseres Schiffes begonnen, bei welchem wir bis zum letzten Mann gekämpft hätten. Doch wir warteten und als nichts geschah, begannen wir die Evakuation unseres Schiffes. Ich weiß nicht mehr, wie wir es geschafft haben, das gesamte Schiff zu evakuieren und mit den Transportschiffen ihre Linie zu durchbrechen, doch sie schienen gar nicht mehr an uns interessiert zu sein», berichtete Ivor weiter. «Wir hatten erst eine kurze Strecke zurückgelegt, als wir endlich auf das Kommandoschiff der uns zu Hilfe gesandten Flotte stießen. Sie nahmen uns auf und flohen von dort, bevor die gegnerischen Truppen sich aus ihrer Erstarrung lösten.»

Talrik sah ihn ungläubig an, es wurde ihm schwindlig, als Ivor weitererzählte, doch schlussendlich war er froh sie wieder zu sehen. «Und wo sind die anderen? Warum ist Marius noch nicht hier?»

Als hätte sie nur darauf gewartet, surrte die Türe wieder auf und Núdan kam hereingerannt. Ebenso überschwänglich begrüßte sie Talrik. «Wir sind so froh dich wieder bei uns zu haben!» Ein trauriger Blick lag aber auch auf ihrem Gesicht und sie beichtete, dass Marius nicht mehr bei ihnen aber in Sicherheit war. Sie erzählte ihm nun die ganze Geschichte, wie Marius und Co. ihm gefolgt war und was danach geschah. Es klang einfach unglaublich, was er in dieser kurzen Zeit alles verpasst hatte, doch Talrik war eigentlich nur an einer Sache interessierte: Seine Freunde waren in Sicherheit und er war endlich wieder unter bekannten Gesichtern. Jetzt kommt alles wieder gut.

Vor den Fenstern zogen die Planeten vorbei und Scorba verschwand in weiter Ferne.

«Wie du sicher bereits erfahren hast, ist unsere Technologie hier der euren weit überlegen», begann Amalgard ihre Erzählung. «Unsere Planeten sind mit einem festen Netz aus Transportern und großen Shuttles verbunden, die Menschen und Rohstoffe transportieren. Unsere Kriegsschiffe patrouillieren zwischen ihnen, um die Bürger zu beschützen. Doch bis es dazu kam, verging eine lange Zeit. Früher, noch vor vielen hundert Jahren, besiedelten wir einen einzelnen Planeten. Unsere Vorfahren waren Siedler und Soldaten. Damals flogen noch regelmäßig Transporter zwischen der Erde und ihrem Planeten hin und her, um mit den in der Technologie weit zurückgebliebenen Menschen auf der Erde zu handeln.»

«Die Erde war einmal ein Teil von diesem hier?», fragte Marius ungläubig und blickte die Führerin skeptisch an.

«Ja, unsere Vorfahren hatten die Erde damals entdeckt und fingen an, mit ihren Kaisern und Königen Handel zu treiben.

Was sie damals noch nicht wissen konnten, war, dass die Erde noch nicht bereit für so etwas war. Sie versorgten euren Planeten laufend mit modernen Technologien und sogar neuartigen Waffen, die auf eurer noch nicht so weit entwickelten Erde ein Vermögen wert waren. Anfangs handelten unsere Vorfahren nur mit den obersten Regierungsleuten und hielten sich noch im Verborgenen. Der Handel florierte, bis einer der Großhändler zu übermütig wurde und die ganze Sache aus dem Ruder lief. Unsere Vorfahren dachten natürlich, dass die Bürger auf der Erde schon von uns wussten und die Könige die Waren mit ihnen teilten, doch dem war nicht so. Die Herrscher behielten die Waren, die sie von unseren Leuten bekamen und verkauften die Rohstoffe, um ihren Reichtum zu mehren, während ihre Landsleute noch immer in denselben unmenschlichen Verhältnissen lebten.

Als die Bürger von dem Handel erfuhren, den ihre Könige trieben, herrschte ein Chaos und Aufstände in allen Regionen der Erde.» Amalgard seufzte und schüttelte den Kopf. «Die Bürger bekamen es mit der Angst zu tun, als sich die Händler erstmals nach langer Zeit nicht mehr nur den Mächtigen, sondern auch ihnen zeigten. Da die Leute noch in Pferdekutschen umherreisten, waren die fliegenden Raumschiffe für sie unerklärlich. Sie taten das Einzige, was für sie logisch erschien, und zettelten einen Aufstand an. Sie warfen sich gegen die Regierungsleute auf und schlugen sie nieder, denn in ihren Augen handelten sie mit dem Teufel persönlich. Bis heute sind auf der Erde diese Geschehnisse längst vergessen. Stattdessen steht in euren Geschichtsbüchern etwas über Hexenverfolgung und dergleichen, was zwar eigentlich gar nicht so weit entfernt ist. Etwa genauso bestialisch wurden die Vertreter der Handelsföderationen gejagt und verbrannt. Wie dem auch sei, unsere Vorfahren waren entsetzt über diese Taten. Vor allem jedoch, dass die Bürger nicht von ihnen unterrichtet worden waren. Deshalb brachen sie den Handel sofort ab und zogen sich auf ihren eigenen Planeten zurück. Zu groß war die Angst, dass das ganze eskalieren würde.»

Marius nahm jedes Wort gierig auf, das sie sagte und versuchte das Gehörte zu verstehen. Gewisse Führungspersonen sollten schon im Mittelalter von dem hier gewusst haben, ihren Landsleuten aber aus Geldgier nichts gesagt haben? Das passte zu den Erdlingen… Aber was soll's, erst wollte er die ganze Geschichte hören, bevor er sich zu viele Gedanken darüber machte.

«Unsere Vorfahren waren entsetzt und wagten es nicht mehr, die Erde anzufassen, nachdem ein verheerender Krieg ausgebrochen war und willkürlich Hexen gejagt wurden. Nur langsam erholten sie sich wieder von dem Schock und begannen selbst, andere Planeten zu besiedeln, die bis anhin unbewohnt waren. Ich will hier jetzt nicht ins Detail gehen, das würde zu lange dauern, deshalb fasse ich es etwas zusammen und überspringe die langweiligeren nächsten Jahrhunderte.

Nach vielen Jahren dann wurde der Hohe Rat gegründet, welcher die Hauptherrschaft über die kolonialisierten Planeten erhalten sollte. Die Geschehnisse, die auf der Erde passiert waren, verblassten bereits wieder langsam in den Gedächtnissen der Menschen und Zwerge, welche sich unseren Vorfahren angeschlossen hatten. Und wie du dir ja vorstellen kannst, währte der Frieden bei einem so großen Reich nicht ewig. Einem Offizier, dem ein ganzer Planet unterstellt wurde, wuchs der Größenwahnsinn seinerseits zu Kopf. Er stahl wichtige Technologien und floh mit seinen Anhängern in einen entlegenen Winkel der Galaxie und begann dort ein eigenes Reich aufzubauen. Die damaligen Mitglieder des Rates haben ihn nicht ernst genug genommen und ihn zu wenig beachtet. Sie dachten, dass sie ihn im Exil halten könnten, was sich als fataler Fehler erwies.» Amalgard seufzte. Die anderen Mitglieder saßen noch immer stumm im Sofa und hörten zu. Selbst Sechan hatte aufgehört zu essen und schien zum ersten Mal wahrzunehmen, dass noch jemand anderes im Raum war.

«Während der Rat hier friedlich sein Reich verwaltete und sich nicht um den Krieg sorgte, wuchs dieser eine Offizier immer mehr in seiner Macht und seine Armee wurde mit jedem Tag größer und größer. Plünderer und Gesindel, welches im Rest des Reiches verachtet wurde, schloss sich ihm an. Der Offizier hingegen tat sich sprichwörtlich mit den dunklen Mächten zusammen. Sein Äußeres war nicht mehr weiter menschlich, sondern verwandelte sich mehr und mehr in ein Ungeheuer. So besagen es zumindest die Aufzeichnungen aus der damaligen Zeit. Als dann seine Armee genügend stark war, setzte er zum vernichtenden Schlag an und kroch aus seinem Nest hervor. Jeder Planet, der ihm in die Quere kam, wurde von seiner unterdessen gewaltigen Flotte überrannt und unterworfen. Er knechtete ganze Völker. Wie eine dunkle Wolke kamen seine Streitkräfte über unser Reich her. Er hatte bereits das halbe Herrschaftsgebiet unterworfen, als wir uns zusammenschlossen, um uns ihm in einer finalen Schlacht auf Scaan zu stellen. Der Rat bot seine letzten, kümmerlichen Reste der verbliebenen Armeen auf, um das Böse abzuwenden. Unsere Raumschiffe besaßen nicht genügend Feuerkraft für einen effektiven Kampf im All, weshalb ein Kampf, Mann gegen Mann, unausweichlich schien. Sjadù, wie sich der dunkle Herr mittlerweile nannte, kam selbst, um unseren Vorfahren den vernichtenden Schlag zu geben. Einen Menschen konnte man ihn schon lange nicht mehr nennen. In manchen Augen war er sogar der Teufel persönlich.

Als dann die letzte Schlacht gekommen war und unsere Armeen ihm gegenüberstanden, schritt er in vorderster Reihe seiner Soldaten mit. Er verzichtete damals auf Jäger oder andere Kampfschiffe, so war es eine epische Schlacht mit Mann gegen Mann im offenen Kampf. Ohne Gnade, so berichten es jedenfalls die Quellen, schritt er über das Schlachtfeld und mähte jeden nieder, der ihm im Wege stand. Während seine, wie auch unsere Krieger gleichermaßen fielen, suchten die damaligen Mitglieder des Hohen Rates nach einer Möglichkeit ihn zu stoppen. Jeglicher Versuch, ihn aufzuhalten scheiterte. Die Laserwaffen prallten einfach an ihm ab und selbst die Energiestäbe der Elitekämpfer konnten ihm nichts anhaben. Mit jedem Schritt, den er tat, schien er stärker zu werden. Es war, als würde das Licht um ihn herum winselnd zurückweichen und sich vor der Dunkelheit ducken, die ihn umgab.

Unsere Vorfahren hatten schon all ihre Hoffnung aufgeben, als es endlich gelang, dem Dämon, der er mittlerweile war, Einhalt zu gebieten. Die Legende besagt, dass es unseren Chemikern gelang ein Elixier aus der reinen Energie der

Galaxie zu erschaffen und damit Waffen zu kreieren, die selbst dem Teufel entgegenhalten konnten. Es waren vier mächtige Krieger, welche diese Schwerter führten und dem dunklen Dämon entgegentraten. Es gelang ihnen, ihn aufzuhalten und ihn zurückzudrängen. Beinahe haben sie ihn vernichtet und als die Angreifer sahen, was mit ihrem Herrn geschah, warfen sie die Waffen nieder und flohen.

«Ihr sagt beinahe. Warum wurde er nicht ganz vernichtet?», hakte Marius nach, dem die Geschichte noch immer wie ein Märchen vorkam, das sich ein fantasievoller Barde ausgedacht hatte. «Was geschah mit ihm?»

«Als die Krieger ihn fast vernichtet und zurückgedrängt hatten, zogen auf einmal dunkle Schatten aus dem Boden auf, umhüllten Sjadù und sogen ihn in die Tiefe. Seither hörte man nichts mehr von ihm. Man sah weder wie er vernichtet wurde, noch wie er floh. Alle Überlebenden erzählten nur, dass da überall Schatten waren, die den dunklen Herrn, den Verräter in die Tiefe zogen. Die Prophezeiung besagt, dass er eines Tages wiederkehren wird.»

«Und Ihr glaubt, dass das stimmt, dass er noch nicht vernichtet ist und wieder zurückkehren wird?», folgerte Marius und schüttelte ungläubig den Kopf. Er verstand nicht, welche Rolle er in dieser Geschichte zu spielen hatte.

«Nicht nur glauben.» Amalgard blickte ihn jetzt mit ernster Miene an. Ihre Fingerknöchel traten weiß hervor, so fest gruben sich ihre Hände in die Polster. «Das Geschehen liegt weit zurück, doch wir haben ernste Anzeichen dafür, dass das, was unseren Vorfahren widerfahren ist, uns erneut heimsuchen wird. Wir haben schon genug mit Keyathuz dem Tyrannen zu tun, der sein Reich ausweiten will. Wenn die

Saga stimmt und nun noch Sjadù dazukommt, versinkt unsere Galaxie in Chaos und Zerstörung.»

«Und was habt ihr für Gründe zu dieser Annahme, dass er zurückkehrt?»

«Es tauchen überall Schatten auf in unserer Galaxie!» Amalgards Stimme bebte vor Zorn und Empörung. « Dunkle Geschehnisse, die keinem anderen zugeordnet werden können. Die dunklen Anzeichen, die wir sehen sind unverkennbar für den Sturm, der uns droht.»

«Und was ist dann mit diesen vier Kämpfern geschehen, von denen Ihr erzählt habt? Wenn die Geschichte stimmt, dann habt ihr die Lösung, um ihn nochmals zu besiegen?»

«Drei von ihnen sind im Kampf gegen den Dämon gefallen und mit ihnen sind auch ihre Waffen zerborsten. Nur von dem vierten Krieger hat man keine Spur gefunden. Er ist verschollen und mit ihm seine Waffe», seufzte die Frau und blickte ins Leere.

«Warum erschaffen Eure Waffenschmiede nicht auch solche Waffen wie die vier sie hatten?»

«Weil das Wissen um das Elixier, das dazu gebraucht wird, verloren gegangen ist. Wir haben uns zu lange in Sicherheit gewährt. Wir haben Waffen, gute Waffen, doch wenn er zurückkehrt und die Geschichten stimmen, dann sind sie nutzlos, dann bringen sie uns nichts. Wenn die Geschichte sich wiederholt, dann brauchen wir dieses eine Schwert des vierten Kriegers, sonst ist jede Hoffnung verloren.» Sie verbarg ihre Gefühle nun hinter einer starren Maske, trotzdem schien Marius die Verzweiflung zu spüren, die von ihr ausging. Er folgte der Geschichte aufmerksam. «Wenn ich das richtig verstehe, dann wollt ihr also diese Waffe finden?»

«In der Tat, und wenn es das Schicksal so will, dann wirst du sie führen Marius.»

Auch wenn er ihrer Geschichte nicht glaubte, so wurde Marius mulmig zu mute. «Ich? Ich meine, sogar der schlechteste Eurer Soldaten würde locker gegen mich im Zweikampf bestehen. Selbst wenn Ihr mir eine Fernkampfwaffe in die Hand drücken würdet, wären die Nebenmänner mehr gefährdet als derjenige, auf den ich eigentlich ziele.»

Sechan hatte sich bereits wieder einen neuen Teller Essen herschaffen lassen! Nur einer seiner Kollegen rümpfte die Nase über den beleibten Kerl. Die andern schienen sich wohl schon längst daran gewöhnt zu haben.

«Darum bist du hier, Marius», sprach Amalgard leise, wohl etwas beschämt ab Marius direkten Worten. «Man sagt, dass die Waffen der vier Krieger alle ihr eigenes Wesen hatten. Nur wer ihren Anforderungen entsprach, konnte sie tragen. Es gab damals vier Klingen. Und vier verschiedene Männer, die sie führten. Einer war ein Soldat des Hohen Rates, einer war ein Nomade, der Dritte war ein Ugron und der Vierte war ein Mensch der Erde.

Wie wir aus den Schriften vernehmen konnten, entfalteten die Waffen ihre wahre Macht nur, wenn ein machtvoller Angehöriger des jeweiligen Stammes sie trug. In den Händen von anderen ist sie eine Waffe wie jede andere. Nur in den richtigen Händen vermochte sie gegen das Böse zu bestehen und es zu bezwingen.»

«Aha.» Marius blickte sie eindringlich an, bevor ihm wieder bewusst wurde, wer da vor ihm saß und er beschämt den Kopf senkte. «Wenn ich das Ganze mal so zusammenfasse und schlussfolgere, nehme ich an, dass dieser letzte Soldat, der verschollen blieb, derjenige mit der Abstammung von der Erde war?»

«Korrekt», bestätigte Amalgard. «Glaube mir Marius. Uns wäre es auch lieber gewesen es wäre nicht so. Wäre es einer der Anderen gewesen, ständest du heute nicht in diesem Raum. Keiner von uns wollte das, doch das Schicksal ist manchmal unergründlich.»

Marius wurde übel, als er begriff, dass sie es tatsächlich ernst meinten. Noch vor zwei Wochen hätte er die Geschichte nicht geglaubt, doch haben ihn die Geschehnisse der letzten Tage eines Besseren belehrt. Er hatte verstanden, dass hier draußen weit mehr lauerte, als er sich auch nur hätte erdenken können.

«Und wie habt ihr mich auserwählt?» Vor Marius innerem Auge setzten sich die einzelnen Bruchstücke langsam zu einem Bild zusammen. Vielleicht war all das hier gar nicht so hirnlos, wie es ihm zuerst vorgekommen war.

«Schon vor ein paar Jahren haben wir begonnen den Kontakt mit der Erde wieder aufzunehmen, da wir befürchteten, dass der Tag an dem Sjadù zurückkehren würde, nicht mehr allzu weit entfernt war. Wir haben mehrere Agenten auf die Erde gebracht, damit sie sich unter euch mischen und nach einem geeigneten Krieger Ausschau halten, um ihn oder sie zu gegebener Zeit zu uns zu bringen. Wir haben unsere Suche auf die Gegend eingeschränkt, aus der auch damals die Sippe des vierten Kriegers stammte. Es waren gleich zwei Agenten, einer von meiner und einer von Núdans Gefolgschaft gewesen, die dich ausgewählt und dem Rat vorgeschlagen haben. Wir hatten noch zwei andere Kandidaten, die in Frage kamen. Wir suchten lange, bis wir den Richtigen unter euch dreien ausgewählt hatten.»

Marius ging das Gesagte in seinem Kopf noch mal durch und dachte nach. «Wer waren diese zwei Agenten?»

«Du kennst ihn», sprach Amalgard. «Er ist einer unserer Allmächtigen, der schon lange den Frieden auf der Erde zu wahren versucht. Es ist Arthur Halwadar»

«Arthur? Der Schulmeister?», Marius war erstaunt.

«Ganz recht», bestätigte Amalgard. «Und wir vertrauen seiner Expertise. Die zweite Person ist aus Núdans Gefolgschaft. Sie hält ihre Agenten geheim.»

Marius musste schlucken, er wusste von Sandor, doch traute er seinen Namen nicht auszusprechen. Ihm kamen seine Worte wieder in den Sinn. *Traue niemandem außer Núdans engsten Leuten.* Er musste sie wieder finden.

«Wenn das nun so weit geklärt ist, können wir zum nächsten Punkt kommen, wegen dem du hier bist», schloss Amalgard das Thema ab. «Die Ausbildung. Iwan, wärst du so gut?»

Der Mann links von ihr räusperte sich kurz und fing dann an zu sprechen. Auf dem Namensschild auf dem Tisch stand Iwan Goodale. «Wir werden dich, wie Oberin Amalgard schon gesagt hat, einem intensiven Training unterziehen, mit Schwergewicht auf dem Stabkampf und leichten Laserwaffen.» Der Mann sprach mit einem tiefen Basston und hatte die Hände beim Sprechen starr zu einem Zelt zusammengefaltet. «Nebenbei wirst du ein Flugtraining absolvieren. Wie genau die Ausbildungsteile aussehen, wirst du in den kommenden Tagen erfahren.»

Es folgten noch ein paar weitere, eher unbedeutende Erzählungen und Marius schien immer mehr zu glauben, dass man zu viel von ihm verlangte und er hier inmitten eines Haufens voll Irren stand. Sein Kopf pochte und er zuckte zusammen, als Iwan endlich verstummte.

«Wir sind nun mit der Besprechung vorerst zu Ende», sprach Amalgard die von Marius ersehnten Worte endlich aus. «Wir müssen uns nun beraten. Du kannst wieder gehen Marius.»

«Ich werde mein Bestes geben, um euren Anforderungen gerecht zu werden», versicherte Marius noch zum Schluss und verneigte sich vor den Anwesenden, bevor er eilig aus dem Raum schritt. Er war froh, dass seine Knie ihn noch trugen.

*

Die frische Luft tat gut. Zwar konnte er noch immer nicht so wirklich glauben, was er da gehört hatte, trotzdem fühlte er sich auf einmal erleichtert. Man schien ihn hier ernst zu nehmen und zu respektieren. Er, Marius, ein unbedeutender Erdling, war vielleicht gar nicht so unbedeutend, wie er dachte. Und zudem war der Vorschlag, den man ihm machte, gar nicht mal so übel.

Ein guter Scooterflieger, wenn nicht sogar einer der Besten war er bereits, da konnten die anderen Fluggeräte gar nicht so schwierig sein, vor allem da Jack ihm ja bereits eine Einführung gegeben hatte. Und Schwertkampf! Dann würde er so cool herumwirbeln wie Brega und Jack! Vielleicht etwas naiv, doch er freute sich. Und während er auf Jack wartete, malte er sich bereits aus, wie seine Kollegen auf der Erde wohl Augen machen werden, wenn er als galaktischer Held plötzlich wieder vor ihnen stand. Er musste grinsen, als er daran dachte, wie es wohl für die anderen, die nichts von all dem hier wussten, sein musste, wenn auf einmal ihr verschwunden geglaubter Schulkollege mit einem Raumschiff vor dem Internat landen würde. *Damit lassen sich die Mädchen auf jeden fall beeindrucken,* dachte er sich und grinste.

Er malte sich noch die tollsten Bilder im Kopf aus, bis Jack endlich von seinem Meeting kam und ihn abholte. «Gute Neuigkeiten Marius!», rief er und kam mit großen Schritten auf ihn zu. «Es ist eine zweite Nachricht von Quonos Flaggschiff durchgekommen. Sie haben…»

«…Núdan und Talrik an Bord», unterbrach ihn Marius und grinste. «Ich weiß.»

Jack war überrascht und zog die Augenbrauen hoch, doch dachte er, dass Marius einfach gut geraten hatte. Er wusste nichts von Sandor. Stattdessen zog er Marius mit sich und führte ihn nun zu dessen Erfreuen zu den Aufzügen, was Marius dankend annahm. Seine Beine schmerzten immer noch vom vielen Herumlaufen. Jack erzählte ihm von seinem Treffen und fragte dann Marius über den Hohen Rat aus während sie mit dem Aufzug nach unten glitten. Nach kurzer Zeit öffnete sich eine Seite des Aufzugschachts und gab den Blick auf den riesigen Innenhof frei. Die Aufzüge waren rund herum angeordnet und erlaubten den Besuchern, die massive Wassersäule zu bestaunen, die mit ihnen in die Tiefe fiel.

Sie fuhren diesmal ganz nach unten, dorthin wo der Wasserfall sich in einem riesigen Becken tosend in die einzelnen Stränge aufteilte. «Es wird Zeit, dass ich dir einen ganz besonderen Ort zeige Marius», sprach er leise mit einem verschwörerischen Blick. «Egal wie der Rat entscheiden wird.» Das Tosen des Wassers war zu laut zum Sprechen, als die Aufzugstüren aufglitten und sie ausstiegen. Jack winkte Marius stattdessen, ihm zu folgen. Er führte ihn an das bodenebene Becken heran. Die Wasseroberfläche war hier schaumig weiß und die Wellen tanzten wie wild hin und her. Ein einzelner Holzsteg schien über dem Wasser zu schweben und führte von hier direkt auf die massive Wassersäule zu und verschwand in ihr. «Komm mit!», schrie er Marius über den Lärm hinweg zu. Das Holz war glitschig nass und Marius musste aufpassen, um auf den dünnen Planken nicht das Gleichgewicht zu verlieren. Die Gischt sprühte ihnen entgegen und durchnässte im Nu seinen Mantel. Jack faltete die Hände zusammen und murmelte ein paar Worte, worauf sich ein unsichtbarer Schirm über sie legte und vor dem herabfallenden Wasser schützte. Er ging bedächtig voraus und schien keine Probleme mit dem rutschigen Holz zu haben. Der Wasserfall wirkte von hier noch mächtiger und Marius spürte die Kraft, die von ihm ausging. Er hatte hier unten einen Durchmesser von weit über dreißig Metern. Er war wie eine mächtige Wasserwand, auf die sie zuliefen. Starke Fallwinde peitschten über das Wasser und ließen die Wassertropfen weit aufstieben.

Marius blicke ehrfürchtig nach oben und fühlte sich auf einmal zugleich sehr klein, aber auch sonderbar geerdet. Jack blieb kurz stehen und nickte Marius zu. Gemeinsam schritten sie vorwärts, hinein in die Wasserwand und die weiße Gischt verschlang sie komplett. Die unsichtbare Kuppel über ihnen schützte sie vor der unglaublichen Kraft des Wassers und lenkte es um sie herum, doch war der Lärm ohrenbetäubend. Einige Schritte ging es so durch die Wassermassen hindurch, bis sich die Sicht vor ihnen lichtete. Inmitten dieser massiven Wassersäule war eine grosse Kugel, die über der weißen Gischt schwebte. Wie ihr unsichtbarer Regenschirm, nur um einiges größer.

Das Tosen verstummte abrupt und wich einem leisen Rauschen, als sie gänzlich in die Sphäre hineintraten und Jack seine verschränkten Hände löste. Marius blieb die Sprache weg und er getraute kaum, sich zu bewegen. Sie standen auf einer schwebenden Holzplattform inmitten einer unsichtbaren Kugel, um sie herum nichts als Wasser.

«Das hier», sprach Jack leise und ehrfürchtig. «ist die heilige Quelle. Nur wenige haben hierhin Zutritt und nur wer reinen Herzens ist, vermag die Wassermassen zu durchqueren. Wer Böses im Sinne hat, wird hinweggespült.»

Marius fühlte eine seltsame Geborgenheit hier inmitten des Wassers. Sie standen nun auf einer großen, runden Holzplattform mit einem Brunnen in der Mitte. Jack schöpfte einen Kelch Wasser daraus und hob ihn hoch. «Man sagt, wer hiervon trinkt, der wird von der Macht begleitet. Es bringt Glück und Erfolg für die zukünftigen Taten.»

Er sah Marius lange und tief in die Augen. «Marius, du hast deine Aufgabe angenommen. Trinke dieses Wasser aus unserer heiligen Quelle. Falls unsere Prophezeiung stimmt, lässt sie die Kräfte der Natur in dir Erblühen und dich auf deinem Weg stärken.»

Marius nahm den Kelch ehrfürchtig entgegen und setzte ihn an. Obwohl das Wasser sich erfrischend kalt anfühlte, floss eine wohlige Wärme seinen Rachen hinunter als er davon trank und er spürte, wie sich der Nebel in seinem Kopf wieder löste und seine Gedanken zur Ruhe kamen. Was auch immer auf sie zukommen würde, er würde sich seiner Aufgabe stellen. *Ich bin nicht allein,* erinnerte er sich und schloss die Augen. Seine Hand wanderte unbewusst auf seine Brust, wo er noch versteckt das Amulett unter dem Shirt trug, *auf neue Freunde und die Abenteuer, die uns erwarten.* Er trank noch einen Schluck und ein gleißendes, blaues Licht umgab ihn. Das Rauschen des Wassers verstummte und eine wohlige Wärme umgab Marius.

Ende von Band 1

VERZEICHNIS

Erde: Marius' Heimatplanet
Marius   *Der Auserwählte*
Talrik   *Freund und Wegbegleiter von Marius*
Sandor   *Freund von Marius*
Rowan & Gertrud   *Großeltern von Marius*
Arthur Halwadar   *Internatsleiter*

Fawn: Núdans Raumschiff
Núdan   *Königin und Anführerin der Rebellen*
Jack   *Magier und Lehrer von Marius*
Joe   *Kapitän auf der Fawn*
Ivor   *Geschützmeister*
Brega   *Zwerg*
Corwin   *Pilot*
Brûs   *Zwerg*
Orbin   *Techniker*
Myron   *Gesandter des Hohen Rates*

Bösewichte:
Keyathuz   *Tyrann*
Arsultar Angidion   *Keyathuz Chemiker und Berater*
Uzzagar   *Krallenmensch*
Echsenmensch   *Beinahe ausgestorbene Spezies*
Slugs   *Halb Tier, halb Maschine*
Sjadù   *Abtrünniger*

Calandra: Bregas Heimatplanet
Elvoia   *Inhaberin von «Elovias Boutique»*
Rûwion   *Baumeister. Angehöriger der Oberschicht*
Bûron   *Händler und Handwerker*
Mél   *Bûrons Gehilfe*

Scorba: Keyathuz' Minen. Heimat der Grimboor
Heloise   *Anführerin in Calwender*
Gabor   *Oberhaupt der Grimboors*
Erwin   *Grimboor*
Barko Bo   *Nomade*
Soge   *Grimboor*
Sneeuf   *Grimboor. Interplanetarer Händler*

Calthynische Flotte: Armee des Hohen Rates
Quono   *Kriegsstratege*
Gregor   *Truppenführer*
Torkan   *Elitesoldat*
Kargo   *Stellvertretender Offizier*
Elias   *Kommandant auf Gregors Flaggschiff*

Kadaan: Freier Planet mit Banditen besiedelt

Calthyn: Zentrum der freien Völker
Fabio   *Soldat*

Der Hohe Rat: Oberste Führung der freien Völker
Amalgard   *Vorsitzende des Hohen Rates*
Sechan   *Ratsmitglied*
Iwan Goodale   *Ausbildner*

Scaan: Schauplatz der letzten Schlacht